PIQUENIQUE NA ESTRADA

PIQUENIQUE NA ESTRADA

Arkádi e Boris Strugátski

TRADUZIDO DO RUSSO POR
Tatiana Larkina

PREFÁCIO
Ursula K. Le Guin

Aleph

Piquenique na estrada

TÍTULO ORIGINAL:
ПИКНИ́К НА ОБО́ЧИНЕ

REVISÃO DE TRADUÇÃO:
Antonio Gelis Filho

COPIDESQUE:
Lucas Simone

REVISÃO:
Bruno Alves

TRADUÇÃO DE PARATEXTOS:
Isadora Prospero
Tatiana Larkina

CAPA:
Pedro Inoue [capa dura]
Oga Mendonça [capa brochura]

ILUSTRAÇÃO:
Julio Zartos

DADOS INTERNACIONAIS DE CATALOGAÇÃO NA PUBLICAÇÃO (CIP)
DE ACORDO COM ISBD

S927p Strugátski, Arkádi
Piquenique na estrada / Arkádi Strugátski, Boris Strugátski ; traduzido por Tatiana Larkina.
- São Paulo, SP : Aleph, 2025.
256 p. ; 14cm x 21cm.

Tradução de: Пикни́к на обо́чине
ISBN: 978-85-7657-389-0 (capa dura)
ISBN: 978-85-7657-709-6 (brochura)

1. Literatura russa. 2. Romance. I. Strugátski, Boris.
II. Larkina, Tatiana. III. Título

CDD 891.7
2024-4235 CDU 821.161.1

ELABORADO POR VAGNER RODOLFO DA SILVA - CRB-8/9410

ÍNDICES PARA CATÁLOGO SISTEMÁTICO:
1. Literatura russa 891.7
2. Literatura russa 821.161.1

Aleph

Rua Bento Freitas, 306 - Conj. 71 - São Paulo/SP
CEP 01220-000 • TEL 11 3743-3202
www.editoraaleph.com.br

@editoraaleph
@editora_aleph

Tu deves fazer o Bem a partir do Mal, pois não há mais nada a partir de que se possa fazê-lo.

R. P. Warren

Prefácio

Por Ursula K. Le Guin

Parte deste prefácio foi tirada de uma resenha de *Piquenique na estrada* que escrevi em 1977, o ano em que o livro foi publicado em inglês pela primeira vez. Eu queria manter um registro da reação de um leitor em uma época na qual os piores dias da censura soviética estavam frescos na memória, e romances russos intelectual e moralmente interessantes ainda tinham um glamour de coragem e ousadia. Uma época, também, em que uma resenha positiva de uma obra de ficção científica soviética nos Estados Unidos era uma declaração política pequena, mas real, já que parte da comunidade de FC norte-americana tinha se comprometido a lutar a Guerra Fria, presumindo que todo escritor que vivia atrás da Cortina de Ferro fosse um ideólogo inimigo. Esses reacionários preservaram sua pureza moral (como os reacionários fazem com frequência) não lendo, de modo que não precisassem perceber que, havia anos, escritores soviéticos vinham usando a FC para escrever, relativamente livres da ideologia do Partido, sobre política, sociedade e o futuro da humanidade.

A FC se presta facilmente à subversão imaginativa de qualquer *status quo*. Burocratas e políticos, que não podem se dar ao luxo de cultivar a imaginação, tendem a presumir que são só bobagens e armas de raios, coisas de criança. Para atrair a fúria do censor, talvez um escritor precise ser tão obviamente crítico da utopia quanto Zamiátin em *Nós*. Os irmãos Strugátski não eram óbvios, e nunca (até onde vai meu conhecimento limitado) diretamente críticos das políticas do seu governo. O que eles fizeram, que na época eu achei tão admirável e ainda acho, foi escrever como se fossem indiferentes à ideologia — algo que muitos de nós, escritores nas democracias ocidentais, tínhamos dificuldade de fazer. Eles escreviam como homens livres escrevem.

Piquenique na estrada é uma história de "primeiro contato" com uma diferença. Alienígenas visitaram a Terra e se foram, deixando para trás diversas áreas de aterrissagem (agora chamadas de Zonas) entulhadas com seu lixo. O piquenique acabou; os ratos trocadores, cautelosos, mas curiosos, se aproximam dos pedacinhos amassados de celofane, das tampinhas cintilantes de latas de cerveja, e tentam carregá-las consigo para suas tocas.

A maior parte dos escombros misteriosos é extremamente perigosa. Alguns itens se provam úteis — baterias eternas que fornecem energia para automóveis —, mas os cientistas nunca sabem se estão usando os dispositivos para seus propósitos verdadeiros ou se estão empregando, digamos assim, contadores Geiger como machados e componentes eletrônicos como piercings de nariz. Eles não conseguem entender os princípios dos artefatos, a ciência por trás deles. Um Instituto internacional patrocina pesquisas. Um mercado clandestino prospera; "stalkers" entram nas Zonas proibidas e, correndo o risco de vários tipos de deformações medonhas e morte, roubam objetos do lixo alienígena, tirando as coisas das Zonas e vendendo-as, às vezes para o próprio Instituto.

Em uma história de primeiro contato tradicional, a comunicação é alcançada por viajantes espaciais corajosos e dedicados, e daí em diante resulta numa troca de conhecimento, num triunfo militar ou num grande acordo comercial. Aqui, os visitantes do espaço, se ao menos notaram nossa existência, estavam evidentemente desinteressados em comunicação; talvez para eles fôssemos selvagens, ou talvez ratos trocadores. Não houve comunicação; não pode haver nenhum entendimento.

Mas o entendimento é necessário. As Zonas estão afetando todos que se relacionam com elas. Corrupção e crime acompanham a exploração delas; fugitivos são literalmente perseguidos pelo desastre; os filhos dos stalkers são geneticamente alterados até mal parecerem humanos.

A história que se passa nessa base sombria é animada, ousada e imprevisível. O cenário parece ser a América do Norte, talvez o Canadá, mas os personagens não têm características nacionais particulares. Eles são, entretanto, individualmente vívidos e simpáticos; mesmo o velho stalker aproveitador mais repulsivo tem uma vitalidade revoltante e amável. As relações humanas parecem reais. Não há intelectos superbrilhantes; as pessoas são comuns. Red, a figura central, é comum a ponto de ser intratável, um homem experiente e durão. A maioria dos personagens são pessoas fortes levando vidas degradantes e desencorajantes, apresentadas sem sentimentalismo e sem cinismo. A humanidade não é lisonjeada, mas não é rebaixada. O toque dos autores é tenro, sensível a vulnerabilidades.

Esse uso de pessoas comuns como personagens principais era bastante raro na FC quando o livro foi lançado, e mesmo agora o gênero cai facilmente no elitismo – mentes superbrilhantes, talentos extraordinários, oficiais em vez da tripulação, os corredores do poder em vez da cozinha dos trabalhadores. Aqueles que querem que o gênero permaneça especializado – "hard" – tendem a preferir o estilo elitista. Aqueles que veem a FC simplesmente como um meio de escrever romances aceitam de bom grado a abordagem mais tolstoniana, na qual uma guerra é descrita não apenas do ponto de vista dos generais, mas também pelos olhos das donas de casa, dos prisioneiros e de rapazes de 16 anos, ou na qual uma visita alienígena é descrita não apenas pelos cientistas entendidos, mas também pelos seus efeitos nas pessoas comuns.

A questão de se os seres humanos são ou serão capazes de entender toda e qualquer informação que recebermos do universo é uma questão que a maior parte da FC, surfando na onda inebriante do cientificismo, costumava responder com um "sim" ressonante. O escritor polonês Stanislaw Lem chamava isso de "o mito do nosso universalismo cognitivo". *Solaris* é o mais conhecido dos seus livros sobre esse tema, no qual os personagens humanos são derrotados, humilhados pelo seu fracasso em compreender mensagens ou artefatos alienígenas. Eles falharam no teste.

A ideia de que a raça humana pode não despertar absolutamente nenhum interesse a uma espécie "mais avançada" poderia facilmente se prestar a um sarcasmo óbvio, mas o tom dos autores permanece irônico, cheio de humor e compaixão. Sua sofisticação ética e intelectual se torna clara em uma discussão brilhante, mais para o final do romance, entre um cientista e um funcionário desiludido do Instituto, na qual fala-se sobre as implicações, o significado, da visita alienígena. O coração da história, porém, é um destino individual. Os protagonistas de histórias sobre ideias são marionetes, mas Red é uma boa pessoa. Nós nos importamos com ele, e tanto sua sobrevivência como sua salvação estão em risco. Esse é, afinal, um romance russo.

E os Strugátski dão um passo além na questão de Lem sobre o entendimento humano. Se o modo como a humanidade lida com o que os alienígenas deixaram para trás é um teste, ou se Red, nas terríveis cenas finais, passa por uma prova de fogo, o que, na verdade, está sendo testado? E como sabemos se passamos ou falhamos nesse teste? O que é o "entendimento"?

A promessa final de "FELICIDADE PARA TODOS, DE GRAÇA" repercute com o significado político inconfundivelmente amargo. Mas o romance não pode ser reduzido a uma mera fábula de fracasso soviético, ou mesmo do fracasso do sonho científico de cognição universal. A última coisa que Red diz no livro, falando com Deus, ou para nós, é "Pois nunca, jamais vendi minha alma para ninguém! Ela é minha, humana! Extraia de mim o que eu desejo, pois não é possível que eu deseje algo mau...".

Fragmento da entrevista do dr. Valentin Pillman, recém-nomeado ao prêmio Nobel de física do ano de 19..., ao correspondente da rádio de Harmont

ENTREVISTADOR:	Dr. Pillman, provavelmente devemos considerar o radiano de Pillman como sua primeira descoberta séria?
DR. PILLMAN:	Suponho que não. O radiano de Pillman não é a primeira, não é séria, nem é uma descoberta propriamente dita. E decerto não é minha.
ENTREVISTADOR:	O senhor deve estar brincando, doutor. O radiano de Pillman é um conceito conhecido por qualquer estudante.
DR. PILLMAN:	Isso não me surpreende. O radiano de Pillman foi descoberto justamente por um escolar. Infelizmente, não me recordo do nome dele. Dê uma olhada em *A história da visitação*, de Stetson, lá tudo é explicado em detalhes. O radiano foi descoberto por um escolar, suas coordenadas foram publicadas por um estudante, e, por alguma razão, ele ganhou meu nome.
ENTREVISTADOR:	Pois é, coisas inusitadas acontecem com algumas descobertas. Dr. Pillman, o senhor poderia explicar a nossos interlocutores...
DR. PILLMAN:	Escute, meu conterrâneo, o radiano de Pillman é uma coisa bastante simplória.

Imagine que você girou o globo e começou a atirar nele com um revólver. Os buracos iam formar no globo uma suave curva. A essência do que você chamou de minha primeira descoberta séria pode se resumir a um simples fato: todas as seis Zonas da Visitação se alinham na superfície da Terra como se alguém tivesse disparado seis tiros em nosso planeta com uma pistola posicionada em algum lugar na linha Terra-Deneb. Deneb é o alfa da constelação do Cisne, e o ponto do qual atiraram, por assim dizer, chama-se o radiano de Pillman.

ENTREVISTADOR: Obrigado, doutor. Queridos cidadãos de Harmont! Finalmente alguém explicou para a gente com toda a clareza o que significa o radiano de Pillman! A propósito, anteontem, completaram-se treze anos do Dia da Visitação. Dr. Pillman, o senhor poderia dizer a seus conterrâneos algumas palavras sobre o assunto?

DR. PILLMAN: O que exatamente os interessa? Mas lembre-se de que eu não estava em Harmont no momento do ocorrido...

ENTREVISTADOR: Assim fica ainda mais interessante saber o que o senhor pensou quando sua cidade natal tornou-se alvo da invasão da supercivilização extraterrestre...

DR. PILLMAN: Para ser sincero, no início achei que tivesse sido um trote. Era difícil imaginar que algo semelhante pudesse acontecer com nossa pequena e velha Harmont. Gobi, New Foundland, aí tudo bem, mas Harmont!

ENTREVISTADOR: No entanto, no final das contas o senhor teve que acreditar.

DR. PILLMAN: No final das contas, sim.

ENTREVISTADOR: E então?

DR. PILLMAN: De repente me ocorreu que Harmont e as outras cinco Zonas da Visitação; perdão, naquele momento só se sabia de quatro; todas elas formavam uma curva distinta. Eu calculei as coordenadas e enviei os dados para a *Nature*.

ENTREVISTADOR: E o senhor não se preocupou nem um pouco com o destino de sua cidade natal?

DR. PILLMAN: Veja bem, na época eu já aceitava a ideia da Visitação, mas me recusava a acreditar nas notícias sobre os quarteirões em chamas e os monstros que seletivamente devoravam os velhos e as crianças, bem como nas batalhas sangrentas entre os invulneráveis extraterrestres e os altamente vulneráveis, embora sempre valentes, pelotões de tanques do exército real.

ENTREVISTADOR: O senhor tem razão. Nós, jornalistas, na época fizemos muita confusão. Mas voltando à ciência, a descoberta do radiano de Pillman foi a primeira, mas provavelmente não a última, de suas contribuições para os estudos da Visitação.

DR. PILLMAN: Foi a primeira e a última.

ENTREVISTADOR: Mas todo esse tempo o senhor sem dúvida acompanhou atentamente o andamento das pesquisas internacionais nas Zonas da Visitação?

DR. PILLMAN:	Sim... De vez em quando eu folheio os *Relatórios*.
ENTREVISTADOR:	O senhor quer dizer os *Relatórios do IICE* (Instituto Internacional das Culturas Extraterrestres)?
DR. PILLMAN:	Exatamente.
ENTREVISTADOR:	E em sua opinião qual pode ser considerada a maior descoberta desses treze anos?
DR. PILLMAN:	O próprio fato da Visitação.
ENTREVISTADOR:	Como disse?
DR. PILLMAN:	O próprio fato da Visitação é a mais importante descoberta, não apenas dos últimos treze anos, mas de toda a história da existência humana. E não importa de onde eles vieram, com qual objetivo, por que ficaram por tão pouco tempo, nem aonde foram depois. O importante é que agora a humanidade sabe sem sombra de dúvida: não estamos sozinhos no universo. Receio que o Instituto Internacional das Culturas Extraterrestres nunca mais terá a sorte de fazer uma descoberta igualmente fundamental.
ENTREVISTADOR:	Isso é realmente muito interessante, dr. Pillman, mas, na verdade, eu estava falando das descobertas de cunho tecnológico, as que poderiam ser utilizadas pela nossa ciência e pela tecnologia terrestre. Muitos dos cientistas mais renomados alegam que os artefatos encontrados nas Zonas da Visitação são capazes de mudar o rumo de toda a nossa história.

DR. PILLMAN: Bem, eu não pertenço aos adeptos desse ponto de vista. E quanto às descobertas, não sou especialista no assunto.

ENTREVISTADOR: Mas há dois anos o senhor é consultor da Comissão da ONU para problemas da Visitação...

DR. PILLMAN: Correto. Mas eu não tenho nenhuma ligação com os estudos das culturas extraterrestres. Na COMPROVIS, represento, juntamente com meus colegas, a comunidade científica internacional para assuntos relacionados ao controle do cumprimento das resoluções da ONU a respeito das Zonas da Visitação. Em resumo, zelamos para que os milagrosos artefatos extraídos nas Zonas permaneçam em posse restrita do IICE.

ENTREVISTADOR: E tem mais alguém interessado nessas maravilhas?

DR. PILLMAN: Sim.

ENTREVISTADOR: O senhor se refere aos stalkers?

DR. PILLMAN: Eu não sei do que você está falando.

ENTREVISTADOR: Aqui em Harmont, chamamos assim os rapazes arrojados que arriscam o próprio pescoço ao entrar na Zona e arrastam dali tudo o que conseguem achar. Isso já virou uma nova profissão.

DR. PILLMAN: Compreendo. Mas isso não está em nossa competência.

ENTREVISTADOR: É claro! É assunto da polícia. Mas seria interessante saber o que exatamente está em sua competência, dr. Pillman.

Dr. Pillman: Existe um constante vazamento dos materiais das Zonas da Visitação para a posse de sujeitos e organizações irresponsáveis. E nós tratamos das consequências desse vazamento.

Entrevistador: O senhor poderia ser um pouco mais específico, dr. Pillman?

Dr. Pillman: Não seria melhor a gente conversar sobre arte? Tenho certeza de que seus interlocutores estariam bastante interessados em saber minha opinião sobre a incomparável Guady Muller.

Entrevistador: Ah, certamente! Mas queria antes terminar de falar sobre ciência. Sendo um cientista, o senhor não anseia estudar pessoalmente os tais milagres extraterrestres?

Dr. Pillman: Bem, o que posso dizer... Provavelmente, sim.

Entrevistador: Então, podemos esperar que os habitantes de Harmont um belo dia poderão ver seu famoso conterrâneo nas ruas de sua cidade natal?

Dr. Pillman: Isso não é totalmente improvável...

1

Redrick Schuhart, 23 anos, solteiro, assistente de laboratório na filial do IICE (Instituto Internacional das Culturas Extraterrestres) de Harmont.

Foi na véspera, estávamos no depósito. Já era tarde, fim do expediente, e eu só queria tirar o uniforme e ir direto ao Borjtch encher a cara. Estava parado, à toa, encostado na parede com o dever cumprido e já com um cigarro prontinho na mão — estava louco pra fumar, segurei por duas horas —, mas ele ainda demorava, mexendo em suas coisas. Encheu um cofre, fechou, lacrou, e aí começou a carregar o outro. Pegava os ocos da esteira do transportador e os examinava de todos os lados (e os danados são pesados, 6,5 quilos cada um, sem brincadeira), depois, bufando de esforço, depositava-os com cuidado na prateleira do cofre.

Há muito tempo ele estava quebrando a cabeça com esses ocos e, em minha opinião, sem qualquer benefício para a humanidade. Em seu lugar, eu já teria desistido há muito tempo e ido fazer alguma outra coisa pelo mesmo dinheiro. Por outro lado, pensando bem, o oco é realmente uma coisa misteriosa e até meio incompreensível, por assim dizer. Quantos deles eu já carreguei nas costas, e toda vez que vejo um fico impressionado, não tem jeito. E eles são apenas dois discos de cobre, paralelos, do tamanho de um pires com uns cinco milímetros de espessura, com uma distância entre eles de uns quatrocentos milímetros. E só, não há nada entre os discos, só o vazio. Nada mesmo, só o vazio! Você pode enfiar a mão entre eles ou até a cabeça, se tiver pirado de vez e quiser tirar a prova. Vazio e vazio. Só o ar mesmo. No entanto, há algo entre os discos, está na cara que há, uma força qualquer, penso eu, pois nunca ninguém conseguiu nem apertar os discos um contra outro, nem separá-los.

Não, minha gente, é difícil explicar essa coisa se você nunca a viu, pois é tão simples a sua aparência, especialmente quando você olha bem de perto e finalmente começa a acreditar em seus olhos. É a mesma coisa que descrever um copo para alguém ou, Deus me livre, um cálice: você acaba mexendo os dedos no ar e xingando o mundo todo num completo desânimo. Pois bem, acho que vocês entenderam, e quem não entendeu que leia os *Relatórios do IICE*, em qualquer edição tem artigos sobre o oco com fotos.

Resumindo, Kirill estava enrolado com os ocos havia quase um ano. E eu estou designado a ele desde o início e até hoje não entendo o que é que ele quer com eles, e, para falar a verdade, nem estou muito interessado nisso. Deixe que ele primeiro entenda tudo na sua cabeça, e aí, quem sabe, eu vá ouvir o que ele tem a dizer. Por enquanto, só sei de uma coisa: ele está obcecado, custe o que custar, com desmontar um oco, queimá-lo com ácidos, esmagar na prensa, derreter numa fornalha, e só então vai sossegar, ganhar "famas e honras", com toda a ciência mundial transbordando de felicidade. Mas no momento, conforme eu vejo, ainda há muito chão pela frente. Até agora ele não conseguiu nada, apenas se acabou, ficou pálido e calado, e seus olhos ganharam o aspecto de um cão sem dono, até lacrimejantes. Se ele fosse qualquer outro cara, eu o embebedaria até apagar e depois o levaria a uma boa puta para que ela desse um trato nele. E na manhã seguinte faria tudo de novo, eu o embebedaria e de novo levaria a uma puta. Assim, ele logo ficaria novinho em folha, pronto para o que viesse. Só que, no caso do Kirill, esse remédio não serve, nem adianta tentar, ele é outro tipo de gente.

Então, lá estávamos nós no depósito, eu observando o aspecto abatido dele, com olheiras embaixo dos olhos, e, de repente, uma enorme pena tomou conta de mim, e foi aí que eu me decidi. Na verdade, nem foi minha intenção, e sim como se alguma força tivesse mexido minha boca por mim.

– Escuta, Kirill... – disse eu. Naquele momento, ele segurava o último oco nas mãos, como se quisesse se enfiar inteirinho dentro daquele negócio.

– Escuta, Kirill! – disse eu. – E se você tivesse um oco recheado, hein?

– Um oco recheado? – repetiu ele, franzindo a testa, como se eu falasse grego.

– Isso mesmo – continuei. – Um oco, essa geringonça eletromagnética, ou seja lá como for que vocês o chamam, este seu objeto 77-B. Só que com uma gosma dentro, meio azul.

Eu percebi que ele começou a compreender. Levantou os olhos e me lançou um olhar, encarando. Aí, reparei que no fundo de seus olhos, atrás daquele rosto abatido, começou a brilhar uma luzinha – como ele gostava de dizer.

– Espera – disse ele –, recheado? Exatamente assim como este, mas recheado?

– Isso mesmo.

– Onde está?

Pronto, meu Kirill estava curado; pronto para outra.

– Vamos fumar lá fora – propus.

Ele na hora guardou no cofre o oco que segurava na mão, trancou-o com três voltas e meia, e fomos ao laboratório. Por um oco vazio o Ernest me descolava quatrocentas pratas na mão, mas por um recheado eu esfolaria esse safado. Mas, acredite se puder, nem pensei nisso no momento, pois o Kirill simplesmente renasceu e ficou todo empolgado, desceu a escada de quatro em quatro degraus, nem me deixou fumar. Resumindo, contei para ele como era o negócio, onde estava e como seria melhor para chegar até ele. Kirill imediatamente tirou o mapa, achou a garagem, pôs o dedo sobre ela e olhou para mim. Ele logo entendeu tudo sobre mim, é claro; era impossível não entender...

— Mas quem poderia imaginar! — disse ele sorrindo. — Então, temos que ir lá. Vamos amanhã de manhã. Às nove horas reservarei os passes de entrada e a galocha e às dez sairemos. Combinado?

— Combinado — respondi. — E quem é o terceiro?

— Para que um terceiro?

— Ah, não — disse eu. — Isso não é um piquenique com garotas. E se algo te acontecer? É a Zona — falei. — Tem que seguir as instruções.

Ele deu uma risadinha, encolheu os ombros.

— Como quiser! Você é quem sabe melhor.

E como não saberia?! Estava claro que ele tentava ser generoso, esforçando-se comigo, pois três pessoas já seria demais, nós dois daríamos um pulo lá de mansinho, ninguém saberia de nada. Mas eu sabia que os funcionários do Instituto não vão para a Zona em dois. Havia regras sobre isso: dois trabalhavam e o terceiro observava. Se alguém perguntasse, esse terceiro relataria tudo o que tivesse ocorrido.

— Por mim, eu levaria o Óstin — disse Kirill. — Mas você, provavelmente, não iria querer. Ou pode ser?

— O Óstin não — recusei. — Qualquer um, menos ele. O Óstin você leva na próxima vez.

Óstin era um bom cara, com coragem e medo na proporção certa, mas a meu ver ele já estava marcado. Não dava para explicar isso para Kirill, mas eu entendia: o sujeito dava a acreditar que já conhecia a Zona e que a compreendia por completo, o que significava então que não ia durar muito. Que seja, eu só não queria estar por perto.

— Então tá — aceitou Kirill. — E o Tender?

Tender era o segundo assistente dele. Homem de bem, tranquilo.

— É um pouco velho. E tem filhos...

— Não tem problema. Ele já foi para a Zona.

— Tudo bem — concordei. — Que seja o Tender.

Então ele ficou estudando o mapa, e eu corri direto para o Borjtch, pois estava verde de fome e com a garganta queimando de seca.

Pois bem. No dia seguinte, eu cheguei ao Instituto às nove, como sempre, e apresentei o crachá. Na catraca estava aquele idiota do sargento em quem eu dei uma surra no ano passado, quando ele, bêbado, mexeu com a Guta.

— Olá, Ruivo — disse pra mim. — Estão te procurando pelo Instituto inteiro...

— Não sou nenhum Ruivo pra você — retruquei. — Não sou seu amigo, seu varapau sueco.

— Meu Deus, Ruivo! — continuou ele atônito. — Mas é que todo mundo te chama assim.

Eu fico nervoso antes de ir à Zona, ainda mais estando sóbrio, então eu o agarrei pela farda e expliquei-lhe com todos os pormenores quem ele era na vida e por que saiu assim de sua mãe. Ele desistiu e me devolveu o crachá, já sem gracinhas.

— Redrick Schuhart — recomeçou ele em tom oficial —, o senhor deve se apresentar ao chefe de segurança, capitão Herzog.

— É isso aí — aprovei. — Assim está melhor! Aprenda, sargento, se quiser se tornar um tenente.

Fiquei cismado: que novidade era essa? Que diabos o capitão Herzog queria de mim em pleno horário de expediente? Bem, fui até ele. Seu gabinete ficava no terceiro andar, uma sala boa, com grades nas janelas iguais às da polícia. O próprio Willy estava sentado à mesa, puxando seu cachimbo e produzindo a papelada na máquina de escrever; no canto da sala havia um sargento novato, que eu não conhecia. No nosso Instituto há mais sargentos que numa divisão militar inteira, e todos são bem-nutridos, com bochechas cor-de-rosa e cheios de saúde. Eles não precisam ir à Zona e tampouco lhes importa a paz mundial.

– Bom dia – disse eu. – O senhor me chamou, senhor capitão?

Willy olhou através de mim, como que para um lugar vazio, afastou a máquina, pegou um dossiê grosso e começou a folheá-lo.

– Você é Redrick Schuhart? – perguntou.

– Ele mesmo – respondi, tentando conter o sorriso, pois era muito engraçado. Mal consegui reprimir uma risadinha nervosa.

– Há quanto tempo o senhor trabalha no Instituto?

– Há dois anos e pouco.

– Estado civil?

– Sou sozinho – falei –, sou órfão.

Aí ele se virou na direção do sargento e disse em tom de ordem:

– Sargento Lummer, vá até o arquivo e traga pra mim o dossiê número 150.

O sargento prestou continência e sumiu. Willy fechou a pasta e dirigiu-se a mim com um ar soturno:

– Voltou aos velhos hábitos de novo?

– Quais "velhos hábitos"? Não estou entendendo.

– Você me entendeu bem. Novamente recebi uma papelada a seu respeito.

"Sujou", pensei.

– E de onde veio esse material?

Ele fechou a cara e começou a bater com o cachimbo no cinzeiro, impaciente.

— Isso não lhe diz respeito — disse ele. — Eu te aviso em nome de nossa velha amizade, largue esse negócio, largue já. Pois, se te pegarem pela segunda vez, você não vai se safar com apenas seis meses. Será demitido do Instituto na hora e perderá o emprego para sempre, entende?

— Sim, senhor, eu entendo, só não entendo quem foi o filho da mãe que me dedurou...

Mas ele novamente ficou com aquele olhar vazio, pegou o cachimbo e voltou à sua pasta. Isso porque o sargento Lummer tinha voltado com o dossiê 150.

— Obrigado, Schuhart — disse o capitão Willy Herzog, também conhecido como Porcão. — Isso é tudo que eu tinha que esclarecer. O senhor está dispensado.

Então, eu fui para o vestiário, vesti o uniforme, acendi o cigarro, tudo sem parar de pensar de onde tinha vindo aquela caguetagem. Se fosse do Instituto, seria tudo mentira, pois ninguém lá sabia nada sobre mim, não tinha como saber. E se chegasse uma intimação da polícia? Daria na mesma, o que eles podiam saber além dos velhos casos? Será que pegaram o Abutre? Esse canalha afundaria qualquer um só para se safar. Mas o Abutre também já não sabia mais nada de mim. Eu quebrei a cabeça pensando e não me veio nada de útil. Aí, resolvi desencanar! Pois já havia três meses que eu tinha ido à Zona pela última vez, já tinha vendido toda a mercadoria e já tinha gastado quase toda a grana. Não me pegaram em flagrante e agora já não tinham mesmo como me pegar, sou safo.

Eu já estava subindo a escada quando me veio um baque na cabeça, e tão forte que precisei voltar ao vestiário, sentar e fumar de novo. Acontece que eu não podia ir à Zona naquele dia. Nem no dia seguinte, nem depois. Significava que eu novamente estava na mira daqueles safados da delegacia, que eles ainda se lembravam de mim, e, se por acaso tivessem esquecido, alguém tinha ajudado a recordar. E agora já não importava quem era, pois nenhum stalker, salvo se completamente pirado, chegaria a um quilômetro da Zona sabendo que estava sendo observado. Agora eu precisava me esconder no buraco mais profundo possível. "Que Zona, do que vocês estão falando? Eu não vou lá há meses, nem com passe de permissão! Por que querem caluniar um honesto assistente de laboratório?"

Após ponderar tudo, eu até senti um alívio por não precisar mais ir à Zona naquele dia. Mas como contaria a notícia para Kirill de um jeito delicado?

Fui direto ao ponto:

– Não irei à Zona. Há algo mais em que posso servi-lo?

Primeiro, ele nitidamente arregalou os olhos, mas depois provavelmente a ficha caiu, e ele me puxou pelo braço até sua salinha, me fez sentar em sua mesa enquanto ele mesmo se acomodou no peitoril da janela. Fumamos em silêncio. Então ele começou bem de mansinho.

– Aconteceu alguma coisa, Red? – perguntou ele.

O que eu poderia dizer?

– Nada – disse –, está tudo bem. Ontem perdi vinte pratas no pôquer, aquele Noonan sabe mesmo jogar, o safado...

– Espera aí – interrompeu –, por acaso você mudou de ideia?

Eu até pigarreei com a tensão.

– Eu não posso – disse por entre os dentes. – Está proibido para mim, compreende? Agora há pouco o Herzog me interrogou.

Ele amoleceu, e seus olhos voltaram a ficar tristes como os de um poodle doente. Engoliu em seco, acendeu um cigarro novo com a bituca antiga e disse baixinho:

– Você pode acreditar em mim, Red, eu não disse uma palavra a ninguém.

— Relaxe — disse eu. — Não estamos falando de você.

— Eu nem conversei ainda com o Tender. Encomendei o passe para ele sem perguntar se iria...

Eu fumava calado. Era tragicômico, ele realmente não entendia nada.

— E o que o Herzog te disse?

— Nada de especial — respondi. — Alguém me dedurou. Só isso.

Ele me olhou de um jeito estranho, pulou do peitoril e começou a andar pela salinha, para lá e para cá. Andava em círculos pela sala, e eu soprando fumaça, quieto. Tinha pena dele, é claro, mas também era lastimável ver tudo acontecer de um jeito tão idiota: que belo tratamento para a melancolia foi o meu. E de quem era a culpa? Minha, é claro, eu fui o culpado. Prometi doce para uma criança, só que os doces estão em um esconderijo e guardados por titios malvados. De repente ele parou de rodar, olhou para mim de soslaio e disse meio sem jeito:

— Escuta, Red, quanto pode custar o oco recheado?

Primeiro não entendi, pensei que ele imaginava comprá-lo em algum lugar; só que onde se poderia comprar uma coisa dessas, especialmente levando-se em consideração que poderia existir apenas um desses no mundo inteiro? Isso sem contar que ele não teria dinheiro suficiente. De onde ele tiraria dinheiro, ele, um pesquisador estrangeiro, e ainda por cima russo? De repente, como se um raio caísse em minha cabeça, entendi: será que ele, cretino, pensou que eu tinha inventado toda aquela lenga-lenga por causa da grana? "Mas que canalha", pensei, "quem você acha que eu sou?" Eu já ia abrir a boca e dizer tudo o que pensava sobre ele, mas me contive. Pois, realmente, o que ele deveria pensar sobre mim? Um stalker é sempre um stalker; só pensa em cifrões, e quanto mais, melhor, vende sua vida em troca da grana. Era isso aí: ontem eu lancei a isca e hoje estou puxando a linha para aumentar o preço.

Perdi a fala com tais pensamentos, enquanto ele olhava fixamente para mim. E nesse olhar eu percebia nem tanto desprezo, mas até mesmo certa compreensão. Então lhe expliquei com toda a calma:

— Ninguém nunca foi até a garagem com uma permissão. Não há rota traçada até lá, você sabe disso. Agora pense comigo, voltaríamos, e nosso amigo Tender começaria a se gabar, dizendo que a gente tinha dado um pulinho na garagem, pego o que era preciso e voltado, como se tivesse sido uma simples ida ao depósito. E todos então entenderiam que nós sabíamos com antecedência o que estávamos procurando. E isso significaria que tínhamos sido orientados. Não há necessidade de comentar quem de nós três teria sido esse orientador. Compreende como isso tudo cheira mal para mim?

Terminei minha fala e ficamos em silêncio, encarando um ao outro. De repente, ele bateu palmas, esfregou as mãos uma na outra e assim, todo animadinho, declarou:

— Está bem, não faz mal. Eu te entendo, Red, e não posso julgá-lo. Eu mesmo vou, tomara que nada aconteça, não é minha primeira vez...

Esticou o mapa no peitoril, apoiou as mãos curvando-se em cima dele, e toda sua braveza desapareceu num instante. Escutei-o balbuciando:

— Cento e vinte metros... Pelo menos cento e vinte dois... E ainda os que temos dentro da garagem... Não, não vou levar o Tender. Red, o que você acha, talvez seja melhor não chamar o Tender. Ele tem dois filhos para criar...

— Eles não deixariam você ir sozinho — disse eu.

— Vão deixar, sim... — continuava a balbuciar. — Conheço todos os sargentos... E os tenentes... Droga, não gosto muito daqueles caminhões lá! Há treze anos parados ao ar livre e continuam novinhos em folha. E vinte passos ao lado um tanque completamente enferrujado, até com buracos, enquanto aqueles parecem ter acabado de sair da fábrica... Ah, essa Zona, vou te dizer!

Ele levantou a cabeça e fitou a janela. Fiz o mesmo. Os vidros das nossas janelas são grossos e contêm chumbo; atrás deles está a Zona, nossa querida, tão perto, ao alcance do braço, completamente visível do 13º andar...

Quando se olha para ela, só se percebe um terreno normal banhado pelos raios do sol como qualquer outro lugar na Terra. Aparentemente nada mudou lá, tudo permanece como era treze anos atrás. Se meu falecido pai olhasse aquilo, não repararia em nada especial, talvez perguntasse por que a chaminé da fábrica estava apagada, se seria por causa de uma greve... O minério amarelado, agregado em cones, regeneradores refletindo o sol, e trilhos, trilhos e mais trilhos, uma locomotiva com plataformas... Resumindo, uma paisagem industrial, só que sem pessoas. Nem mortas, nem vivas. E lá estava a garagem: um apêndice cinza e comprido com os portões escancarados, e, no pátio asfaltado, os caminhões. Há treze anos estão parados, e nada lhes acontece. Kirill sacou bem os caminhões, garoto esperto. Deus o livre de passar por entre eles, tem que contornar pelos lados. Havia lá uma fresta no asfalto, se ainda não foi coberta pela erva daninha... Cento e vinte e dois metros — de onde ele contava? Ah, sim, deve ser da última estaca. Está certo, dali não daria mais que isso. Pois é, os CDFs do Instituto até que estavam se adiantando aos poucos... Já haviam puxado a rota até o penhasco, e como fizeram isso habilmente! Eis ali aquele barranco onde Lesma bateu as botas, apenas a dois metros da trilha deles... Não por acaso o Ossudo disse a Lesma: “Mantenha-se longe dos barrancos, sua besta, pois não haverá o que enterrar”.

Dito e feito, não houve nada para enterrar. Com a Zona é assim: voltou com mercadoria, milagre; voltou vivo, sorte; foi ferido à bala pela patrulha, que bênção; e o resto é destino...

Naquele momento, eu olhei para Kirill e percebi que ele estava me observando de soslaio. E houve algo em sua expressão que me fez mudar de ideia de novo. "Que se danem todos eles", pensei, "o que aqueles safados poderiam me fazer?" Kirill já não precisava falar nada, mas ele falou:

— Assistente Schuhart — falou ele —, recebi de fontes oficiais, repito, oficiais, a informação de que uma averiguação da garagem talvez pudesse proporcionar um grande benefício à ciência. Proponho examinar a garagem e garanto um bônus salarial. — E ele abriu um sorriso, como se fosse uma flor desabrochando.

— E quais exatamente seriam essas fontes oficiais? — perguntei, sorrindo também como um idiota.

— São fontes confidenciais — respondeu —, mas para o senhor posso revelar... — Aí ele parou de sorrir e franziu o cenho. — Digamos que tenha vindo do dr. Douglas.

— Ah — retruquei —, do dr. Douglas... E quem é esse tal dr. Douglas?

— Sam Douglas — disse ele secamente. — Morreu no ano passado.

Senti arrepios. Diabos! Quem é que fala dessas coisas antes da saída? Com esses CDFS não adianta ensinar, não entendem mesmo. Esmaguei a bituca no cinzeiro e disse:

— Então tá. Cadê o Tender? Quanto tempo vamos esperar por ele?

Nenhum de nós tocou mais no assunto. Kirill ligou para a PPS para reservar a galocha flutuante, enquanto eu pegava o mapa para ver o que eles tinham desenhado ali. Até que estava bem produzido, tudo em ordem, com uma imagem fotográfica de cima ampliada muitas vezes, dava até mesmo para ver o relevo do pneu jogado perto do portão da garagem. Se meus companheiros de ofício pudessem ter um desses... Por outro lado, ele de pouco adiantava à noite, quando você se arrastava, com o traseiro para o céu, e mal enxergava as próprias mãos no escuro...

Chegou o Tender, enrubescido e ofegante; a filha dele havia adoecido, e ele foi atrás de um médico. Pediu desculpas pelo atraso e a gente já veio com a surpresa: você tem que ir à Zona. No início ele até se esqueceu de bufar, coitado.

— Como assim ir à Zona? — disse. — E por que eu?

Ao ouvir, porém, sobre o bônus salarial e que Red Schuhart também iria, recompôs-se e voltou a respirar.

Resumindo, descemos ao *boudoir*, Kirill trouxe as autorizações, nós as apresentamos ao sargento de plantão, e ele nos entregou os trajes de proteção. Aí está uma coisa útil. Se fosse pintado em alguma cor mais adequada do que vermelho, qualquer stalker, sem piscar, daria quinhentas pratas por um desses. Eu há tempos havia jurado dar um jeito de conseguir um para mim, sem falta. À primeira vista, ele não parece ter nada de especial, tipo um traje de mergulhador com capacete e uma grande janela à frente do rosto. Talvez nem seja de mergulhador, e sim de piloto de avião a jato ou de astronauta: leve, confortável, não aperta em lugar algum e não te faz transpirar no calor. Em um desses dá até para atravessar o fogo, e nenhum gás consegue penetrá-lo. Dizem que é até à prova de balas. É claro que fogo, bala ou gás lacrimogêneo são coisas terrestres, humanas. Na Zona não existe nada disso, e não é disso que você deve ter medo lá. Em poucas palavras, o pessoal morre bonitinho lá, mesmo com trajes especiais. Se bem que sem eles provavelmente morreria ainda mais gente. Convenhamos, do pólen ardente esses trajes protegem 100%. E também do cuspe da couve-do-diabo... bom.

Vestimos os trajes, eu peguei umas porcas de um saquinho e passei-as para o bolso peitoral, depois atravessamos o pátio interno do Instituto em direção à Zona. Era um tipo de tradição entre eles, que todos pudessem observar: eis que marcham os heróis da ciência, depositando em prol da humanidade a própria vida no altar da ciência, do conhecimento e do espírito santo, amém! E foi isso mesmo – de todas as janelas até o 15º andar saíam caras cheias de compaixão, só faltava abanarem lenços e a orquestra tocar.

– Acelera o passo – disse eu ao Tender –, encolhe o bucho, seu fracote! A humanidade agradecida não te esquecerá!

Ele olhou para mim, e eu percebi que o cara não estava a fim de brincadeiras. Estava certo, que brincadeira, aos diabos! Mas, quando você está prestes a entrar na Zona, só há dois jeitos: ou chorar ou gracejar, e eu nunca chorei na vida. Lancei um olhar para Kirill, ele estava se segurando bem, apenas os lábios se mexiam como se estivesse rezando.

– Tá rezando? – perguntei. – Reze mesmo! Quanto mais pra dentro da Zona, mais perto do céu...

– O quê? – Ele não entendeu.

– Reza! – gritei. – Os stalkers vão direto para o Paraíso!

E, de repente, ele me deu uma tapinha nas costas, do tipo: não tenha medo, eu estou aqui, e se algo der errado, bem, só morremos uma vez. Pois é, ele era um cara engraçado.

Entregamos os crachás ao último sargento – dessa vez, excepcionalmente, era um que eu conhecia; o pai dele vendia grades funerárias em Recsópolis. A galocha já estava esperando, o pessoal do PPS a havia estacionado bem na frente da portaria. E todos já estavam lá; a ambulância, os bombeiros, e nossos destemidos guardas salva-vidas – um bando de vagabundos bem-nutridos com seu helicóptero. Ficava cheio só de olhar para eles!

Subimos na galocha, Kirill pegou o leme e se dirigiu a mim:

– Então, Red, às suas ordens.

Eu, sem pressa, abri o zíper do casaco, saquei o cantil, dei um gole, atarraxei a tampinha e guardei-o de volta no bolso. Não consigo partir sem isso. Tantas vezes já fui para a Zona, mas não posso sem isso. E os dois me observavam, esperando.

– Bem – disse –, não ofereço a vocês, pois é a primeira vez que vamos juntos, e não sei como reagem ao álcool. O esquema será o seguinte: tudo o que eu mandar será executado imediatamente e sem discussão. Se alguém se atrapalhar ou começar a fazer perguntas, vai apanhar sem aviso prévio, e onde pegar, pegou, já peço desculpas. Por exemplo, se eu disser pra você, Tender, plantar bananeira e andar com as mãos, nesse mesmo instante você deve levantar esse seu traseiro gordo e fazer o que foi dito. E se não o fizer, provavelmente não verá sua filhinha doente nunca mais. Você entendeu? Vou fazer o possível para que a veja de novo.

– Só não se esqueça de dar as ordens, Red – soltou Tender todo vermelho e com voz rouca, ensopado de suor. – Eu andaria com os dentes se fosse preciso, não sou novato.

– Ambos são novatos pra mim – disse eu. Quanto às ordens, fique tranquilo, não me esquecerei de dá-las. A propósito, você sabe dirigir a galocha?

– Sabe, sim – afirmou Kirill. – E dirige bem.

– Então tá – aceitei. – Que Deus nos ajude. Baixar as viseiras! Velocidade lenta à frente, altura de três metros! Parada no marco 27.

Kirill subiu a galocha para três metros, deu marcha lenta à frente, enquanto eu virava a cabeça sutilmente e soprava o azar pelo ombro esquerdo. Vi então os guardas salva-vidas entrando em seu helicóptero, os bombeiros em posição de sentido e o tenente na soleira da guarita prestando continência, aquele idiota. E, por cima de todos eles, um cartaz antigo e desbotado em que se lia "Bem-vindos, senhores Visitantes!". Tender já se aprontava para dar adeus a eles, mas eu lhe dei uma cotovelada tão forte que ele logo se esqueceu dessas cerimônias. Vai se catar com seu adeus. Vou te mostrar a despedida, seu bundão!

Bem, flutuamos.

À direita estava o Instituto, à esquerda, o Quarteirão Pestilento, e nós no meio, avançando de marco em marco. Há quanto tempo ninguém andava a pé ou de carro por aquela rua! O asfalto estava todo trincado com o mato crescendo nas frestas. Mas aquele ainda era nosso matinho, terrestre. Já na calçada do lado esquerdo proliferava uma erva preta e espinhosa, e por ela se percebia como a Zona fazia sua demarcação, pois os espinhos escuros marcavam a linha da calçada, como se tivessem sido cortados à foice. Convenhamos, aqueles Visitantes eram gente correta. Fizeram muita sujeira, é verdade, mas definiram um claro limite para ela. Nem o pólen ardente passava da Zona para o nosso lado, jamais, embora parecesse voar à mercê do vento...

As casas no Quarteirão Pestilento eram desbotadas e mortas, porém quase todas as janelas estavam inteiras, só um pouco sujas e, portanto, pareciam meio opacas. Mas à noite, quando você se arrastava ao lado delas, dava para ver muito bem algo reluzir por dentro, como se álcool estivesse queimando em chamas pequenas e azuladas. Era caldo-da-bruxa exalando dos porões. De resto, parecia um quarteirão como qualquer outro, as casas normais; precisavam de uma reforma, é verdade, mas nada de especial, só não se viam pessoas. Naquele prédio de tijolos, aliás, morava nosso professor de aritmética, vulgo Vírgula. Era um chato e perdedor, a segunda mulher o havia abandonado logo antes da Visitação, e a filha tinha catarata, a gente zoava ela até fazê-la chorar. Quando começou o pânico, ele correu, junto com os outros, até a ponte, apenas com a roupa de baixo, todos os seis quilômetros sem descanso. Depois ficou doente daquela sarna por muito tempo, sua pele descamou e as unhas caíram. Quase todos que moravam naquele quarteirão adoeceram, por isso foi apelidado de Pestilento. Alguns morreram, na maior parte os velhos, mas nem todos. A meu ver, não foi aquela sarna a causa da morte deles, e sim o medo. Havia muito medo.

Naqueles três quarteirões pessoas ficaram cegas. E agora esses quarteirões são chamados pela ordem de Primeiro Cego, Segundo Cego... Não é que tenham ficado completamente cegas, é que ficaram como toupeiras. Dizem, aliás, que não foi por causa de clarão algum — embora houvesse desses também —, mas sim por um barulho ensurdecedor. Dizem que ressoou um estrondo tão forte que os cegou na hora. Os médicos explicavam para eles que essas coisas não existiam e que tinham que se esforçar para recordar corretamente! Que nada, continuavam a repetir: "Foi um trovão estrondoso e ficamos cegos". Só que ninguém além deles tinha ouvido aquele estrondo...

Já aqui parece que nada aconteceu. Eis o quiosque de vidro, inteirinho. Um carrinho de bebê ao lado do portão, até a roupinha dentro está limpa... Somente as antenas entregam, criaram uma cabeleira que até parece enrosco de rio. Nossos CDFS do Instituto há tempos estudam aquilo: é curioso para eles examinar aquele enrosco que não aparece em nenhum outro lugar, apenas no Quarteirão Pestilento, e só nas antenas. E o mais notável exemplar está aí, do lado, logo abaixo da janela. No ano passado, tiveram a ideia: desceram do helicóptero uma âncora presa a um cabo de aço e fisgaram um enrosco daqueles. Mal começaram a puxá-lo e, de repente: *s-s-s-s*! *s-s-s-s*! Olharam e viram a antena toda cheia de fumaça, a âncora também, e já estava pegando também no cabo. Não era uma fumaça qualquer, soltava um chiado feito cascavel pronta para dar o bote. Pois bem, o piloto, esquecendo-se de suas obrigações de tenente, logo entendeu a situação, soltou o cabo e se mandou. Até hoje o cabo está ali pendurado, quase tocando o solo e todo coberto daquela cabeleira.

Assim, devagarzinho, chegamos até o fim da rua, na esquina. Kirill olhou pra mim: "dobrar?". Fiz um sinal: "o mais lento possível!". A galocha virou e começou a avançar bem devagar acima dos últimos metros de terra humana. A calçada se aproximava cada vez mais, e logo a sombra do veículo caiu nos espinhos escuros. Pronto, estávamos na Zona! Imediatamente senti arrepios. Toda vez eu os sinto e até hoje não sei direito: será a Zona que me pega assim ou são os nervos agindo para cima do stalker? E toda vez penso que, quando voltar, preciso perguntar sem falta se os outros também sentem o mesmo, mas toda vez me esqueço disso.

Bem, flutuamos por cima das antigas hortas, o motor zumbia em um tom baixo, monótono e calmo; claro, ele não precisa se preocupar, a ele nada acontecerá. E aí, subitamente, o Tender surtou. Mal chegamos ao primeiro marco, ele soltou a fala. Exatamente como os novatos que surtam na Zona: dentes batendo, coração disparado, mal lembrando quem ele era, morrendo de vergonha e mesmo assim não conseguindo parar. Acho que isso os pega como se fosse diarreia, não depende da pessoa, a coisa só vaza e vaza, sem controle algum. Qualquer assunto, não importa! Um começa a admirar a paisagem, o outro vem apresentar suas ideias sobre o além. E por vezes saía alguma coisa que não tinha nada a ver, como o Tender naquela hora: começou a elogiar o terno novo, e não conseguia parar de falar, sobre o quanto tinha pagado por aquela coisa, sobre como a lã era fina e sobre como o costureiro havia trocado os botões...

– Cale a boca – mandei.

Ele lançou pra mim um olhar triste, remexeu os lábios e recomeçou, falando sobre quanta seda havia sido usada para o forro. Enquanto isso, as hortas acabaram, e começou o terreno baldio, barrento, onde antes havia o lixão da cidade, e eu senti um vento leve. Um minuto não havia nada, e, de repente, começaram redemoinhos de poeira, e achei que tinha ouvido um barulho.

– Cale-se, imbecil! – eu disse ao Tender.

Não adiantou, não conseguia parar. Agora já falava até do bicho-da-seda. Então desculpe, mas eu tinha avisado.

– Pare – disse eu ao Kirill.

Ele freou imediatamente. Ótima reação, parabéns. Agarrei o Tender pelo braço, virei-o para mim e dei-lhe uma bela bofetada na cara. O infeliz bateu o nariz contra o visor da máscara e calou-se. E logo que ele se calou, eu ouvi: *tr-r-r... tr-r-r... tr-r-r...* Kirill olhou para mim, dentes cerrados, boca retorcida. Eu fiz um sinal: "pare, pare pelo amor de Deus, não se mexa!". Mas ele também ouvia aquele ruído e, como todos os novatos, sentia o impulso de agir, fazer alguma coisa.

– Marcha a ré? – sussurrou ele.

Sacudi a cabeça em desespero, ameacei com o punho na frente do capacete dele para que ficasse quieto. Santa paciência! Juro, com esses novatos não se sabe para onde olhar – observar o campo ou vigiá-los. Mas, de repente, me esqueci de tudo, pois por cima do monte do lixo, acima dos vidros quebrados e de trapos sujos, começou um tremor, uma vibração como uma névoa de ar quente ao meio-dia acima de um telhado de ferro. Aquilo se arrastou pela colina e começou a avançar na nossa direção, cada vez mais perto, aí parou na altura do nosso marco, permaneceu parado por uns 30 segundos – ou essa foi a minha impressão – e se desviou no sentido do campo, para trás dos arbustos, das cercas podres, para o cemitério de carros velhos.

Que eles vão para o inferno, esses CDFs de quatro olhos que tiveram a grande ideia de traçar o caminho ao lado do barranco! E eu também não sou muito melhor: "para onde tinha olhado enquanto admirava o mapa deles, sua besta?".

– Vamos em frente, marcha lenta – disse eu ao Kirill.

– E o que é que foi aquilo?

– Sei lá eu! Foi e passou, graças a Deus. E fique de bico fechado, por favor. Pois você agora não é mais um ser humano, entendeu? Você, por hora, é uma máquina, minha alavanca, apenas uma engrenagem.

E aí eu me peguei no ato, parecia que eu mesmo estava tendo um ataque de diarreia verbal.

– Basta – cortei. – Nenhuma palavra a mais.

Se pelo menos pudesse dar um gole naquela hora! Tirar o cantil do bolso do casaco, desatarraxar a tampinha e devagar, sem pressa, encostar o gargalo nos dentes de baixo, depois inclinar a cabeça para que o álcool sozinho fluísse para o fundo da garganta e queimasse e ardesse lá até lagrimas saírem... E depois balançar o cantil e dar mais um... Vou lhes dizer uma coisa: esses escafandros são uma porcaria. Vivi muito bem sem eles e agora tenho que aguentar tudo isso sem um gole sequer. Mas chega disso!

O vento parecia se acalmar, e nada de estranho se ouvia ao redor, apenas o motor continuava a zumbir calmo e até sonolento. O sol, o calor... Uma névoa de ar quente por cima da garagem... Aparentemente tudo estava tranquilo, os marcos passavam um após o outro. Tender estava calado, Kirill estava quieto, já começaram a se encaixar, esses novatos. Ânimo, rapaziada, na Zona também se pode respirar, se você souber como... Nós nos aproximamos do marco 27. Kirill olhou pra mim, fiz sinal de positivo e nossa galocha parou.

A brincadeira tinha acabado, e a coisa estava séria. Agora, o mais importante era manter a calma. Não tínhamos pressa nenhuma, não havia vento e a visibilidade estava perfeita, tudo parecia estar na palma da mão. Eis ali o barranco que acabou com Lesma – dava pra ver algo misturado lá, talvez fosse o resto dos trapos dele. Ele era um imprestável, que Deus o perdoe, ganancioso, burro, sujo, típico da gentalha que se envolvia com o Abutre. São caras assim que o Abutre Barbridge enxergava a um quilômetro de distância. A Zona, porém, não pergunta se você é um homem bom ou um canalha, e acontece que temos que te agradecer, Lesma: pois embora fosse um idiota e ninguém se lembrasse de seu nome, foi você que acabou mostrando para as pessoas onde não se devia pisar...

Pois bem, agora seria bom se a gente chegasse até o asfalto. O asfalto é liso, dava pra ver tudo melhor, e aquela velha frestinha estava lá. Eu só não estava gostando daqueles morrinhos! Se prosseguíssemos em linha reta, precisaríamos passar exatamente por entre eles. E eles lá, aguardando, até parecia que sorriam. "Não, minha gente, eu não vou passar entre vocês", pensei. O segundo lema do stalker: ou à direita ou à esquerda tudo deve ser limpo na extensão de cem passos. Pelo montinho esquerdo, porém, dava para passar. Não se sabe o que está por trás dele, no mapa não parecia nada de especial, mas quem acreditava em mapas?

— Escuta, Red — sussurrou Kirill. — E se a gente pular? Vinte metros pra cima e de lá pra baixo, acabaremos logo na porta da garagem, hein?

— Silêncio, seu idiota — respondi. — Fique quieto e não enche.

"Pra cima." E se levasse um golpe lá, vinte metros acima, quem juntaria seus ossos? Ou se uma careca-de-mosquito surgisse por perto? Aí, não sobraria nada de você no geral, nem sólido nem líquido. Quantos desses atrevidos eu já tinha visto, não conseguiam se controlar. Ora essa: "Pular!"... Bem, como chegar até o tufo estava claro para mim, e depois, veríamos. Eu enfiei a mão no bolso e saquei um punhado de porcas. Mostrei-as para Kirill na palma da mão e disse:

— Lembra da história do Pequeno Polegar? Aprendeu na escola? Então, agora será justamente ao contrário. Olhe! — Eu joguei a primeira porca. Lancei-a a poucos metros, como se deve, uns dez metros. A porca voou direitinho.

— Viu?

— E daí? — retrucou.

— Sem "e daí", eu perguntei se viu ou não?

— Vi.

— Agora, bem devagar, avance a galocha até lá e pare dois metros antes. Entendeu?

— Sim. Está procurando graviconcentrados?

— Não te interessa o que estou procurando. Espere um pouco, deixe-me jogar mais uma. Observe onde vai cair e não tire mais os olhos dela.

Lancei mais uma porca. Naturalmente, essa também passou sem problemas e caiu ao lado da primeira.

— Vai! — ordenei.

Ele dirigiu a galocha, e seu rosto ficou calmo e esclarecido: percebia-se que havia entendido tudo. Todos os CDFS são iguais. Para eles, o importante é inventar um nome para a coisa. Até então dá pena de olhar para eles, parecem cretinos. Mas tão logo inventavam algum graviconcentrado da vida e pronto, tudo havia se esclarecido para eles, e a existência se tornava fácil e agradável novamente.

Passamos a primeira porca, a segunda e a terceira. Tender suspirava, repassava o peso de um pé para o outro e não parava de bocejar de nervosismo, com aquele sonzinho de uivo no final igual a um cachorro, o coitado sofria. Não importava, seria benéfico pra ele; perderia uns cinco quilos no dia sem nenhuma dieta... Eu joguei a quarta porca e senti que ela não voou do jeito certo. Não conseguiria explicar o que estava errado, só senti e imediatamente agarrei o Kirill pelo braço.

— Pare! — mandei. — Não se mexa.

Peguei a quinta e lancei para mais alto e mais longe. Eis a careca-de-mosquito! A porca voou para cima normalmente e começou a descer. No início, estava tudo bem, mas no meio do caminho algo a fisgou bruscamente para o lado e com força descomunal jogou-a no chão. A porca sumiu, afundando no barro.

— Viu isso? — sussurrei.

— Só no cinema — soltou, inclinando-se tanto da galocha que por pouco não caiu com o impulso. — Jogue mais uma, hein?

Santa inocência. Uma! Se houvesse um jeito de resolver com uma só. CDFS! Pois bem, espalhei mais oito porcas para demarcar a careca. Na verdade, sete já bastavam, a oitava eu fiz especialmente para ele e bem no meio, deixei que visse seu graviconcentrado em ação. A porca mergulhou no barro, perfurando-o como se pesasse uns cem quilos. Só sobrou o buraco. Ele até gemeu da satisfação.

— Bem — eu disse. — A diversão acabou. Agora preste atenção, vou jogar a porca que marcará nossa passagem, grude seus olhos nela.

Atravessamos a careca-de-mosquito e subimos no morrinho. Era ridículo, um montinho de cocô de gato, nem o havia percebido até aquele dia. Pois é... Paramos em cima dele, o asfalto estava logo ali, a uns vinte passos. O lugar estava limpo, cada matinho à vista, cada trinca. O que mais poderíamos querer? Jogue a porca e vá com Deus.

Não consegui lançá-la. Não compreendia o que se passava comigo, só não pude lançar a porca e ponto.

– Que há com você? – perguntou Kirill. – Por que paramos?

– Espere – disse eu. – Fique calado, pelo amor de Deus.

E pensei: "Vou lançar a porca, passará direitinho, e andaremos como na manteiga, nem matinho se mexeria, apenas 30 segundos e estaríamos no asfalto"... E de repente senti uma forte onda de suor me envolvendo. Até os olhos lacrimejaram. Soube na hora que não jogaria para aquele lado. À esquerda, à vontade, até duas. E apesar de que o caminho seria mais longo e que haveria pedregulhos pouco atraentes no chão, pra lá poderia lançar, mas para a frente, não. Por nada neste mundo! Joguei a porca à esquerda. Kirill não disse nada, virou a galocha, avançou até a porca e só então fitou meu rosto. Pelo visto, minha aparência não era grande coisa, porque ele logo desviou o olhar.

– Não faz mal – disse para ele. – O caminho tortuoso às vezes é o mais curto.

E joguei a última porca já no asfalto.

A partir daí tudo ficou mais fácil. Achei a minha trinca, estava limpa, minha queridinha, nenhuma porcaria cresceu nela, nem a cor havia mudado. Eu olhava para ela e meu coração se enchia de alegria. Ela nos guiou até os portões da garagem melhor do que qualquer marco.

Mandei Kirill descer até 1,5 metro de altura, deitei de bruços e comecei a examinar o espaço através dos portões escancarados. No início, após o sol escaldante, não deu para enxergar nada, só uma escuridão. Aos poucos os olhos se acostumaram, e vi que aparentemente nada havia mudado dentro da garagem. O mesmo caminhão parado no barranco, sem ferrugem alguma, sem manchas, e tudo estava igual no chão cimentado, provavelmente porque havia pouco caldo-da-bruxa no barranco, e ele não havia transbordado nenhuma vez. Só tinha uma coisa que me desagradava: no fundo da garagem, onde estavam os bujões, havia algo prateado reluzindo. Antes não havia nada disso ali. Mas, paciência, que reluzisse, afinal de contas, eu não podia cancelar tudo por causa daquilo! Além disso, era um reflexo bem discreto, tranquilo e agradável, parecia até gentil...

Levantei-me, sacudi a poeira da barriga e olhei ao redor. Os caminhões parados no pátio realmente pareciam saídos da fábrica. Da última vez que estive ali eles me pareceram ainda mais novos, já a pobre cisterna tinha sido destruída pela ferrugem, logo começaria a cair em pedaços. Vi o pneu jogado no chão exatamente como o mapa indicava...

Não gostei daquele pneu. A sombra dele era muito esquisita. O sol batia em nossas costas, porém a sombra do pneu se estendia em nossa direção. Mas tudo bem, ele estava longe. No geral, nada ameaçador, pode-se trabalhar com isso. Se ainda soubesse o que era aquele brilho prateado... Ou foi apenas fruto de minha imaginação? Dava muita vontade de sentar, fumar um cigarrinho e refletir com calma — por que brilha em cima dos bujões, por que apenas lá e em nenhum outro lugar? E por que o pneu faz aquela sombra esquisita? O Abutre Barbridge contou alguma coisa sobre sombras, algo bizarro, porém inofensivo... Acontecem coisas aqui com sombras... Mas o que é que reluzia lá, afinal? Parecia uma teia entre árvores na floresta. Que tipo de aranha a teceu? Nunca vi nenhum tipo de besouro ou aranha na Zona. E pior de tudo, meu oco estava logo ali, a uns dois metros dos bujões. Por que é que eu não o levei da outra vez? Não estaria com problemas agora. Mas estava cheio e era pesado para burro, filho da mãe – levantar, eu ainda levantaria, já carregar nas costas à noite e ainda de quatro... E quem nunca carregou um oco que tente: é igual a segurar 15 litros de água sem balde. Pois teríamos que ir. Se pudesse dar um golinho naquela hora... Eu virei para o Tender e disse:

– Eu e Kirill vamos para garagem, e você fica aqui de motorista. E não importa o que acontecer, não toque no volante sem minha ordem, mesmo se o solo pegar fogo embaixo de você. Se amarelar, te mandarei para o mundo do além.

Ele sacudiu a cabeça em confirmação, como quem diz "não se preocupe, não vou amarelar". E o nariz dele roxo feito uma ameixa, aquela minha bofetada fez estrago. Pois bem, desci devagar os cabos de segurança, olhei mais uma vez na direção daquele brilho prateado, acenei para Kirill e comecei a descer. Cheguei até o asfalto e parei, esperando Kirill descer por outro cabo.

– Não tenha pressa – disse a ele. – Devagar, menos poeira.

Ficamos no asfalto, a galocha balançava ao lado, fazendo os cabos se mexerem entre nossos pés. Tender inclinou a cabeça para fora da galocha olhando para nós com desespero. Temos que ir. Eu virei para Kirill:

– Siga-me pegada por pegada, dois passos atrás de mim, proteja a retaguarda e fique atento.

Então fui. Nos portões parei e olhei para os lados. Como era mais fácil trabalhar de dia em comparação com a noite! Lembrei-me de como estava deitado nesse mesmo lugar. Era escuro feito breu ao redor, o caldo-da-bruxa lançava suas línguas azuladas, iguais às chamas de etanol queimando, e, para completar, não iluminava nada, deixava mais escuro ainda. Mas de dia era outra coisa! Os olhos logo se acostumaram à penumbra, e dava para enxergar tudo em detalhes, mesmo poeira nos cantos. De fato havia algo reluzindo lá, alguns fios prateados se estendiam dos bujões até o teto e realmente pareciam uma teia. Talvez fosse uma teia mesmo, mas melhor seria manter distância dela. Foi aí que cometi o erro. Deveria pôr o Kirill a meu lado, esperar seus olhos se adaptarem à escuridão e mostrar-lhe aquela teia, apontar com o dedo. Mas eu estava acostumado a trabalhar sozinho, meus olhos conseguiam enxergar, e eu tinha me esquecido de avisar o Kirill.

Entrei na garagem e fui direto aos bujões. Agachei-me sobre o oco e reparei que não havia fios aparecendo nele. Peguei o oco por um lado e disse ao Kirill:

— Pegue aí e não deixe cair, ele é pesado...

Olhei para ele e perdi a respiração: não pude produzir som algum. Queria gritar: "Pare!", mas não consegui. Provavelmente nem daria tempo, pois tudo aconteceu rápido demais. Kirill deu um passo por cima do oco, desviou dos bujões e mergulhou de costas na teia prateada. Fechei os olhos. Tudo em mim congelou, não escutava nada, apenas o som da teia se rasgando com uma crepitação seca, exatamente como estourava uma teia verdadeira, só que era mais alto, é claro. Fiquei sentado de olhos fechados, não sentia nem pernas, nem braços, enquanto Kirill dizia:

— E aí, vamos?

— Vamos — repeti.

Levantamos o oco e o carregamos até a saída, andando de lado. Era pesadíssimo, desgraçado, mesmo em dois era difícil de segurar. Saímos no sol e paramos perto da galocha. Tender já esticava as mãos.

— Em três — disse Kirill. — Um, dois...

— Espera — falei. — Ainda não. Vamos pôr no chão.

Pusemos.

— Vire de costas — ordenei.

Ele se virou sem perguntar nada. Olhei suas costas, e não havia nada lá. Examinei de todos os lados, nada. Então, virei e observei os bujões. Também nada.

— Escuta — disse eu ao Kirill, ainda olhando para dentro da garagem. — Você viu a teia?

— Que teia? Onde?

— Esquece — desisti. — Deus é bondoso. — E eu mesmo pensei: "isso, porém, não sabemos ainda". — Vamos — disse —, pegue-o.

Embarcamos o oco na galocha e o pusemos no chão verticalmente para que não rolasse na viagem. E lá estava ele, meu tesouro, novinho, limpinho, o sol refletindo nos discos acobreados, o recheio azulado entre os discos reluzindo feito arco-íris na névoa, parecia que flutuava. E então deu para ver que aquilo não era nada vazio e que era mais parecido com um recipiente, um vidro com xarope azul. Nós o admiramos à vontade, subimos na galocha e, sem falar mais nada, andamos de volta.

Que vida boa têm esses CDFs! Em primeiro lugar, trabalham de dia; em segundo, só é difícil para eles ir até a Zona, pois para voltar a galocha ia sozinha — ela tinha um dispositivo chamado, se não me engano, de cursógrafo, que guiava o veículo pelo mesmo percurso. Flutuamos de volta repetindo todo o trajeto em detalhes; a galocha parava, ficava assim um pouco e recomeçava, passando por cima de todas as minhas porcas. Podia até ter catado todas elas e posto de volta no saquinho.

É claro que o ânimo de meus novatos logo se renovou. Começaram a girar a cabeça para todos os lados, o medo cedeu lugar à curiosidade e à alegria pelo fato de tudo ter acabado bem. Então começaram a tagarelar. Tender gesticulava e alegava estar disposto a ir à Zona novamente, logo após o almoço, para demarcar o trajeto até a garagem, e Kirill me puxou pela manga e pôs-se a explicar o princípio de seu graviconcentrado, ou melhor, da careca-de-mosquito. Deixei que se animassem um pouco, mas logo dei um basta naquilo. Contei, com um jeito bem sossegado, quantos idiotas tinham se dado mal na volta, justamente porque perderam a noção por conta da alegria. Disse para ficarem quietos e olharem bem ao redor, senão acabariam como o Tampinha-Londres. Funcionou. Nem perguntaram o que tinha acontecido com o Tampinha-Londres. E fizeram bem, pois na Zona pode-se passar pelo mesmo caminho cem vezes sem nenhum problema, e na centésima primeira vez bater as botas. Flutuamos em silêncio, e eu pensando só em uma coisa: como desatarraxar a tampa do cantil. Tinha imaginado como daria o primeiro gole, enquanto piscava na mente o reflexo daquela teiazinha prateada.

Resumindo, saímos sãos e salvos da Zona e fomos enfiados junto com a galocha no pulgadouro ou, falando cientificamente, no hangar sanitário. Fomos lavados com três águas quentes e três ácidos, irradiados, salpicados com alguma porcaria e lavados de novo. Depois nos enxugaram e disseram: “Dispensados. Vão com Deus!”. Tender e Kirill foram levar o oco. Uma multidão de curiosos formou-se, mal dava para passar, e o que era mais interessante era que todos apenas olhavam e davam parabéns, mas quanto a dar uma ajudinha aos homens cansados, não apareceu nenhum atrevido... Bem, aquilo já não era da minha conta. Na verdade, nada daquilo era da minha conta...

Tirei então o traje especial, joguei-o direto no chão – os lacaios dos sargentos arrumariam – e fui para o chuveiro, pois estava encharcado de suor da cabeça aos pés. Tranquei-

-me na cabine, desatarraxei o cantil e me colei nele feito um carrapato. Assim fiquei, sentado no banquinho com as pernas moles, a cabeça vazia, o espírito leve e só engolindo o álcool feito água. Estava vivo. A Zona me deixou ir. Deixou, sua maldita, sua vadia querida, sua vilã. Vivo. Nenhum novato jamais entenderia aquilo. Ninguém além de um stalker entenderia. As lágrimas fluíram pelo meu rosto, fosse pelo álcool, fosse pelo que fosse... Acabei com o frasco, suguei-o inteiro. Estava coberto de suor: eu molhado, o cantil seco. Como sempre, faltou o último gole, mas aquilo já era de menos. Tudo no momento era de menos. Estava vivo! Acendi um cigarro, ainda sentado, e senti que começava a voltar a mim. Pensei no bônus salarial. Aquilo era tudo bem certinho no Instituto; poderia ir receber meu envelope naquele mesmo momento, não estaria surpreso se o trouxessem direto no chuveiro.

Comecei a me despir bem devagar. Tirei o relógio, olhei... Santa mãe do Céu, ficamos mais de cinco horas na Zona! Cinco horas inteiras. Engoli em seco. Pois é, meus senhores, o tempo na Zona não existe. Cinco horas... Por outro lado, o que são cinco horas para um stalker? Nada, um cuspe. Que tal doze horas? Ou dois dias seguidos? Quando você não consegue acabar numa noite e tem que passar o dia inteiro deitado com a fuça na lama; quando já nem reza mais, entrando em um transe delirante sem saber se está vivo ou morto... E quando, na noite seguinte, após terminar o trabalho, você chega com a mercadoria à cerca e encontra um cordão de guardas com metralhadoras! Aqueles porcos nojentos que odeiam você e para quem não há nenhum prazer em te aprisionar, pois morrem de medo de que seja contagioso e preferem mandar bala. E pior, com todas as cartas na mão para fazer isso, ninguém depois vai verificar se te apagaram ilegalmente... E isso significaria de novo cara na lama até o pôr do sol com a mercadoria ao lado, sem saber se ela apenas vai ficar lá em paz ou está te matando aos poucos. Ou, ainda, como o Ossudo Hiskhak, que acabou no meio do nada quando o sol nasceu, perdeu-se e parou emperrado entre dois barrancos – não dava para ir nem à direita, nem à esquerda. Durante duas horas atiraram nele sem conseguir acertá-lo, e ele se fingindo morto. Graças a Deus, cansaram de atirar, acreditaram que tinha morrido mesmo e foram embora. Eu o vi depois daquilo, mal consegui reconhecê-lo – o espírito quebrado, como se não houvesse um homem ali...

Enxuguei as lágrimas e liguei o chuveiro. Lavei-me demoradamente. Primeiro com água quente, depois fria e de novo quente. Acabei com um sabonete inteiro. Depois cansei. Desliguei a água e ouvi alguém batendo na porta. Era Kirill, gritando alegremente:

– Ei, stalker, saia daí! Trouxe sua graninha!

Grana é bom. Abri a porta, e lá estava Kirill, só de cueca, animado – nenhum traço de melancolia –, esticando para mim um envelope.

– Toma – disse –, da humanidade agradecida.

– Não estou nem aí para a sua humanidade! Quanto tem aqui?

– Excepcionalmente e pelo comportamento heroico em circunstâncias perigosas, dois salários!

Boa. Pode-se viver assim. Se ganhasse dois salários por cada oco, eu há tempos teria mandado o Ernest para longe.

– E aí, está contente? – perguntou, sorrindo de orelha a orelha.

– Ok – disse. – E você?

Ele não disse nada. Agarrou-me pelo pescoço e deu um forte abraço, depois se afastou bruscamente e foi para outra cabine.

— Espera! — gritei. — E o Tender? Deve estar lavando as calças.

— Que nada! Esta lá com os repórteres, respondendo às perguntas, competentemente. Deveria ver a cara dele, cheia de importância...

— Respondendo como?

— Competentemente!

— Então, tá — respondi. — Na próxima vez vou levar o dicionário, senhor. — De repente, me bateu como que um raio. — Kirill, vem cá um instante.

— Mas eu estou pelado... — respondeu.

— Não importa, não sou mulher!

Ele saiu. Mandei-o virar-se de costas para mim. Nada, alarme falso. As costas estavam limpas, só tinha gotas de água secando.

— O que é que você tem com as minhas costas? — perguntou ele.

Dei-lhe um empurrão nas costas, voltei para a cabine e tranquei-me. Os nervos estavam à flor da pele. Visões da Zona, eu ali de novo... Que se dane! Decidi me embebedar naquele dia feito um porco. Seria legal dar uma lição no Richard também! Pois aquele canalha sabia jogar como ninguém, não havia jeito de pegá-lo. Já tentei de tudo: usar cartas marcadas, benzê-las, nada...

— Kirill! — gritei. — Vem para o Borjtch hoje?

— Não é Borjtch, e sim Borsch, quantas vezes te expliquei?

— Que nada, tá escrito Borjtch! Não me venha com suas regras. E então, você vem ou não? Vamos dar uma lição no Richard?

— Não sei ainda, Red. Você, seu tonto, nem compreende que coisa a gente trouxe hoje...

— E você, compreende?

— Eu também não compreendo, tem razão. Mas, em primeiro lugar, agora sabemos para que esses ocos serviam lá, e, em segundo lugar, parece que uma ideia minha pode se confirmar. Vou escrever um artigo científico e dedicar a você: "a Redrick Schuhart, stalker emérito, com gratidão e admiração".

— Aí vão me encarcerar por dois anos no mínimo — disse a ele.

— Em compensação, estará para sempre inscrito nas páginas da ciência, pois assim chamariam aquela coisa de "vidro Schuhart". Soa bem, hein?

Enquanto falávamos, eu me vestia. Enfiei o cantil vazio no bolso, contei as cédulas e fui em direção à saída:

— Bom descanso, seu espertalhão...

Ele não respondeu, o som da água no chuveiro estava alto.

Saí e vi o Tender em pessoa, vermelho e inchado feito um peru assado. Havia uma multidão ao redor dele: funcionários, repórteres, até um par de sargentos — pelo visto tinham acabado de almoçar, pois passavam palitos entre os dentes. E Tender desenvolvendo seu papo-furado: "Os dispositivos e as máquinas que utilizamos nos oferecem praticamente 100% de sucesso e de segurança...". Ele me viu e murchou imediatamente, sorriu e acenou com a mão. "Xii...", pensei, "é melhor dar o fora daqui." Dei no pé, mas não consegui escapar. Ouvi passos batendo atrás de mim.

— Senhor Schuhart, senhor Schuhart! Duas palavras sobre a garagem.

— Sem comentários — respondi e disparei pelo corredor. Mas não foi tão fácil assim. Cercaram-me: um com o microfone à direita, outro com a máquina à esquerda.

— O senhor viu algo incomum na garagem? Duas palavras mesmo!

— Já disse que não tenho comentários! — disse, procurando me manter de costas para lente. — A mesma garagem de sempre.

— Obrigado. E qual é sua opinião sobre as turbo-plataformas?

— São ótimas — disse, dirigindo-me diretamente à porta do banheiro.

— E qual é sua opinião sobre os objetivos da Visitação?

— Perguntem aos cientistas — falei e sumi atrás da porta.

Escutei-os empurrando a porta fechada. Então falei para eles, por trás da porta:

— Recomendo insistentemente perguntar ao senhor Tender por que o nariz dele parece uma beterraba. Ele não contou devido à modéstia, mas foi a melhor aventura do nosso trajeto.

Valeu a pena ver como eles dispararam do lugar. Correram de volta como cavalos, juro. Esperei um minuto, mas estava tudo calmo. Entreabri a porta e não vi ninguém. Então andei à vontade, assoviando. Desci para a portaria, apresentei o passe àquele varapau, e ele prestou continência para mim, sendo eu o herói do dia.

— Dispensado — disse. — Estou contente com o seu serviço.

Ele sorriu, mostrando os dentes, como se fosse um bruto elogio.

— Você, Ruivo, é um herói. Estou orgulhoso de te conhecer.

— Agora — disse — terá o que contar para as garotas na sua Suécia.

— Nem me fale! — retrucou.

Ele até que era um cara legal. Eu, para ser franco, não gosto muito dos tipos assim tão altos e cheios de saúde. A mulherada cai matando neles, por que será? Pois não se trata de altura... Assim eu andava pela rua, divagando sobre o assunto. O sol brilhando, a rua vazia.

Passei pelo estacionamento e cheguei ao cordão. Havia duas viaturas, em todo o seu esplendor, largas e amarelas, eriçadas pelas metralhadoras e holofotes. E havia, claro, os capacetes azuis – ocupavam a rua inteira, nem dava para passar. Andei de olhos para o chão, era melhor não encará-los, de dia nunca se deveria olhar para eles, pois havia alguns ali cujos rostos eu temia reconhecer, pois haveria um grande escândalo caso eu os reconhecesse. Eles tiveram muita sorte de o Kirill ter me atraído para o Instituto, pois eu procurava por essa gentalha na época e teria acabado com eles sem piedade...

Eu ia atravessando a multidão na marra, estava quase conseguindo, e então ouvi: "E aí, stalker?". No entanto, aquilo não tinha nada a ver comigo, continuei andando, puxei um cigarro do maço. Mas alguém me alcançou e me puxou pelo braço. Eu me livrei daquela mão, virei na direção dela e perguntei, muito educadamente:

– Por que diabos o senhor está me agarrando?

– Espere, stalker – disse ele. – Tenho duas perguntas.

Olhei e vi o capitão Quaterblood. Um velho conhecido meu. Tinha uma aparência doente, estava até amarelo.

– Ah! – disse eu. – Saudações e cumprimentos, senhor capitão. Como vai seu fígado?

– Você, stalker, não me venha com esse papo-furado – falou ele, bravo, fitando-me. – Diga-me, por que não para imediatamente quando é chamado?

E logo atrás dele apareceram dois capacetes azuis: patas no coldre, olhos escondidos sob os capacetes, apenas as mandíbulas se mexendo. Onde esses canadenses conseguem achar esses tipos? Será que os reproduzem para melhorar a raça? Em geral eu não tenho medo da patrulha durante o dia, mas esses porcos poderiam me revistar, e aquilo não seria nada bom naquela hora.

— O senhor me chamou, capitão? O senhor mencionou algum stalker...

— E você por acaso já não é um deles?

— Não. Depois de cumprir a sentença, graças à sua bondade, larguei. Joguei a toalha. Queria agradecer, capitão, por abrir meus olhos. Se não fosse o senhor...

— O que fazia na Zona?

— Como assim, o que fazia? Estou trabalhando lá, há dois anos.

E para terminar aquela conversa desagradável, saquei minha caderneta de identificação e apresentei ao capitão Quaterblood. Ele a pegou, examinou cada página cheirando cada carimbo, por pouco não os lambeu. Devolveu-a para mim com aspecto contente, olhos brilhando, até suas bochechas ficaram rosadas.

— Desculpe, Schuhart, por essa eu não esperava. Quer dizer que meus conselhos não foram em vão. Muito bem, ótimo. Acredite se quiser, já naquela época eu achava que você possuía algum valor. Não podia imaginar que um jovem como você...

Etc. etc... Pois é, pensei, acabei de curar mais um melancólico, para minha desgraça. Continuava ouvindo aquilo com os olhos baixos, como se fosse por timidez, acenando com a cabeça, abanando com as mãos e até arrastando o bico do pé pelo asfalto. Os brutamontes atrás do capitão, que assistiam ao espetáculo, logo se enjoaram e foram procurar algo mais divertido. O capitão, no entanto, continuava o seu discurso sobre minhas perspectivas: que o estudo era a luz e a ignorância era a escuridão sem fim, e que o Senhor apreciava e amava o trabalho honesto — ou seja, pregava a mesma baboseira desenfreada com a qual o padre nos alimentava todo domingo na prisão. Enquanto isso, eu morria de vontade de beber algo forte, mal conseguia me aguentar, mas falei para mim mesmo: segura firme, Red, você tem que aguentar isso também, irmão. É preciso, Red, aguenta! Ele não ia conseguir continuar no mesmo ritmo por muito tempo, já tinha começado a ofegar... E aí, para minha sorte, o sinal de alerta de uma das viaturas disparou. O capitão Quaterblood virou, fez uma careta de desgosto e esticou a mão para mim.

— Pois então — disse ele. — Foi bom conhecer você, homem honesto Schuhart. Gostaria de brindar com você em homenagem a nosso encontro. Embora eu não possa beber nada forte, os médicos proibiram, uma cervejinha eu dividiria com você, com prazer. Mas, como pode ver, o dever chama! A gente se vê! — despediu-se.

Deus me livre, pensei. Apertei, porém, a mão dele com força e segui cabisbaixo, bem do jeito que ele queria. Finalmente ele foi embora, e eu corri feito um louco para o Borjtch.

Naquele horário não havia fregueses no bar. Ernest estava atrás do balcão, esfregando copos e conferindo a sua transparência contra a luz. Aliás, eis uma coisa engraçada: não importa quando você vem, os barmen estão sempre esfregando os copos, como se disso dependesse a salvação de suas almas. E podem continuar assim o dia inteiro: pegam a taça, olham-na contra a luz com olhos semicerrados, sopram nela e começam a esfregar. Esfregam, olham de novo através do fundo de vidro e começam a polir novamente...

— Olá, Erny! — cumprimentei. — Pare de torturar o copo, vai fazer um buraco nele.

Ele olhou para mim através da taça, balbuciou algo para dentro e, sem dizer uma palavra, me serviu quatro dedos de álcool. Eu me acomodei num banco, dei um gole, fechei os olhos, sacudi a cabeça e engoli de novo. A geladeira zumbia baixinho, a máquina musical tilintava algo no fundo, Ernest soprava no copo da vez — tudo tranquilo...

Terminei o copo, pus no balcão. Ernest imediatamente colocou mais quatro dedos da transparente.

– E aí, melhorou? – soltou. – Voltou à vida, stalker?

– Continue esfregando – disse eu. – Sabia que um outro também esfregava os copos assim e acabou invocando um gênio do mal? – continuei, despreocupado.

– E quem era ele? – perguntou o Ernest, desconfiado.

– Um barman por aí – respondi. – Ainda antes de você.

– O que quer dizer com isso?

– Nada. Você acha que a Visitação aconteceu por quê? Foi ele. Esfregava, esfregava... Quem você acha que nos visitou, hein?

– Seu tagarela! – respondeu Ernest com aprovação.

Ele foi para a cozinha e voltou com um prato cheio de salsichas grelhadas. Colocou o prato na minha frente, aproximou o ketchup e voltou a seus copos. Ernest conhecia bem o negócio. Tinha um olho treinado, logo sabia quando um stalker voltava da Zona, farejava a mercadoria. E Erny também sabia do que um stalker precisava após retornar da Zona. Era um cara esperto, o nosso Erny-Benfeitor.

Após terminar as salsichas, acendi um cigarro e pus-me a divagar sobre o quanto o Ernest poderia ganhar com a gente. Eu não conhecia os preços da mercadoria na Europa, mas tinha ouvido dizer que um oco, por exemplo, você conseguia vender lá por quase 2.500, enquanto Ernest nos pagava apenas 400. As pilhas custavam lá no mínimo 100, e a gente ganhava só 20 por cada uma delas aqui, e olhe lá. Provavelmente, era o mesmo com outras coisas. Por outro lado, para transportar o produto para a Europa, você também precisava gastar. Sem falar que tinha que molhar a mão de fulano e sicrano; e o chefe da estação, com certeza, era sustentado assim... Afinal, se você fosse pensar bem, não era tanto o que o Ernest levava – 15% ou 20%, no máximo. E, caso fosse preso, pegaria dez anos garantidos de trabalhos forçados...

Nesse momento, minhas inocentes divagações foram interrompidas por um sujeito educado. Eu nem tinha reparado quando ele entrou. Surgiu do meu lado direito e perguntou:

– Posso?

– Faz favor! – respondi. – Sinta-se à vontade.

Era um homem franzino, com nariz pequeno e pontudo, e de gravata-borboleta. Sua cara me pareceu familiar. Certamente eu o tinha visto em algum lugar, mas não conseguia lembrar onde.

Acomodou-se no banco ao lado e disse para o Ernest:

– Um bourbon, por favor! – Depois se virou para mim. – Com licença, acho que eu conheço o senhor. O senhor trabalha no Instituto Internacional?

– Sim – disse eu. – E o senhor é...?

Ele sacou habilmente do bolso seu cartão de visitas e colocou-o na minha frente. Li: "Alois Makno, agente plenipotenciário do Bureau de Emigração". É claro que eu o conhecia; ele sempre importunava pessoas para que fossem embora da cidade. Aparentemente, alguém queria muito que a população fosse embora. Já havia sobrado apenas metade da Harmont de outrora, mas pelo visto queriam limpar o local por completo. Eu afastei o cartãozinho com o canto da unha e disse:

– Muito obrigado, não me interessa. Sabe, o meu sonho é morrer na minha terra natal.

– E por que seria? – retrucou ele, todo animado. – Perdoe-me por ser indelicado, mas o que exatamente segura o senhor aqui?

Até parece que vou te dizer o que me segura aqui, pensei.

– Como assim?! – exclamei. – As doces lembranças da infância! O primeiro beijo no jardim municipal. Mamãe, papai. Como me embebedei pela primeira vez neste barzinho. Nossa delegacia querida... – Eu tirei do bolso um lenço meio sujo e aproximei do canto do olho. – Não – declarei –, por nada neste mundo!

Ele sorriu, bebericou o seu bourbon e disse pensativo:

– Não consigo entender vocês, cidadãos de Harmont. A vida aqui é dura. O poder está nas mãos dos militares. O abastecimento da cidade deixa a desejar. A Zona está aqui do lado, vocês todos vivem como se fosse em cima de um vulcão, a qualquer momento pode surgir uma epidemia ou algo pior... Posso entender os velhos, eles têm dificuldade de deixar o lar. Mas vocês, jovens... Quantos anos o senhor tem? Vinte e dois, vinte e três, não mais que isso... Compreenda, nosso Bureau é uma organização beneficente, sem fins lucrativos. Apenas queremos que as pessoas saiam deste lugar diabólico e comecem uma vida normal. Além disso, garantimos auxílio na instalação no novo lugar, vínculo empregatício e, para jovens como o senhor, providenciamos a possibilidade de estudar. Não, não entendo!

– E por quê? – disse eu. – Ninguém quer sair?

– Não é bem assim. Alguns aceitam, especialmente famílias com crianças. Mas os jovens e os velhos... O que é que os prende aqui? A cidade é um verdadeiro buraco, uma província...

Foi aí que eu perdi o controle.

– Escute, sr. Alois Makno! – disparei. – É tudo verdade. Nossa cidadezinha é um buraco. Sempre foi e sempre será. Só que agora – continuei – este é um buraco para o futuro. E através dele iremos trazer para este seu mundo desgraçado as coisas que mudarão tudo. A vida será diferente, será justa. Cada um terá o que precisa. Eis o nosso buraco! Por este buraco passa o conhecimento. E quando tivermos conhecimento, todo mundo ficará rico; iremos às estrelas ou a qualquer outro lugar desejado. É assim que é o nosso buraco!

Parei, pois percebi que Ernest olhava para mim com olhos cheios de surpresa, então me senti constrangido. De um modo geral, não gosto de repetir ideias alheias, mesmo que as aprecie muito. Especialmente porque, quando eu falava, saía meio esquisito. Mas quando era o Kirill, você ficava hipnotizado, boquiaberto. Estranho, eram as mesmas palavras, mas soavam diferentes. Provavelmente porque Kirill nunca depositava a mercadoria embaixo do balcão do Ernest. Pois bem...

Erny, de susto, me encheu o copo com seis dedos, como quem diz: "Acorda, rapaz, o que é que há com você?". E o senhor do narizinho pontudo tomou mais um gole de seu bourbon e disse:

— É verdade... pilhas eternas, panaceia azul... O senhor realmente acredita que seria do jeito que falou?

— Isso não lhe diz respeito, em que eu acredito — cortei-o. — Estava falando da cidade. Quanto a mim, o que é que eu não vi nessa sua Europa? O tédio? De dia trabalha, à noite fica colado na TV e depois vai para a cama com uma mulher de quem já enjoou faz tempo, para procriar mais cretinos? Suas greves, suas passeatas, a porcaria da sua política... Nem morto irei para a sua Europa fedorenta — concluí.

— Mas por que necessariamente a Europa?

— Tanto faz, dá na mesma; na Antártida ainda é frio, pra piorar.

Engraçado, enquanto falava, eu acreditava em cada palavra, de todo o meu coração. E nossa Zona — sua vadia maldita, sua assassina — me foi cem vezes mais querida naquele momento do que todas as Europas e Áfricas juntas. Nem bêbado eu estava; simplesmente me veio uma imagem na mente, na qual eu voltava do trabalho todo acabado, com um bando de cretinos como eu, e como tinham me esmagado por todos os lados naquele metrô deles, e como eu estava deprimido e de saco cheio...

— E o senhor, o que acha? — dirigiu-se o sujeito de nariz pontudo a Ernest.

— Eu tenho meu negócio aqui — respondeu Ernest, contundente. — Não sou nenhum molenga da vida! Investi todo o meu dinheiro neste lugar. Sabia que às vezes atendo o próprio comendador? Um general, não um zé mané qualquer. Por que eu iria embora?

Alois Makno começou a explicar algo para Ernest empregando cálculos, mas eu já não o escutava. Dei um bom gole no meu drinque, tirei algumas moedas do bolso e fui ao toca-discos. Liguei-o a todo volume. Tinha uma canção lá que me fazia relaxar após a Zona, chamava-se "Não volte se não tiver certeza"... E, enquanto a máquina berrava e uivava a pleno vapor, peguei meu copo e fui até o caça-níquel acertar velhas contas. O tempo voou como um pássaro...

Eu tinha perdido a última moeda no caça-níquel quando Richard Noonan e o Graxa ingressaram sob o hospitaleiro teto de Ernest. Graxa, bêbado feito um gambá, girando seus olhos arregalados à procura de alguém para brigar, e Richard segurando-o pelo braço e distraindo-o com anedotas. Os pombinhos! Graxa era enorme e preto como um coturno policial, de cabelo crespo e braços gigantes chegando até os joelhos, enquanto Dick tinha porte baixo, era rechonchudo, bochechas rosadas e tão bonzinho que só faltava irradiar luz.

— Ah! — exclamou Dick, quando me viu. — Olhe quem está aqui! Vem para cá, Red!

— Iiissso mesmooo! — berrava Graxa. — Só há dois homens nesta cidade, eu e Red! O resto são porcos e filhos de Satã. Red! Você também serve ao diabo, mas ainda é homem...

Fui até eles com meu copo. Graxa me agarrou pelo casaco, me fez sentar à mesa:

— Senta, Ruivo! Senta aqui, seu servo do Satã! Gosto de você. Choremos pelos pecados humanos. Choremos amargamente!

— Choremos — concordei. — Provemos as lágrimas do pecado.

— Pois o dia virá — pregou Graxa. — O cavalo fantasma já está selado, e o cavaleiro já pôs o pé no estribo. E em vão serão as súplicas dos que se venderam ao diabo. E só aqueles que o enfrentarem sairão salvos. Vocês, filhos dos humanos seduzidos por Satã, que brincam com os brinquedos dele, atraídos por tesouros, a vocês eu digo: seus cegos! Acordem, seus canalhas, criem juízo, enquanto não for tarde demais! Esmaguem com os pés as parafernálias de Satã! — De repente, ele se calou, como se tivesse se esquecido de como prosseguir. — Será que alguém neste lugar pode me servir uma bebida? — disse ele em tom completamente diferente. — E onde estou? Sabe, Ruivo, fui demitido de novo. Disseram que sou um agitador. Tentei explicar pra eles: acordem, seus cegos, vocês estão despencando para dentro de um abismo, puxando outros com vocês! Eles riram de mim. Então, dei um soco na cara do gerente e fui embora. Vão me prender. E pelo quê?

Dick voltou e pôs uma garrafa na mesa.

— Hoje é por minha conta! — gritei ao Ernest.

Dick olhou de soslaio.

— É tudo dentro da lei — acalmei-o. — Beberemos meu prêmio salarial.

— Foram à Zona? — perguntou Dick. — Trouxeram alguma coisa?

— Um oco recheado — respondi. — Para o altar da ciência. E calças cheias junto. Você pretende servir ou não?

— Oco! — zumbiu Graxa com ar lúgubre. — Arriscou sua vida por causa de um oco! Salvou-se da morte, mas trouxe ao mundo mais uma obra do diabo. E como você pode saber, Ruivo, quanta desgraça e quanto pecado...

— Cale a boca, Graxa! — cortei, sério. — Beba e comemore que eu voltei vivo. Brindemos à sorte pessoal!

O brinde desceu suave. Graxa desmoronou completamente, chorava em prantos, e lágrimas fluíam de seus olhos como de uma torneira. Mas eu o conhecia, sabia que era apenas um momento, quando ele chorava e pregava que a Zona era uma tentação diabólica, que não se devia trazer nada para fora dela, que o que trouxeram precisava voltar para lá, e que depois disso deveríamos viver como se não houvesse Zona alguma. É que o que pertence ao diabo deve ficar com o diabo. Eu sempre gostei do Graxa. Gosto dos caras esquisitos de um modo geral. Quando ele tinha algum dinheiro, saía comprando mercadoria de todo mundo sem pechinchar, pagando o que pediam. E depois, durante a noite, levava tudo de volta à Zona e enterrava lá. Ao diabo o que é do diabo... Mas que choradeira, meu Deus! Mas tudo bem, ele logo iria melhorar.

— E o que é este oco recheado? — perguntou Dick. — Pois conheço o oco vazio, mas de um recheado nunca ouvi falar. Como ele é?

Expliquei a ele. Balançou a cabeça fazendo sons com os lábios.

— Pois é — disse. — Interessante. Isso — continuou — é algo novo. E com quem você foi? Com aquele russo?

— Sim — respondi. — Com o Kirill e o Tender. Lembra? O outro assistente do laboratório.

— Suponho que te deram muito trabalho...

— Nem um pouco — disse. — Até que aguentaram bem. Especialmente o Kirill. É um stalker nato. Se tivesse um pouco de experiência e perdesse aquela ansiedade infantil, iria com ele à Zona todo dia.

— E toda noite também? — perguntou ele com uma risadinha bêbada.

— Pare, Dick! — cortei. — Há piadas e "piadas"...

— Sei — respondeu ele. — Por piadas como essa pode-se acabar com a cara amassada. Bem, considere que te devo dois socos!

— Quem precisa de dois socos?! — acordou Graxa. — Cadê o desgraçado?...

Nós o agarramos pelos braços e com dificuldade o colocamos de volta na cadeira. Dick enfiou um cigarro por entre os dentes dele e acendeu o isqueiro. Acalmou-se. Nesse meio-tempo, o bar começou a encher.

Os bancos perto do balcão já estavam todos ocupados, e a maioria das mesas também. Ernest chamou suas meninas, elas corriam pela sala levando bebidas de todos os gostos e tipos: coquetéis, cerveja, bebidas fortes... Reparei que havia muita gente nova, na maioria eram jovens de longos cachecóis coloridos. Surgiram muitos deles na cidade ultimamente. Comentei sobre isso com o Dick. Ele concordou.

— Pois é — disse ele. — Estão começando uma grande construção. O Instituto ganhará três blocos novos. Além disso, estão planejando cercar a Zona com um muro, do cemitério até o antigo rancho. Os bons tempos dos stalkers parecem estar chegando ao fim...

— E quando é que os stalkers tiveram bons tempos? — indaguei enquanto pensava que só nos faltava essa. Então não seria mais possível fazer bicos por aí. Talvez fosse até melhor, uma tentação a menos... Eu iria para a Zona de dia como um cara decente — seria menos grana, mas, em compensação, seria muito mais seguro: galocha, o traje de proteção etc. E sem me preocupar com patrulhas... Daria para viver apenas do salário, e beber quando tivesse bônus. E de repente uma tristeza me invadiu. Significava novamente contar cada centavo, calcular o que poderia e o que não poderia me permitir; economizar para comprar qualquer presente para Guta, não frequentar o bar, indo só ao cinema. Tudo sem graça, apagado. Dias cinzentos, tardes cinzentas, noites cinzentas...

Estava sentado com meus pensamentos pesados, e Dick prosseguia:

– Ontem eu entrei no bar do hotel para tomar meu copinho noturno e reparei nos sujeitos sentados no fundo. Não gostei deles logo de cara. Um veio até mim e começou o papo-furado, dizendo que me conhecia, sabia quem eu era e o que fazia, dando a entender que poderia pagar caro por certos serviços...

– Era um tira à paisana – falei. Não estava muito interessado naquela conversa, pois já tinha visto muitos daqueles tipos e estava cheio de ouvir suas conversas fiadas sobre pagar certos serviços...

– Não, meu caro amigo, ele não era um tira. Ouça até o fim. Conversei com ele um pouco, com cuidado, é claro, banquei o idiota. Interessava-se por certos objetos da Zona, coisa séria. Não queria nem pilhas, nem piões ou gotas-negras, nem qualquer outra quinquilharia. Mas não disse nada diretamente, apenas insinuou o que seria.

– E o que seria? – perguntei.

– Caldo-da-bruxa, se entendi certo – falou Dick, com um olhar meio esquisito.

– Ah, só isso, o caldo-da-bruxa! – retruquei. – E a lâmpada-da-morte ele não deseja, por acaso?

– Também perguntei para ele.

– E?

– Acontece que deseja, sim.

— Ah, é? — ironizei. — Então que vá e pegue ele mesmo. É uma coisa tão simples, dois palitos! Todos os porões estão cheios do caldo, é só pegar um balde e enchê-lo. O funeral é por conta dele.

Dick permanecia calado, com um olhar sério e sem sinal de sorriso. Que diabos ele queria de mim, oferecer-me um serviço, por acaso? Aí eu entendi tudo.

— Espere aí... — comecei. — Quem era ele, então? O caldo-da-bruxa é proibido mesmo para os estudos do Instituto...

— Exatamente — confirmou Dick devagar, continuando a me fitar. — Pesquisas que representam potencial perigo à humanidade. Compreendeu agora quem são?

— Seriam os Visitantes? — sugeri.

Dick caiu na gargalhada, deu uma palmada em meu braço e propôs:

— Vamos beber à sua alma inocente!

— Vamos — respondi, sem graça. Fiquei ofendido. Seu filho da mãe, quem é você para gozar de mim? — Ô, Graxa! — chamei. — Acorda, cara, vamos brindar!

Que nada, Graxa tinha caído num sono profundo, com a cabeça preta apoiada em cima da mesa suja e com os braços pendurados até o chão. Então bebemos apenas Dick e eu.

— Pois bem — recomecei. — Se eu sou uma alma inocente ou pecadora não lhe diz respeito, mas eu teria denunciado aquele sujeito na hora. Mesmo odiando a polícia, eu faria isso, e pessoalmente.

— Bem pensado — retrucou Dick. — E eles te perguntariam: e por que é que aquele senhor se dirigiu diretamente a você e a mais ninguém, hein?

Sacudi a cabeça.

— Mesmo assim. Você, seu porco gordo, está na cidade há três anos, nunca foi à Zona e só viu o caldo-da-bruxa no cinema; e se pudesse ver o que ele faz com um ser humano, molharia a calça na hora. Aquilo, meu caro, é uma coisa terrível, não se pode tirá-la da Zona... Você sabe, os stalkers são gente rude, só pensam em dinheiro, quanto mais, melhor, mas aquilo nem o falecido Lesma seria capaz de fazer, nem o próprio Abutre Barbridge aceitaria uma tarefa dessas... Eu tenho até medo de pensar quem poderia querer o caldo-da-bruxa e por quê...

— Você está certo — disse o Dick. — Só que eu não quero, sabe, que um belo dia me achem morto na cama com sinais de suicídio. Não sou nenhum stalker, porém também sou um homem bruto e quero continuar vivo, estou acostumado a ficar vivo, entende?

Naquele momento ouvimos o grito do Ernest, vindo do balcão:

— Senhor Noonan, telefone!

— Diabos! — praguejou Dick. — Deve ser alguma reclamação de novo. Não há como se esconder. Desculpe-me, Red.

Ele se levantou e foi atender ao chamado. Fiquei com Graxa e a garrafa, e já que Graxa não servia para nada eu me ocupei com a bebida. Para o inferno aquela Zona! Não havia lugar para se salvar dela. Não importava aonde você fosse ou com quem falasse, sempre era Zona, Zona, Zona... Foi bom o Kirill ter discursado sobre como ali começaria a paz eterna e a purificação dos ares. Kirill era um cara legal, e ninguém o chamaria de bobo, muito pelo contrário, ele era inteligente, mas também não entendia patavina sobre a vida. Nem poderia imaginar o quanto havia de canalhas e de gente ruim em torno da Zona. E agora ainda essa: alguém tinha se interessado pelo caldo-da-bruxa. Pois é, apesar de o Graxa ser um beberrão e de ser psicótico a respeito da religião, às vezes você chegava a pensar que talvez ele estivesse certo e que deveríamos deixar ao diabo o que é do diabo: não toque na merda...

Àquela altura, um sujeito jovem de cachecol listrado sentou-se no lugar do Dick.

— É o senhor Schuhart? — perguntou ele.

— Supõe-se... — resmunguei.

— Eu me chamo Creon — disse o jovenzinho. — Sou de Malta.

— E como vai Malta? — retruquei.

— Vai bem, mas não vim pra falar de lá. Tenho um assunto a tratar, e o Ernest me indicou o senhor.

Droga, pensei. Mas que canalha era mesmo o Ernest. Nem um pingo de moral ou piedade. Eis o rapaz bronzeado, limpinho, bonitão, provavelmente nem se barbeava e nem tinha beijado uma garota ainda, mas Ernest pouco se lixava, pensava apenas em como enfiar mais gente na Zona, pois se um em cada três voltasse com mercadoria já seria um ganho...

— E como está o velho Ernest? — perguntei.

Ele olhou para o balcão e disse:

— Acho que ele está muito bem. Eu trocaria de lugar com ele.

— Eu, não — falei. — Quer um drinque?

— Obrigado, eu não bebo.

— Então, um cigarro? — ofereci.

— Desculpe, mas não fumo também.

— Vá para o inferno! — exclamei revoltado. — Então pra que é que precisa de dinheiro?

Ele enrubesceu, tirou o sorriso da cara e disse em voz baixa:

— Acho que isso é problema meu, senhor Schuhart, o senhor não acha?

— Está certo, não há o que dizer — disse e enchi meu copo pela metade. Devo dizer que minha cabeça já estava girando e um doce relaxamento invadira meu corpo todo: a

Zona tinha me soltado por completo. – Eu estou festejando aqui, se é que percebeu. Fui pra Zona e voltei vivo e com grana. Isso não acontece com frequência; digo: voltar vivo, e menos ainda voltar com dinheiro. Portanto, vamos deixar as conversas sérias para outra hora...

Ele se levantou num pulo e despediu-se, então reparei que Dick estava de volta. Parou ao lado da cadeira, e percebi pelo seu rosto que tinha acontecido algo ruim.

– E aí, o que foi? – perguntei. – De novo seus balões não deram conta do recado?

– Sim – respondeu ele. – De novo.

Ele sentou, encheu o copo e completou o meu. Compreendi que não se tratava das reclamações, pois ele pouco se importava com aquilo, era um funcionário bem relaxado.

– Vamos beber, Red. – E sem me esperar ele virou o copo e imediatamente encheu outro. – Sabe, Kirill Panov morreu.

Talvez fosse o efeito da embriaguez, mas eu não compreendi direito, só captei que alguém tinha falecido.

– Pois então brindemos à paz eterna da alma do...

Dick olhou para mim com olhos arregalados, e só aí eu senti como se algo despencasse no meu interior. Lembro-me de me levantar apoiando na tampa da mesa e encará-lo de cima para baixo.

– Kirill?! – E de novo a imagem daquela teia prateada passou perante meus olhos, como ela rasgava com aquele som seco e crepitante... E através daquela crepitação eu escutava a voz do Dick como se vindo de outro cômodo:

– Infarto. Foi achado no chuveiro, nu... Ninguém entendeu nada. Perguntaram de você, eu disse que estava bem...

– E o que é que vocês não entenderam? – falei. – É a Zona...

– Senta, Red – Dick falou para mim. – Senta e bebe!

— É a Zona... — repetia eu. — A Zona... A Zona...

Eu não enxergava nada ao redor além daquela teia prateada. O bar inteiro parecia enrolar-se nela, pessoas faziam movimentos, e a teia crepitava quando tocada. E no meio estava o maltês com o rosto infantil e cheio de surpresa, sem entender nada.

— Moleque — disse eu para ele com carinho —, de quanto dinheiro você precisa? Mil bastaria? Então pega! Toma! — Eu lhe empurrava dinheiro e já gritava: — Vá até o Ernest e diga que ele é um canalha, um animal! Não tenha medo, diz pra ele, ele é covarde! E depois vá à estação, compre a passagem de volta e saia logo daqui, direto para a sua Malta, sem parar em lugar nenhum!

Não lembro o que mais eu gritei, só lembro que parei no balcão, e Ernest colocou na minha frente algo refrescante, perguntando:

— Você parece estar cheio da grana.

— Sim — respondi —, parece...

— Que tal quitar sua dívida? Preciso pagar impostos amanhã.

Foi aí que eu reparei que estava com um monte de notas na mão. Olhei aquele maço e resmunguei:

— Ora essa, o Creon maltês não quis pegar a grana, é orgulhoso demais. Bom, agora é com o destino...

— O que há com você hoje? — perguntou-me o bom amigo Erny. — Bebeu demais?

— Não — respondi —, está tudo em ordem. Estou pronto para ir pro chuveiro!

— Vá pra casa — disse Ernest. — Você está bêbado.

— Kirill morreu — falei para ele.

— Qual Kirill? Aquele sarnento?

— Você é que é sarnento, seu escroto! — respondi. — Nem com cem canalhas como você dá para fazer um Kirill.

Você é um legítimo filho da mãe, seu comerciante fedorento. Sabia que está lucrando com a morte? Acha que comprou todos nós? E se eu mandar pros ares este seu lugarzinho maldito?!

Mal eu levantei o braço para tomar impulso, e me agarraram e começaram a me arrastar. Eu já não raciocinava bem e nem queria. Eu me lembro de ter gritado algo, me debatido e chutado alguém. Quando voltei à consciência, estava no banheiro – todo encharcado e com a cara quebrada. Olhei no espelho e mal me reconheci, estava com algum tipo de tique paralisando a bochecha, nunca tive isso antes. Dava para ouvir a gritaria no salão: móveis quebrando, louça partindo, meninas grunhindo... E no meio de tudo o Graxa berrava feito um urso polar no cio: "Confessem, seus bastardos! Cadê o Ruivo? Onde vocês o esconderam, seus tranqueiras?!". Aí soou a sirene policial.

E logo que ela soou minha mente limpou-se completamente, ficou clara e até mesmo transparente. Lembrava-me de tudo, compreendia tudo e sabia de tudo. Minha alma estava vazia, só havia ódio cristalizado. "Pois bem", pensei, "vou lhe mostrar o que é bom pra tosse. Vai aprender o que é um stalker, seu comerciante podre." Tirei do bolso um pião novinho, ainda não o tinha usado, apertei os lados dele entre os dedos para armá-lo, abri discretamente a porta para o salão e pus o negócio na lixeira. Feito isso, abri a janela do banheiro e me mandei. Queria, é claro, assistir ao espetáculo, mas precisava dar no pé rápido, pois não me dou bem com piões, meu nariz sangra.

Ainda atravessando o pátio percebi que meu pião tinha começado a funcionar. Primeiro, uivaram cachorros no quarteirão inteiro, eles sempre eram os primeiros a sentir. Depois, alguém dentro do bar deu um uivo tão alto que me doeram os ouvidos. Imaginei as pessoas começando a surtar no bar: alguns entrando numa depressão profunda, outros virando feras selvagens, e outros ainda morrendo de medo, sem saber para onde correr... É uma coisa terrível, um pião. Vai passar um bom tempo até o bar do Ernest ficar cheio de novo. A essa altura, ele já deveria ter adivinhado que fui eu, mas eu não estava nem aí... Acabou! O stalker Red não existia mais. Pra mim, já chega de brincar com a morte e levar outros babacas ao seu encontro. Você se enganou, meu amigo Kirill. Perdoe-me, mas acontece que o Graxa tinha razão, e você, não. Não havia nada na Zona para seres humanos. Nada de bom poderia vir dela.

Pulei o muro e fui para casa. Caminhava mordendo os lábios, queria chorar e não conseguia. A imagem de um completo vazio, a depressão e os infinitos dias monótonos eram tudo o que eu conseguia enxergar no meu futuro. Ah, Kirill, meu único amigo, como a gente deixou isso acontecer? Como eu ficaria sem você? Sem suas perspectivas de boas mudanças, de um mundo renovado... E agora? Alguém choraria por você na longínqua Rússia, já eu não posso. Pois foi tudo culpa minha, droga! Fui eu o culpado, eu e mais ninguém! Como pude, grande idiota, te levar ao fundo da garagem antes que seus olhos se acostumassem com a escuridão lá dentro? Vivi toda a vida como um lobo solitário, pensando apenas em mim mesmo... E aí, do nada, resolvi bancar o benfeitor, distribuindo presentes. Pra que diabos eu lhe contei sobre aquele oco recheado, pra começo de conversa?! E logo que eu pensei naquilo me deu um aperto na garganta tão forte, que eu quis uivar feito um lobo. Provavelmente fiz algo do gênero, pois os transeuntes começaram a lançar para mim olhares esquisitos. Aí, de repente, tudo ficou melhor – eu vi a Guta vindo na minha direção.

Minha queridinha, minha garota perfeita! Ela caminhava colocando graciosamente uma linda perna na frente da outra, e a saia balançava acima de seus joelhos. De todos os cantos, os caras a seguiam com os olhos, mas ela não dava a mínima, andava direto, como se por uma linha invisível, e não sei por que eu logo entendi que estava à minha procura.

— Olá, Guta — cumprimentei. — Aonde você vai?

Ela olhou para mim e na hora percebeu tudo: minha cara machucada, o casaco molhado e os punhos com arranhões, mas não comentou nada, apenas disse:

— Olá, Red. Estava te procurando.

— Sei — respondi. — Vamos para minha casa.

Ela ficou calada, desviou a cabeça, olhando para o lado. Ah, que porte lindo tinha sua cabeça, e que pescoço, igual a uma jovem égua, rebelde, porém submissa. Depois ela disse:

— Não sei, Red. Talvez você não queira mais sair comigo.

Meu coração se apertou: o que foi? No entanto, mantive a calma e disse:

— Não estou te entendendo, Guta. Desculpe, hoje eu não estou legal e não estou raciocinando bem... Por que, de repente, eu não ia mais querer sair com você?

Peguei-a pelo braço e comecei a caminhar devagar na direção da minha casa. Todos aqueles que antes olhavam para ela rapidamente desviaram os olhos, pois eu tinha morado naquela rua por toda a minha vida, e o pessoal conhecia bem o Red Ruivo. E quem não conhecia sentia que poderia conhecer bem rápido.

— Minha mãe quer que eu faça um aborto — disparou ela. — Mas eu não quero.

Andei mais alguns metros antes que a ficha caísse. E a Guta continuava:

— Não quero aborto nenhum, o que eu quero é ter um filho seu. Você faça o que bem entender, está livre e pode ir embora, não vou te prender.

Eu a ouvia falar, cada vez mais emocionada e ficando nervosa, enquanto eu entrava num estado de deliciosa vertigem. Não conseguia pensar em nada, só passava bobagem pela minha cabeça: um ser humano vai, outro vem...

— Ela não para de repetir — continuava Guta — que a criança é do stalker! Então para que fabricar aberrações? Diz: ele é malandro, vocês não terão nem casa, nem família, hoje ele está aqui e amanhã, na prisão! Mas eu não me importo, estou pronta para tudo. Posso fazer tudo sozinha: dar à luz, cuidar, educar. Não preciso de você... Só que você não vem mais me ver, então não te abrirei a porta!

— Guta — disse para ela —, meu amor! Pare por um instante... — Eu sentia um riso meio nervoso e inconveniente me dominando. — Minha linda garotinha, por que está me expulsando?

Eu ria feito um babaca, não conseguia segurar aquele riso idiota. Ela virou, escondeu o rosto no meu peito e caiu em prantos.

— O que vamos fazer, Red? — soluçava por entre as lágrimas. — Como é que ficamos agora?

2

Redrick Schuhart, 28 anos,
casado, sem ocupação definida.

Redrick Schuhart estava deitado atrás de uma lápide e observava a estrada, abaixando com a mão o galho de um arbusto que estava à sua frente. Os holofotes da viatura policial varriam o cemitério, de hora em hora, batendo no rosto dele e forçando-o a semicerrar os olhos e a prender a respiração.

Duas horas já tinham se passado, e tudo permanecia igual. O carro com o motor ligado que urrava monotonamente não saía do lugar. Seus três holofotes continuavam a varrer os túmulos abandonados cobertos pelo mato, os crucifixos tortos e enferrujados, os arbustos que cresciam sem controle algum e a borda do muro de três metros que acabava abruptamente à esquerda. Os policiais temiam a Zona e nunca saíam do carro. Mas perto do cemitério eles tinham medo até de atirar. De hora em hora, Redrick podia ouvir vozes distantes e, às vezes, via uma bituca jogada da janela da viatura, que caía rolando pelo asfalto, soltando fracas faíscas vermelhas. Fazia um frio úmido, a chuva tinha acabado de passar, e, mesmo através do macacão impermeável, Redrick conseguia sentir o frio.

Ele cuidadosamente soltou o galho que segurava, virou a cabeça e apurou o ouvido. Em algum lugar à sua direita no cemitério, não muito longe e nem muito perto dele, havia mais alguém. Ele ouviu o farfalhar das folhas, a terra deslizando e depois o som baixo de algo pesado e duro caindo no solo. Redrick, com muito cuidado e sem se virar, começou a rastejar para trás encostando o corpo na grama molhada. Em cima de sua cabeça, passou o raio do holofote. Redrick congelou, seguindo o raio com olhos, e pareceu a ele que entre as lápides e crucifixos havia um homem em cima de um dos túmulos, vestido de preto. Ele estava sentado, encostado em um obelisco de mármore, sem pretensão de se esconder, com um rosto pálido e com furos escuros no lugar dos olhos, virados na direção de Redrick. Na verdade, Redrick não viu aquilo, nem tinha como enxergar todos aqueles detalhes na fração de segundo em que o raio passou; ele apenas imaginou como aquilo deveria parecer. Rastejou mais alguns metros, depois parou, apalpou o cantil no peito, tirou-o do macacão e ficou deitado por algum tempo, encostando a bochecha no metal aquecido. Depois prosseguiu, continuando a segurar o cantil na mão. Ele não apurava mais o ouvido, nem olhava para os lados.

Na grade que cercava o cemitério havia uma abertura, e logo adiante, em cima de um sobretudo impermeabilizado e tratado com chumbo, estava deitado Barbridge. Ele continuava no chão, de costas, puxando com duas mãos a gola do suéter; sua respiração era sofrida, e às vezes ele emitia gemidos baixinhos. Redrick sentou-se junto a ele e desatarraxou a tampa do cantil. Em seguida, passou cuidadosamente a mão por baixo da cabeça de Barbridge, sentindo na palma a nuca quente e suada, e encostou o gargalo do cantil nos lábios do velho. Estava escuro, mas, nos fracos reflexos dos holofotes, Redrick conseguia enxergar os olhos escancarados e vidrados de Barbridge e suas bochechas com barba escura malfeita. O velho deu alguns goles desesperados e logo começou a se mexer, procurando com as mãos o saco com a mercadoria.

— Voltou... — sussurrou ele. — Você é um bom rapaz, Ruivo... não deixará o velho para morrer...

Redrick inclinou a cabeça e deu um belo gole.

— Continuam parados lá, aqueles porcos malditos — disse ele. — Parecem colados.

— Não é por acaso... — soltou Barbridge. Sua fala era entrecortada por suspiros. — Alguém nos dedurou... Estão à nossa espera...

— Pode ser — disse Redrick. — Quer mais um gole?

— Chega, por enquanto... Não me abandone, Ruivo... Se não me deixar, eu não morrerei... E você será beneficiado... Não vai me largar, vai?

Redrick não respondeu. Olhava na direção da estrada onde os feixes azulados dos holofotes iluminavam a escuridão. Ainda podia enxergar o obelisco de mármore, mas não dava para entender se *aquele* ainda estava lá ou se já tinha sumido nas trevas.

— Escuta, Ruivo... Não é papo-furado... Você não vai se arrepender... Sabe por que o velho Barbridge ainda está vivo?... O Bob Gorila bateu botas, o Faraó Banker desapareceu como se nunca houvesse existido... E que stalker era! Mas não adiantou... O Lesma, Norman Quatro-Olhos, Pitt Chaguento, todos se foram... Só sobrou eu. E por quê, você sabe?...

— Você sempre foi um imprestável — falou Redrick, sem desviar o olhar da estrada —, um sacana...

— Sou sacana, sim. Mas tenho que ser... Sem ser assim não dá, mas os outros também foram... E o Faraó, e o Lesma... Mas só eu sobrevivi. Sabe por quê?

— Sei — respondeu Redrick para encerrar o assunto.

— Sabe nada! Está mentindo... Já ouviu falar da Esfera Dourada?

— Já.

— Acha que é uma lenda?

— Você deveria ficar calado — aconselhou Redrick —, poupando forças!

— Não faz mal, você me levaria para fora... Depois do tanto que já andamos juntos! Será que me largaria?... Conheço você desde pequenininho... E seu pai também...

Redrick permanecia calado. Estava morrendo de vontade de fumar. Pegou um cigarro, rasgou o papel, colocou o tabaco na palma e começou a cheirá-lo. Não adiantou.

— Você tem que me levar — repetiu Barbridge —, pois é por sua causa que eu me ferrei... Foi você que não me deixou levar o Maltês.

Maltês insistia muito em ir com eles. Pagou um belo jantar na véspera, ofereceu um bom adiantamento, jurou que conseguiria o traje protetor. E Barbridge, que estava sentado junto a ele, escondia o rosto atrás da palma grande e enrugada e não parava de piscar para Redrick: "aceita logo, vai dar certo!". Talvez fosse exatamente por isso que Redrick tinha dito "não".

— Você se ferrou por causa da sua ganância — disse Redrick com frieza. — Não tenho nada a ver com isso. E é melhor calar a boca.

Por algum tempo Barbridge permaneceu calado, apenas gemendo. Ele já puxava a gola com todos os dedos, jogando a cabeça com força para trás.

— Pegue toda a mercadoria — sussurrou ele —, só não me deixe aqui.

Redrick olhou o relógio. Faltava pouco tempo até o amanhecer, mas a viatura não queria sair do lugar. Seus holofotes continuavam varrendo os arbustos, em algum lugar por ali estava escondido o velho Land Rover, e a qualquer momento poderiam descobri-lo.

— A Esfera Dourada — repetiu Barbridge —, eu a achei. Há muita mentira em torno dela. E fui eu o primeiro a lançar os boatos... Que ela realiza qualquer desejo etc. Qualquer desejo, que nada!... Se fosse qualquer um, eu não estaria aqui faz tempo... Morando na Suíça, podre de rico.

Redrick olhou para ele de cima a baixo. No reflexo azulado dos holofotes, o rosto de Barbridge jogado para trás parecia morto. Apenas os olhos vidrados e arregalados acompanhavam atentos cada movimento de Redrick.

— A juventude eterna eu não ganhei... — balbuciava o velho. — Nem a fortuna... Mas a saúde, sim. E lindos filhos também... E estou vivo. Você nem num pesadelo poderia imaginar tudo pelo que já passei... E mesmo assim estou vivo... — Ele lambeu os lábios. — Eu só lhe peço isso: deixe-me viver, me dê saúde e bons filhos...

— Você quer se calar?! — não aguentou Redrick. — Está parecendo uma mocinha. Se for possível, eu te levo. Tenho pena de sua Dina, iria para rua, a garota...

— A Dina... — gemeu Barbridge. — Minha linda garotinha. Eles foram muito mimados, Ruivo... Não conheciam a palavra "não"... E o Arthur, meu Archie querido, você o conhece, Ruivo... Onde se viu um igual?...

— Já disse: se conseguir, te levarei.

— Não, Ruivo, você me levaria de qualquer jeito. A Esfera Dourada... Quer saber onde fica?

— Quero.

Barbridge gemeu e tentou se mover.

— Minhas pernas... — soprou ele. — Verifique como estão...

Redrick esticou a mão e apalpou a perna dele do joelho para baixo.

— Os ossos... — gemia Barbridge. — Ainda tem os ossos?

— Tem, sim — mentiu Redrick. — Não esquenta.

Na verdade, só dava para sentir a perna do joelho para cima. Abaixo dele parecia de borracha, dava até para fazer um nó.

— Está mentindo... — censurou Barbridge. — Para que mentir? Até parece que sou novato, que nunca vi aquilo.

— Os joelhos estão intactos — respondeu Redrick.

— Deve estar mentindo de novo — disse Barbridge, amargo. — Seja lá como for, tem que me levar... Contarei a você tudo da Esfera, farei o mapa, mostrarei todas as armadilhas... Tudo...

Ele continuava a falar, prometendo coisas, mas Redrick não o escutava mais. Olhava para a estrada. Os feixes dos holofotes pararam de correr pelos arbustos e se concentraram, cruzados, naquele mesmo obelisco de mármore, e dentro da iluminada neblina azul Redrick nitidamente enxergou uma figura encurvada perambulando entre as lápides. O homem andava como que às cegas, diretamente ao encontro dos holofotes. Redrick viu o andarilho batendo de frente contra um enorme crucifixo. Ele deu um passo para trás, trombou de novo no mesmo crucifixo e só aí é que desviou do obstáculo e prosseguiu esticando os braços para a frente com os dedos abertos. De repente a figura sumiu, como se tivesse caído em um abismo, mas poucos segundos depois ela reapareceu mais longe e à direita, marchando com uma teimosia sobre-humana, como se fosse um autômato.

E de repente os holofotes se apagaram. Ouviu-se o ranger da marcha engatada, o motor uivou, e a viatura, lançando suas luzes vermelhas e azuis, disparou na direção da cidade, ganhando cada vez mais velocidade e logo desaparecendo atrás do muro. Redrick engoliu em seco e abriu um pouco o zíper do macacão.

— Parece que foram embora... — sussurrou Barbridge, agitando-se. — Vamos, Ruivo... Vamos logo! — começou a apalpar o solo com as mãos, agarrou o saco com a mercadoria e tentou se levantar. — Vamos lá, Ruivo, por que está parado?!

Redrick permanecia imóvel, olhando na direção da estrada. Tudo naquela parte estava escuro, e não se via nada. Mas em algum lugar ali continuava a marchar *aquele*. Passo a passo, feito uma boneca mecânica, tropeçando, caindo e se levantando, trombando nas lápides e crucifixos, enrolando-se nos galhos dos arbustos.

— Vamos — concordou Redrick. — Vamos embora daqui!

Ele levantou Barbridge. O velho o agarrou com força pelo pescoço com a mão esquerda, e Redrick, sem conseguir se endireitar, de quatro, começou a arrastá-lo para a abertura na cerca. Rastejava pelo mato molhado agarrando-se a ele, enquanto Barbridge o apressava:

— Vai, vai, vai... — repetia o velho ofegante. — Não se preocupe, a mercadoria está comigo, não vou soltar... Vai!

A trilha era conhecida, mas a grama estava escorregadia após a chuva, e os galhos dos arbustos batiam no rosto, atrapalhando a visão. O velho parrudo e imóvel era extremamente pesado, parecia um cadáver, e ainda tinha o saco com a mercadoria, que batia, tilintava e toda hora ficava preso em alguma coisa. Além disso, havia o medo de dar de frente com *aquele*, que provavelmente ainda vagava por lá no escuro.

Quando eles finalmente chegaram à estrada, estava prestes a amanhecer. No bosque do outro lado da estrada, os primeiros pássaros acordavam cantando, e o céu sobre os postes de luz amarelada e sobre as casas escuras na periferia da cidade já começava a clarear. Soprou o ventinho frio e úmido da madrugada. Redrick despejou Barbridge no acostamento, olhou ao redor e, agachado como uma grande aranha preta, atravessou rapidamente a estrada. Logo achou o Land Rover escondido no mato, limpou do capô os galhos que disfarçavam o carro, sentou-se ao volante e saiu para a estrada sem ligar os faróis. Barbridge havia se sentado, segurando, em uma das mãos, o saco com as coisas, enquanto apalpava as pernas com a outra.

— Venha rápido! — sussurrou, desesperado. — Rápido! Meus joelhos ainda estão inteiros... Tenho que salvar os joelhos...

Redrick o ergueu e, cerrando os dentes com o esforço, empurrou-o para dentro do carro. Barbridge despencou, batendo com força no banco traseiro e soltando um gemido de dor. Mas nem nesse momento ele soltou o saco. Redrick pegou do chão o sobretudo impermeável que Barbridge tinha arrastado consigo e jogou-o por cima do velho.

Redrick sacou a lanterna e andou ao longo do acostamento, verificando se havia pegadas. A princípio não havia nada de errado. Ao sair, o Land Rover tinha amassado um pouco o mato mais alto, mas em poucas horas ele deveria se levantar de volta. Em torno do lugar onde havia parado a viatura, havia muitas bitucas jogadas no chão. Redrick lembrou-se de que há tempo queria fumar, tirou o cigarro e o acendeu, embora a única coisa que realmente desejasse naquele momento fosse pular no carro e correr a toda a velocidade para longe daquele lugar. Mas por enquanto ele não podia correr a lugar nenhum. Deveria fazer tudo lenta e cuidadosamente.

— O que há com você? — perguntou Barbridge do carro, com uma voz chorosa. — Tem que jogar a água fora e molhar o equipamento de pesca... Por que parou? Esconda a mercadoria!

— Cale a boca! — disse Redrick bruscamente. — Não me atrapalhe! — Ele deu um trago. — Vamos pelo lado sul da cidade — resumiu.

— Como pelo lado sul? Você pirou? Vai acabar com meus joelhos, seu infeliz!

Redrick deu mais um trago, apagou o cigarro e enfiou a bituca na caixinha de fósforos.

— Não enche, Abutre — disse ele, calmo. — Não podemos ir pelo centro. Há três bloqueios lá, em algum deles vão nos parar.

— E daí?

— Vão olhar suas pernas, e aí, adeus!

— E o que têm elas? A gente estava abatendo peixe, e eu me machuquei. Fim de papo!

— E se alguém quiser apalpar?

— Apalpar, que nada. Eu darei um belo berro para que aprendam a não mexer onde não se deve.

Mas Redrick já havia se decidido. Ele puxou o banco do motorista e, iluminando o interior com a lanterna, levantou a tampa escondida embaixo.

— Passe a mercadoria.

O tanque de gasolina embaixo do assento era falso. Redrick pegou o saco e o empurrou para dentro do esconderijo. Ele ouvia a mercadoria tilintando e rolando dentro do saco.

— Eu não posso arriscar — pronunciou em voz baixa. — Não tenho direito a isso.

Colocou a tampa de volta, jogou alguns trapos por cima e desceu o banco. Barbridge gemia, lamuriava-se, exigia ir mais depressa e começou de novo a prometer a Esfera Dourada enquanto se revirava no banco, olhando com preocupação para o escuro que começava a clarear. Redrick não lhe dava atenção. Rasgou a sacola plástica que continha os peixes, jogou a água em cima dos apetrechos de pescaria deixados no assoalho da caçamba e repassou os peixes que se debatiam para o saco de lona. A sacola ele dobrou e enfiou no bolso do macacão. Assim tudo estava em ordem: pescadores voltando de uma pescaria não muito proveitosa. Sentou-se no carro e ligou o motor.

Até a esquina foi com faróis apagados. À sua esquerda estendia-se o muro de três metros que cercava a Zona, à direita havia arbustos, uma espécie de bosque meio raquítico, e às vezes encontravam-se alguns sobrados abandonados com paredes descascadas e janelas tapadas com tábuas. Redrick conseguia enxergar bem no escuro, que não estava mais tão denso, pois começava a clarear. Além disso, ele já sabia o que poderia acontecer, portanto, quando na frente do carro surgiu uma figura encurvada marchando feito um robô na direção da cidade, ele nem diminuiu a marcha, apenas se inclinou para mais perto do volante. Aquele ser andava no meio da estrada e – como todos eles – ia à cidade. Redrick ultrapassou-o, aproximando o carro da beira da estrada e pisando fundo no acelerador.

– Nossa Senhora! – exclamou Barbridge de trás. – Você viu aquilo, Ruivo?

– Vi – respondeu Redrick.

– Meu Deus, era só o que nos faltava!... – balbuciou Barbridge e, repentinamente, começou a rezar.

– Fique quieto! – Redrick levantou a voz.

A passagem deveria estar logo ali. Redrick diminuiu a velocidade, fitando a linha de cercas tortas e os casebres que estavam à sua direita. A caixa do transformador... O poste de luz... Uma ponte improvisada sobre o córrego... Redrick virou o volante, e o carro pulou ao passar por um calombo.

– Aonde você vai?! – berrou Barbridge. – Vai acabar com as minhas pernas, seu imbecil!

Redrick virou-se abruptamente e deu uma forte bofetada no rosto do velho, sentindo nas costas da mão a bochecha áspera pela barba mal feita. Barbridge engoliu em seco e calou-se. O carro saltava nos barrancos, as rodas derrapavam na lama que a terra tinha virado após a chuva noturna. Redrick ligou os faróis. A luz branca pulava, iluminando ora as enormes poças e antigos rastros de rodas cobertos pelo mato, ora as cercas apodrecidas e tortas que se estendiam por ambos os lados. Barbridge chorava, soluçando e assoando o nariz. Ele não fazia mais promessas, tinha passado a reclamar e a ameaçar, mas o fazia baixinho e meio para dentro, de maneira que Redrick só ouvia algumas palavras avulsas. Algo sobre as pernas e os joelhos, sobre o folgado do Archie... Logo ele se calou.

O subúrbio ocupava o lado oeste da cidade. Outrora ali havia chácaras, hortas, jardins, onde os altos funcionários da prefeitura e executivos da fábrica tinham suas residências de verão. Lugares alegres e verdes, pequenos lagos com margens de areia branca, bosques translúcidos de bétulas e reservatórios de criação de carpas. O mau cheiro da fábrica não chegava até ali, tampouco a canalização urbana. Agora tudo estava abandonado e esquecido. Ao longo do caminho eles encontraram apenas uma casa habitada, com uma luz amarelada na janela fechada por uma cortina desbotada e um varal com roupa molhada pela chuva. Um cão grande, enlouquecido de raiva, saltou do lado esquerdo e por algum tempo perseguiu o carro em um turbilhão de lama que as rodas jogavam em sua direção.

Redrick atravessou com cuidado mais uma ponte velha e caindo aos pedaços e, ao perceber à sua frente o cruzamento com a Estrada do Oeste, parou o carro e desligou o motor. Saiu do veículo sem olhar para Barbridge e caminhou no frescor matinal enfiando as mãos nos bolsos. Já clareara completamente, e tudo ao redor estava quieto, úmido e sonolento. Ele chegou até a estrada e cuidadosamente espiou por detrás dos arbustos. Daquele ponto dava para ver bem o posto policial móvel: uma casinha de rodas com três janelinhas iluminadas e um fio de fumaça saindo pela chaminé. A viatura estava parada no acostamento, sem ninguém dentro. Por alguns minutos Redrick permaneceu parado, só observando. Não havia nenhum movimento no posto: pelo visto os policiais haviam ficado com frio e cansados após uma noite agitada e haviam entrado para se aquecer. Ele imaginou como deveriam estar cochilando com o cigarro apagado pendurado no canto da boca.

— Seus porcos — soltou Redrick em voz baixa.

Apalpou o soco-inglês que tinha no bolso e enfiou os dedos nos buracos, apertando o metal gelado. Depois caminhou de volta, com o mesmo jeito encurvado e com as mãos nos bolsos. Seu Land Rover estava parado, meio inclinado, escondido entre os arbustos. O lugar era isolado e fechado, provavelmente ninguém havia passado por ali em uma década.

Quando Redrick aproximou-se do carro, Barbridge apoiou-se em um dos braços e olhou para ele com a boca semiaberta. Calvo, o rosto cheio de rugas, uma barba de dois dias, dentes podres. Naquele momento ele parecia bem mais velho do que de fato era. Encararam-se em silêncio por alguns minutos, e, de repente, Barbridge pronunciou de maneira entrecortada:

— Darei o mapa... todas as armadilhas... tudo... Você achará sozinho... Não vai se arrepender...

Redrick o ouvia imóvel, depois relaxou os dedos que seguravam o soco-inglês no bolso e disse:

— Então, é o seguinte: finja que está inconsciente, entendeu? Fique gemendo e não deixe ninguém te tocar.

Entrou no carro, ligou o motor, e eles foram.

E tudo deu certo. Ninguém saiu da casinha quando o Land Rover, em cuidadosa obediência à sinalização, passou devagarzinho na frente do posto, nem depois, quando disparou pelo lado sul da cidade, aumentando cada vez mais a velocidade. Eram seis da manhã, ruas vazias, asfalto molhado e escuro, semáforos piscando solitária e desnecessariamente nos cruzamentos. Passaram em frente à padaria de janelas altas e iluminadas, e Redrick sentiu uma onda do delicioso aroma de pão recém-saído o envolvendo.

— Preciso comer — disse ele e espreguiçou-se, apertando as mãos contra o volante para esticar os músculos adormecidos.

— Como é que é? — Barbridge, assustado, não entendeu.

— Disse que preciso comer... Para onde você quer ir? Para casa ou direto ao Açougueiro?

— Ao Açougueiro, vamos ao Açougueiro! — disparou ele apressado, avançando tanto para a frente, que Redrick sentiu sua respiração quente e ofegante em seu próprio cangote. — Direto nele! Corre! Ele ainda me deve setecentas pratas. E anda logo, você está se arrastando feito lesma! — Ele começou a xingar grosseiramente e em voz baixa, com uma raiva impotente, expelindo saliva pela boca e sufocando-se em ataques de tosse.

Redrick não respondia. Não tinha tempo para dar um basta na repentina histeria do Abutre. Precisava acabar logo com tudo aquilo para ter pelo menos uma hora para dormir antes do encontro no Metrópole. Dobrou na rua Dezesseis, avançou dois quarteirões e parou o carro na frente de uma mansão cinza.

O Açougueiro abriu a porta em pessoa, pelo visto tinha acabado de acordar e estava prestes a entrar no banho. Trajava um roupão suntuoso com franjas douradas, segurando na mão um copo com sua dentadura. O cabelo estava desgrenhado, e havia bolsas escuras embaixo dos olhos opacos.

— Ah, Ruivo! — disse ele. — E aí, o que você me conta?

— Ponha os dentes e vamos — resumiu Redrick.

— Entre. — Açougueiro acenou convidativo com a cabeça na direção do hall e, raspando o chão com as pantufas persas, avançou com surpreendente agilidade em direção ao chuveiro. — Quem? — perguntou ele de lá.

— Barbridge — respondeu Redrick.

— O que é que ele tem?

— As pernas.

A água corria no chuveiro, dava para ouvir os movimentos e os sopros de uma respiração, alguma coisa caiu e rolou pelo chão de azulejo. Redrick despencou cansado na poltrona e acendeu um cigarro, olhando em volta. O hall impressionava. O Açougueiro não poupava dinheiro. Ele era um cirurgião experiente e muito badalado, uma referência em medicina não apenas na cidade, mas no estado inteiro, e seu envolvimento com os stalkers obviamente não se devia a razões financeiras. Ele também ganhava sua quota da Zona: conseguia mercadoria que aplicava em sua prática e em pesquisas, usando os stalkers como cobaias em seus estudos sobre doenças desconhecidas, deformações e danos ao corpo humano. Ganhava em visibilidade, com a fama de ser o primeiro médico no planeta especialista em doenças alienígenas contraídas por humanos. Dinheiro, aliás, ele também aceitava de bom grado.

— O que exatamente houve com as pernas dele? — perguntou ao surgir do banheiro com a toalha pendurada no ombro, esfregando com o canto dela seus dedos finos e longos.

— Enfiou os pés no caldo-da-bruxa — respondeu Redrick. Açougueiro assoviou.

— Então o velho Barbridge está acabado — concluiu ele. — É uma pena, era um stalker e tanto.

— Que nada — discordou Redrick, refestelando-se na poltrona. — Você lhe fará boas próteses, e ele ainda vai conseguir dar uns pulinhos com elas pela Zona.

— Então, tá — disse Açougueiro. Seu rosto ganhou um aspecto sério. — Espere aqui, vou colocar a roupa.

Enquanto ele se vestia e ligava para sua clínica, dizendo para que preparassem tudo para uma cirurgia, Redrick descansava na poltrona, fumando. Ele se mexeu somente uma vez para tirar o cantil. Bebia em goles pequenos, pois sobrava muito pouco no fundo do recipiente. Tentava não pensar em nada, apenas esperava.

Depois foram juntos até o carro. Redrick sentou-se ao volante, com Açougueiro a seu lado no banco dianteiro. Virou o corpo para trás e começou a apalpar as pernas de Barbridge. O velho imediatamente silenciou-se e pareceu até encolher de tamanho, balbuciava algo suplicante, jurava que cobriria de ouro a alguém, começou a mencionar de novo os filhos e a mulher falecida e implorava que lhe salvassem os joelhos. Ao chegar à clínica, Açougueiro xingou quando não viu os enfermeiros esperando na entrada. Pulou do carro e sumiu apressado saguão adentro. Redrick acendeu mais um cigarro e, de repente, ouviu Barbridge falar, clara e articuladamente, totalmente calmo.

— Você quis me matar lá, não é mesmo? Eu vou me lembrar disso.

— Mas não matei — disse Redrick, indiferente.

— Pois é, não matou... — Barbridge ficou em silêncio. — Disso eu também me lembrarei.

— Pois lembre, sim — retrucou Redrick. — Pois você certamente não me mataria...

Virou-se e encarou Barbridge. O velho torceu a boca, indeciso, remexendo os lábios ressecados.

— Você simplesmente me largaria lá — disse Redrick. — Me deixaria morrer na Zona e fim de papo. Como fez com o Quatro-Olhos.

— O Quatro-Olhos morreu por conta própria — discordou Barbridge, soturno —, eu não tive nada a ver com aquilo. Ele se enroscou lá.

— Você é um canalha — disse Redrick friamente, virando-se para a frente. — Um abutre mesmo.

Os auxiliares de enfermagem enfim surgiram no saguão da clínica. Com rostos amassados de sono e cabelos desgrenhados, correram até o carro levando a maca. Tragando calmamente seu cigarro, Redrick observou-os habilidosamente enquanto tiravam Barbridge da caçamba do Land Rover e depois quando o levaram em direção à entrada. O velho estava imóvel e indiferente, olhando fixamente para o céu. Seus pés enormes, gravemente corroídos pelo caldo, estavam estranhamente virados.

Ele era o último dos antigos stalkers, daqueles que começaram a caça aos tesouros extraterrestres logo após a Visitação, quando a Zona ainda nem se chamava assim, quando não havia nem Instituto, nem muro, nem forças especiais da ONU; quando a cidade ficou paralisada de horror, e o mundo caçoava da nova invenção da mídia. Redrick tinha 10 anos na época, e Barbridge ainda era um homem forte e esperto que adorava beber por conta dos outros, entrar em brigas e dar em cima das garotas. Seus próprios filhos pouco o interessavam naquela época, ele já era um sujeito vil e covarde, pois, quando estava bêbado, batia em sua mulher com um prazer perverso, com muita gritaria e barulho, para que toda a vizinhança pudesse ouvir... E, um dia, espancou-a até a morte.

Redrick entrou no carro e, sem prestar atenção aos semáforos e assustando os poucos pedestres com a buzina forte, seguiu apressado diretamente para casa.

Parou em frente à garagem e, ao sair do carro, viu seu supervisor atravessando a pracinha na direção dele. Como de costume, o homem estava mal-humorado, e no seu rosto amassado e com olhos inchados estampou-se uma expressão de nojo, como se ele andasse por cima de um esterco grudento e não pela rua esverdeada.

— Bom dia — cumprimentou-o Redrick educadamente.

O supervisor parou a dois passos de Redrick e apontou com o dedão para trás do ombro.

— Aquilo foi obra sua? — perguntou ele, meio para dentro. Dava para perceber que essas eram suas primeiras palavras desde o dia anterior.

— De que o senhor está falando?

— O balanço. Foi o senhor que instalou?

— Sim.

— Para quê?

Sem responder, Redrick foi em direção à garagem e começou a abrir o portão. O supervisor o seguiu e parou atrás das costas dele.

— Eu perguntei por que instalou o balanço. Quem lhe pediu?

— Minha filha pediu — disse Redrick muito calmo. Deslizou o portão, abrindo-o.

— Não estou perguntando da sua filha! — O homem levantou a voz. — Dela falaremos depois. Estou perguntando quem o autorizou. Quem lhe permitiu apropriar-se da pracinha?

Redrick virou-se e por algum tempo ficou parado, encarando o nariz pálido e cheio de capilares do supervisor, que deu um passo para trás e recomeçou em tom mais baixo:

— E não mude a cor da varanda, quantas vezes eu avisei...

— Está se esforçando à toa — pronunciou Redrick friamente. — Não vamos sair daqui.

Ele voltou para o carro e ligou o motor. Ao colocar as mãos no volante, apertou-o até os dedos embranquecerem. Então, abriu a janela e, sem se conter mais, disse:

— Mas se nos forçar a sair, seu desgraçado, comece a rezar!

Entrou com o carro na garagem, acendeu a luz e fechou o portão. Depois tirou do tanque falso o saco com a mercadoria, arrumou o salão, guardou o saco numa cesta, cobrindo-o com os apetrechos de pesca ainda arrumados e com folhas e galhos, e por cima despejou o peixe que Barbridge tinha comprado na noite anterior numa peixaria da periferia. Depois examinou o carro de todos os lados, mais por força do hábito, e reparou em uma bituca esmagada, presa no para-choque. Redrick descolou-a; era de uma marca sueca. Pensou um pouco e enfiou a bituca na caixinha de fósforos, onde já havia outras três.

Não encontrou ninguém ao subir a escada. Parou na frente de sua porta, e ela se abriu imediatamente, antes de ele achar a chave. Ele entrou de lado, segurando a cesta pesada embaixo do braço, e mergulhou no aconchego e nos cheiros familiares de seu lar. Guta pendurou-se no pescoço dele e ficou assim, imóvel e quieta, escondendo o rosto em seu peito. E, mesmo vestido de camisa grossa e de macacão, ele conseguia sentir o coração dela bater freneticamente. Ele não a impedia, apenas ficou parado segurando a cesta e esperando que ela se afastasse. E só naquele momento ele começou a perceber como estava cansado e exaurido.

— Então, tá... — finalmente soltou ela baixinho, com voz rouca, tirou as mãos do pescoço dele, acendeu a luz no corredor e, sem olhar para trás, seguiu em direção à cozinha. — Vou te fazer café — disse ela de lá.

— Eu trouxe alguns peixes aqui — começou ele em tom aminado e artificial. — Faça todos de uma vez, estou verde de fome!

Ela voltou, escondendo o rosto entre os cabelos soltos. Ele pôs a cesta no chão e ajudou-a a levar o saco com peixe para a cozinha e esvaziá-lo na pia.

— Vá tomar banho — disse ela. — Enquanto isso, eu faço a comida.

— Como está a Monstrinho? — perguntou Redrick, acomodando-se na cadeira e tirando a bota do pé.

— Tagarelou a tarde inteira — respondeu Guta. — Mal consegui colocá-la para dormir, não parava de perguntar de você: cadê o papai, cadê o papai? Dê-lhe o papai e ponto final...

Guta, forte e esbelta, deslizava silenciosamente pela cozinha, e a água já começava a ferver na chaleira, e as escamas deslizavam embaixo da faca. A grande frigideira, a maior de todas, respingava óleo, baixinho, e toda a cozinha envolveu-se num delicioso aroma de café recém-coado.

Redrick levantou-se e voltou descalço para a antessala, agarrou a cesta e levou-a para a despensa. Na volta, ele deu uma olhada no quarto. Monstrinho dormia despreocupadamente, o cobertor havia escorregado para o chão e a camisola havia se levantado de um lado, revelando um corpinho pequeno e esguio, igual ao de um bichinho adormecido. Redrick não conseguiu conter a ternura e acariciou suas costas cobertas por uma penugem dourada, surpreendendo-se pela milésima vez com o quão sedosa e comprida era essa penugem. Queria muito pegar a filha nos braços, mas teve medo de acordá-la; além disso, estava coberto de lama, como se fosse um porco, e sentia no corpo o cheiro da Zona e da morte. Voltou à cozinha e sentou-se à mesa.

— Me dá um café agora. Lavo-me depois — disse ele, cansado.

Na mesa havia uma pilha de correspondências: a *Gazeta de Harmont*, as revistas *O atleta* e *Playboy*, além do pacote com os *Relatórios do Instituto das Culturas Extraterrestres*, edição 56, todas gordinhas e com capas cinza. Redrick pegou o café das mãos de Guta e puxou os *Relatórios*. Rabiscos, signos de todos os tipos, desenhos técnicos... Fotos de coisas familiares, mas num ângulo estranho. A publicação de mais um artigo póstumo de Kirill, *Uma característica pouco esperada das armadilhas magnéticas do tipo 77-B*. O sobrenome

Panov estava acompanhado por uma nota de rodapé: *Dr. Kirill A. Panov, União Soviética, morreu tragicamente durante a realização de um experimento científico em abril de 19...* Redrick jogou a revista para o lado e deu um grande gole no café, que lhe queimou a língua.

— Alguém veio na minha ausência? — perguntou ele, após xingar baixinho.

— Só o Graxa — respondeu Guta, após uma ligeira pausa. Ela estava em pé junto ao fogão, olhando para ele. — Estava completamente bêbado, e eu o expulsei.

— E a Monstrinho?

— Não quis deixá-lo partir, é claro, estava pronta para chorar. Mas eu expliquei a ela que o tio Graxa não estava se sentindo bem. E ela me respondeu, toda séria: "de novo o Graxa se *embabadou*".

Redrick sorriu e deu mais um gole no café. Depois olhou para a esposa:

— E a vizinhança?

— Ah, a mesma coisa de sempre... — disse Guta, irritada.

— Tá bom, pode contar!

— Ah! — Ela abanou a mão com desgosto. — De noite aquela louca de baixo bateu na porta, olhos arregalados, saliva respingando pela boca: "o que é que vocês estão serrando na banheira?!".

— Que asquerosa — soltou Redrick entre os dentes. — Escuta, Guta, talvez seja mesmo melhor a gente se mudar. Comprar uma casa em um subúrbio onde ninguém mora, uma chácara abandonada...

— E a Monstrinho?

— Meu Deus! — exclamou Redrick. — Será que nós dois não seremos capazes de deixá-la confortável e feliz?

Guta balançou a cabeça negativamente.

— Ela adora as crianças, e elas gostam dela também. Pois eles não têm culpa de que ela...

— Claro — interrompeu-a Redrick. — Eles não têm culpa mesmo.

— Vamos parar de falar disso — cortou Guta. — Alguém te ligou. Não quis se identificar. Eu disse que você estava pescando.

Redrick devolveu a xícara à mesa.

— Bem — disse ele, levantando-se. — Vou tomar banho. Tenho mil coisas para fazer.

Ele se trancou no banheiro, esvaziou os bolsos, depositando o soco-inglês, as porcas restantes, os cigarros e outras coisas menores na prateleira do armário, depois tirou a roupa e jogou-a no tanque. Demorou-se no chuveiro, virando-se embaixo da água quase fervente que saía da ducha. Esfregou o corpo com a esponja de duros fios emaranhados até que sua pele ganhou uma cor avermelhada, aí desligou a torneira, sentou na borda da banheira e acendeu um cigarro. A água jorrava em tubos, Guta tilintava com a louça na cozinha... O cheiro de peixe frito invadiu a casa, e logo Guta bateu na porta do banheiro para lhe passar a roupa limpa.

— Vai logo com isso — mandou ela. — A comida está esfriando.

Ela já havia se acalmado totalmente e começado a dar ordens, como de hábito. Rindo consigo mesmo, Redrick vestiu-se, pôs apenas a cueca e a camiseta e, com esse traje, voltou para a cozinha.

— Agora é a hora de comer — disse ele, acomodando-se com gosto na cadeira.

— Pôs a roupa suja na caixa? — desconfiou Guta.

— Uhum... — mugiu ele com a boca cheia. — Que peixe gostoso!

— E encheu o tanque de água? — Guta continuou a indagar.

— Esqueci... Desculpe, comandante, não vai se repetir... Ah, deixe para lá, fique comigo!

Ele tentou agarrá-la pelo braço e fazê-la sentar-se em seu colo, mas Guta desviou-se dele e sentou-se à mesa do outro lado.

— Então, está me evitando — caçoou ele, enchendo novamente a boca de peixe. — Tem nojo do marido, hein?

— Marido? Que marido? — retrucou Guta, sorrindo. — No momento você é um saco vazio, e não um marido. Precisa ser preenchido antes.

— E se for, de repente? — revidou Redrick. — Milagres acontecem!

— Ainda não vi nenhum milagre desses acontecendo com você. Quer um drinque?

Redrick balançou o garfo nos dedos, indeciso.

— N-não, melhor não — disse ele, afinal, olhando para o relógio. — Vou sair agora. Prepare-me o terno, uniforme classe A: camisa branca, gravata, você sabe, essas coisas...

Batendo prazerosamente os pés descalços no chão fresco, seguiu para a despensa e trancou a porta atrás de si. Depois vestiu um avental emborrachado, luvas grossas até os cotovelos e começou a pôr na mesa tudo o que havia no saco de lona: dois ocos, uma caixa de alfinetes, nove pilhas, três braceletes, uma argola estranha parecida com um bracelete, mas de metal branco, mais leve e com diâmetro uns trinta milímetros maior. Também tinha um plástico com dezesseis gotas-negras, duas esponjas em perfeito estado, do tamanho de um punho fechado, três piões, um vidro de argila gaseificada, e, no fundo do saco, havia ainda um pesado contêiner de porcelana cuidadosamente embrulhado em plástico-bolha, mas Redrick decidiu não mexer nele por enquanto. Tirou os cigarros e fumou, observando a mercadoria exposta em cima da mesa.

Depois abriu a gaveta, tirou uma folha de papel, um toco de lápis e a calculadora. Segurando o cigarro no canto da boca e semicerrando os olhos por conta da fumaça, ele escrevia os itens e os valores em colunas. Somou tudo, os números impressionavam. Redrick apagou o cigarro no cinzeiro, cuidadosamente abriu a caixa e despejou os alfinetes no centro da mesa. No reflexo da luz elétrica eles tinham um brilho azulado e só de vez em quando, em rápida sequência, lançavam algumas faíscas das cores do espectro: amarelo, vermelho e verde. Ele pegou um alfinete e, tomando precauções para não se ferir, apertou-o entre a ponta do indicador e a do polegar. Depois desligou a luz e esperou um pouco, deixando os olhos se acostumarem com a escuridão. O alfinete estava mudo. Ele o pôs do lado, pegou outro e repetiu o procedimento. Nada. Correndo o risco de se ferir, Redrick apertou a coisa com mais força, e, de repente, o alfinete "falou": um clarão vermelho percorreu-o, mudando em seguida para uma onda verde. Por alguns segundos ele contemplou esse estranho show de luzes – que, como ficou sabendo pelos *Relatórios do Instituto*, deveria significar alguma coisa, talvez muito importante e esclarecedora –, depois colocou o alfinete ao lado, porém separado do primeiro, e pegou o próximo...

No total eram 73 alfinetes, dos quais apenas doze "falavam", os restantes não se revelaram. Na verdade, eles também deveriam "falar", mas para ativá-los não bastava a força dos dedos, precisava-se de uma máquina do tamanho da mesa. Redrick acendeu a luz, pegou a folha de cálculos e acrescentou mais dois números aos já existentes. Somente depois disso ele tomou coragem.

Enfiando as duas mãos no saco de lona, prendendo a respiração, retirou o pesado objeto embrulhado em plástico-bolha e colocou-o em cima da mesa. Por algum tempo apenas o observou, compenetrado, coçando o queixo com o lado externo da mão. Depois pegou o lápis e girou-o entre os dedos, desajeitadamente por causa da luva, em seguida jogou-o de volta à mesa. Tirou mais um cigarro, acendeu-o e fumou por inteiro, encarando o embrulho.

– Que diabo! – xingou em voz alta, agarrando decididamente o pacote e enfiando-o de volta no saco. – E pronto. Chega!

Apressadamente jogou os alfinetes dentro da caixa e levantou-se. Precisava ir. Talvez até desse para cochilar uma meia hora para clarear a mente, mas, por outro lado, seria mais seguro chegar ao lugar antes e verificar a situação. Redrick retirou as luvas, pendurou o avental e saiu da despensa sem apagar a luz.

O terno já o esperava esticado em cima da cama, e ele começou a se vestir. Estava amarrando a gravata na frente do espelho quando as tábuas do assoalho gemeram discretamente, e, em seguida, ele ouviu uma respiração furtiva atrás dele. Fez uma cara séria para conter o riso.

– U-u! – grunhiu uma voz fininha, e ele imediatamente foi agarrado pela perna.

– Ah! – gritou Redrick e, fingindo desmaio, caiu de costas na cama.

A Monstrinho, rindo e grunhindo, pulou em cima dele. Ele foi esmagado, puxado pelo cabelo e afundado em uma avalanche de notícias e perguntas de todo tipo. O Willy da vizinhança arrancou a perna da boneca. No terceiro andar surgiu um gatinho, todo branco e com olhos vermelhos, provavelmente desobedeceu a sua mãe e foi para a Zona. No jantar teve mingau com geleia. O tio Graxa se *embabadou* de novo e ficou muito doente, até chorou. Por que é que os peixes não afundam, se estão dentro da água? Por que a mamãe não dormiu de noite? Por que temos cinco dedos, mas só duas mãos e apenas um nariz?... Redrick abraçava o frágil e quente corpinho da criatura que não parava de se mexer em cima dele, olhava em seus olhos completamente pretos sem parte branca, encostava o rosto na pequena bochecha coberta de penugem dourada e repetia, carinhoso:

— Monstrinho, minha queridinha, minha Monstrinho fofa...

De repente o som do telefone disparou no quarto. Ele esticou a mão e pegou o fone.

— Sim?

O fone estava mudo.

— Alô! — repetiu Redrick. — Quem é?...

Silêncio. Em seguida ele ouviu um clique do outro lado, e logo soou o sinal de ocupado. Então, ele se levantou, colocou a Monstrinho no chão e, sem prestar mais atenção ao que ela dizia, vestiu a calça e o paletó. A filha não parava de falar, mas ele apenas sorria descontraído. Logo foi declarado como o papai que engoliu a língua e petiscou os dentes, e finalmente foi deixado em paz.

Redrick foi até o banheiro atrás do soco-inglês, voltou para a despensa, enfiou na pasta tudo o que havia deixado em cima da mesa, pegou a pasta numa mão e a cesta com o saco de lona na outra. Depois saiu, cuidadosamente trancou a porta da despensa e gritou para Guta:

— Estou saindo, amor!

— Quando você volta? — perguntou Guta, aparecendo na porta da cozinha. Ela já tinha se arrumado e feito uma ligeira maquiagem. Estava de vestido caseiro em vez de roupão. Ele amava aquele vestido azul *royal*, que tinha um lindo decote.

— Eu ligo — disse ele olhando para ela, depois não aguentou, aproximou-se e beijou-a no decote.

— Tá bom, vai logo — disse Guta, baixinho.

— E eu? E para mim?! — guinchou a Monstrinho, tentando se enfiar por entre eles.

Ele precisou se abaixar com toda a carga e beijá-la também. Guta o fitava fixamente.

— Besteira — acalmou-a. — Não se preocupe. Eu vou ligar.

Desceu a escada. No andar de baixo, Redrick encontrou um homem grande, de pijama listrado, que estava tentando soltar a chave emperrada na porta entreaberta. Dos fundos do apartamento saía um cheiro morno e azedo. Redrick parou e cumprimentou-o:

— Bom dia.

O sujeito virou a cabeça, lançou um olhar assustado e balbuciou algo por cima do ombro enorme.

— Sua esposa ontem nos visitou — começou Redrick —, disse que estávamos serrando alguma coisa. Deve ser algum mal-entendido.

— E o que eu tenho com isso? — resmungou o homem de pijama.

— Minha mulher estava lavando roupa — continuou Redrick. — Peço desculpas se incomodamos vocês.

— Eu não disse nada — respondeu o vizinho. — À vontade...

— Que bom, então. Obrigado.

Ele desceu para a garagem, colocou a cesta com o saco no canto, cobrindo-a com uma lona rasgada e colocando por cima um velho banco de automóvel. Deu uma última olhada em tudo e foi embora, satisfeito.

O caminho não foi demorado. Andou dois quarteirões, atravessou o parque e avançou mais um quarteirão até a Avenida Central. Na frente do hotel Metrópole, como sempre, uma fileira de carros imponentes brilhava com seu metal polido e laqueado, os lacaios de uniforme bordô corriam, subindo e descendo com as malas, enquanto homens respeitáveis de aspecto estrangeiro, em pequenos grupos de dois ou três, fumavam charutos na escada de mármore na frente do hotel. Redrick decidiu não entrar de imediato. Em vez disso, acomodou-se embaixo do toldo de um pequeno café no outro lado da rua, pediu um café preto e acendeu o cigarro. Na mesa vizinha, a dois passos dele, estavam sentados três federais à paisana. Apressada e silenciosamente, eles engoliam salsichas fritas *à la* Harmont, tomando periodicamente grandes goles de chope escuro de suas canecas longas. Do outro lado, a dez metros de distância, aproximadamente, um sargento das Forças da ONU devorava um bife com batata frita, segurando o garfo com o punho. Seu capacete azul-claro estava no chão, virado para cima, ao lado de sua cadeira, na qual também estava pendurado seu cinto com o coldre. Não havia mais fregueses no recinto. A garçonete, uma idosa desconhecida, estava de pé, encostada no balcão, bocejando de vez em quando e tapando, com a palma da mão, a boca pintada de vermelho. Eram vinte para as nove da manhã.

Redrick viu Richard Noonan saindo pela entrada do hotel, mastigando algo e ao mesmo tempo pondo na cabeça um chapéu de feltro macio. Agilmente desceu a escada — baixinho, bem nutrido, com o rostinho rosado e todo limpinho, arrumado e convencido de que o dia não lhe traria nenhuma desvantagem. Acenou com a mão para alguém, jogou no ombro esquerdo o sobretudo que carregava no braço e foi até seu Peugeot. O carro era igual ao dono: arredondado, curto e recém-lavado, causando a mesma impressão de que nada de ruim poderia lhe acontecer.

Escondendo o rosto atrás da palma da mão, Redrick observou Noonan se acomodar no assento do motorista, depois passar alguma coisa para o banco de trás, inclinar-

-se atrás de algo, reposicionar os espelhos laterais... Em seguida, o Peugeot urrou, soltando fumaça azul, buzinou para um africano de turbante que atravessava à sua frente e avançou bem-disposto pela rua. Pelo visto, Noonan dirigia-se ao Instituto, sendo assim, deveria contornar a fonte com o chafariz e passar bem em frente de Redrick. Não havia tempo para levantar e sair, portanto ele apenas se inclinou ainda mais em cima da xícara, encostando a mão na testa. Não adiantou. O Peugeot buzinou em cima de seu ouvido, rangeu o câmbio, e a voz alegre de Noonan chamou:

— Red, oi! Red Schuhart!

Praguejando para si, Redrick levantou a cabeça. Noonan vinha a seu encontro, esticando a mão para cumprimentá-lo. Quase reluzia de felicidade.

— O que você está fazendo aqui a essa hora? — perguntou ao se aproximar. — Obrigado, querida — lançou para a garçonete. — Não quero nada. — E de novo virou-se para Redrick. — Faz tempo que não te vejo. Onde se meteu? O que anda fazendo?

— Nada de especial... — respondeu Redrick com má vontade. — Umas coisas aqui, outras ali...

Ele observava como Noonan, com sua habitual ansiedade, ajustava-se na cadeira em frente, afastando com as mãos rechonchudas o copo com guardanapos para um lado e o prato com o sanduíche para o outro, continuando a tagarelar com sorriso amigável.

— Você está meio murcho, problemas com sono? Sabe, nos últimos tempos eu também passei por um aperto danado com os novos equipamentos eletrônicos, mas o sono para mim é sagrado, que tudo vá pro inferno, mas dormir... — De repente ele parou e olhou ao redor. — Desculpe, você por acaso está esperando alguém? Estou atrapalhando?

— Não... — respondeu Redrick, entediado. — É que eu tinha um tempinho e resolvi tomar um café.

— Mas não vou te prender por muito tempo — disse Dick olhando para o relógio. — Escuta, Red, pare de enrolar e volte para o Instituto. Você sabe que te aceitariam a qualquer hora. Se quiser, pode até trabalhar com um russo de novo, acabou de chegar um...

Redrick balançou a cabeça negativamente.

— Não — respondeu ele —, ainda não nasceu outro Kirill neste mundo... E também não vejo nada para eu fazer naquele lugar. Vocês agora estão com tudo automatizado, são os robôs que vão à Zona, pelo visto são eles também que recebem o bônus... E as migalhas mensais do cargo de assistente mal dariam para comprar cigarros.

— Ah, deixe disso! Arranjaria coisas para você... — discordou Noonan.

— Eu não gosto quando arranjam para mim — disse Red meio sombrio. — Sempre consegui tudo por conta própria e pretendo continuar assim.

— Você ficou orgulhoso demais — proferiu Dick com ar de desaprovação.

— Não é orgulho nenhum. Apenas não gosto de viver no aperto.

— Nisso você está coberto de razão — respondeu Dick, distraído. Olhou para a valise de Redrick, que estava acomodada na cadeira ao lado, esfregou a placa prateada com a gravação em cirílico. — Está certo: o dinheiro existe justamente para que nunca precisemos pensar nele... Era o presente do Kirill? — perguntou ele referindo-se à valise.

— Ganhei como herança... — disse Redrick. — E então, não te vejo ultimamente no Borjtch.

— É você que não aparece por lá. Eu almoço no Borjtch todos os dias, pois aqui no Metrópole cobram tanto por cada almôndega que... Escuta – ele mudou o tom –, como você está de grana?

– Por quê? Quer um empréstimo? – ironizou Redrick.

– Pelo contrário.

– Quer me emprestar dinheiro?

– Há um trabalho – encurtou Noonan.

– Haja paciência! Você também?! – exclamou Redrick.

– E quem mais? – O rosto de Noonan expressou um vivo interesse.

– Há muitos de vocês, os empregadores, por aí...

Noonan riu, fazendo parecer que só agora tinha entendido Redrick:

– Não é isso, não se trata de sua especialidade principal.

– E do que se trata, então?

Noonan olhou para o relógio.

– É o seguinte – disse ele, levantando-se da cadeira. – Venha hoje almoçar no Borjtch, por volta das duas, aí conversaremos.

– Às duas, receio, não conseguirei – respondeu Redrick.

– Então venha de noite, às seis horas, é possível?

– Veremos... – disse Redrick, indeciso, e também olhou para o relógio. Eram cinco para as nove da manhã.

Noonan acenou e apressou-se na direção de seu Peugeot. Redrick acompanhou-o com os olhos, chamou a garçonete e pediu um maço de Lucky Strike, em seguida pagou a conta e, apanhando a valise, desapressadamente atravessou a rua na direção do hotel Metrópole. O sol já havia subido, e o ar começava a ficar quente e abafado. Redrick sentiu uma irritação embaixo das pálpebras. Fechou os olhos, apertando-os com força, e arrependeu-se de não ter dormido pelo menos um pouco antes de ir a um encontro tão importante. Foi naquele momento que ele de repente sentiu...

Aquilo nunca lhe havia acontecido fora da Zona, e mesmo lá, apenas duas ou três vezes. Era como se estivesse em um mundo totalmente diferente. Milhares de aromas de todos os tipos desabaram sobre ele – eram cheiros agudos, doces, metálicos, meigos, perigosos, alarmantes, enormes como prédios e minúsculos como pólen, ásperos como pedregulhos, finos e complexos como um mecanismo de relógio... O ar tornou-se sólido, e nele surgiram superfícies, facetas e ângulos, parecia que o espaço havia sido preenchido com enormes esferas rugosas, pirâmides escorregadias, cristais gigantes e pontiagudos. E ele precisava se esquivar, arrastando o corpo no meio desses obstáculos, como se atravessasse, às cegas, uma velha loja de antiguidades cheia de móveis e objetos inúteis, feios e empoeirados... A sensação durou apenas alguns segundos. Ele abriu os olhos, e tudo havia sumido. Aquilo não era outra realidade. Era simplesmente seu velho mundo, que ele conhecia tão bem, mostrando seu outro lado, desconhecido, revelando-o por um instante apenas e novamente o escondendo, antes que Redrick conseguisse compreender qualquer coisa.

Um som irritante de buzina trouxe Redrick de volta à realidade; ele apertou o passo, correu até o Metrópole e lá parou, encostado na parede lateral. Seu coração batia loucamente, quase saindo do peito. Redrick pôs a valise no asfalto, rasgou apressado o invólucro do maço e acendeu o cigarro. Fumava, tragando profundamente, descansando como depois de uma boa briga. Um guarda parou ao lado dele e perguntou com ar de preocupação:

– O senhor precisa de ajuda?

– N-não... – conseguiu soltar Redrick e continuou após um breve pigarreio: – Está muito abafado...

– Quer que eu o acompanhe?

Redrick inclinou-se e pegou a valise.

— Já passou — disse ele. — Está tudo bem, amigo, obrigado.

Apressou-se, subiu a escada e entrou no imenso hall do hotel. O ar ali estava fresco e agradável após o sol escaldante. Sentia que deveria se sentar em uma daquelas enormes poltronas de couro, descansar e recuperar o fôlego, mas já estava atrasado, portanto apenas se permitiu terminar o cigarro, observando, por baixo das pálpebras semicerradas, o público presente no hall. O Ossudo já estava ali, revirando, com a irritação habitual, as revistas na banca de jornais. Redrick jogou a bituca na lixeira e avançou em direção ao elevador.

A porta do elevador estava prestes a se fechar quando um homem gordo, com respiração asmática, entrou na cabine, seguido por outras pessoas. Uma grã-fina excessivamente perfumada, acompanhada de um menino de aspecto lúgubre que mastigava uma barra de chocolate, e uma velha corpulenta com o queixo mal barbeado. Redrick foi empurrado para o fundo do elevador. Fechou os olhos para não encarar o rosto do menino sem uma mínima penugem, liso, rosado, e coberto por uma baba de chocolate. Para não ver a mãe dele, cujo peito esquelético ostentava um colar de gotas-negras incrustadas em prata. Para não olhar nos olhos arregalados do asmático e na cara inchada da velha, coberta de enormes verrugas... O gordo tentou fumar, mas foi advertido pela velha, que o impediu de fazê-lo até o quinto andar, onde desceu. Mal a porta do elevador havia se fechado atrás dela, o homem finalmente acendeu seu cigarro, com a expressão de quem havia conquistado seus direitos. Imediatamente começou a sufocar, tossindo, esticando os lábios como um camelo na tentativa de puxar o ar e cutucando Redrick com o cotovelo o tempo todo, num ato de desespero.

Redrick desceu no oitavo andar e, para descarregar um pouco a raiva, pronunciou em voz alta e clara para o silêncio do corredor:

— Vão se catar, sua velha bruxa nojenta e mal barbeada, junto com esse porco fedorento de coqueluche e esse bastardo babado de chocolate!

Após soltar aquilo, seguiu, apaziguado, ao longo do corredor, pelo tapete macio e felpudo. Tudo ali exalava riqueza, do aroma de charutos caros e de perfume francês ao cheiro das carteiras de couro laqueado, estourando de dinheiro, das prostitutas de quinhentos por noite aos porta-cigarros de ouro maciço, e de toda aquela opulência vulgar e desonesta que se espalhou por ali e que proliferava por conta da Zona. Alimentava-se dela, crescia e engordava com ela, e pouco se lixava com qualquer coisa, especialmente com o que aconteceria quando todos eles tivessem se empanturrado, quando toda a porcaria da Zona passasse para o lado de fora e invadisse o mundo. Redrick empurrou a porta do quarto 874 e entrou sem bater.

O Rouco estava sentado em cima da mesa ao lado da janela, ocupado com seu charuto. Ainda estava de pijama e com o cabelo molhado, porém penteado à risca. Seu rosto, inchado e de aspecto doentio, havia sido cuidadosamente barbeado.

— Ora, ora — falou ele sem levantar os olhos. — A sua pontualidade é britânica. Bom dia, menino!

Terminou de cortar a ponta do charuto, pegou-a com dois dedos e passou na frente do nariz, cheirando.

— E onde está o nosso bom e velho Barbridge? — perguntou ele, levantando o olhar. Seus olhos eram azuis, límpidos e angelicais.

Redrick depositou a valise no sofá, sentou e tirou um cigarro.

— Barbridge não virá — resumiu ele.

— Nosso bom e velho Barbridge... — repetiu o Rouco, reposicionando o charuto nos dedos e levando-o à boca. — Ele deve ter tido algum ataque de nervos...

Fitava Redrick com seus translúcidos olhos azuis e não piscava. Ele nunca piscava. A porta entreabriu-se, e Ossudo entrou no quarto.

— Com quem o senhor estava conversando? — começou ele logo da porta.

— Ah, é o senhor, bom dia! — Redrick cumprimentou-o cordialmente, jogando as cinzas no chão.

Ossudo enfiou as mãos nos bolsos, deu alguns passos na direção do sofá com seus pés grandes e curvados para dentro e parou em frente a Redrick.

— Nós já combinamos mil vezes — disse ele com ar de reprovação. — Nada de contatos antes do encontro. E o que o senhor fez?

— Eu? Eu o cumprimentei — retrucou Redrick.

O Rouco deu uma risada, enquanto Ossudo soltou, irritado:

— Bom dia para o senhor também... — Ele parou de encarar Redrick com olhar de reprovação e despencou no sofá ao lado dele. — Não se pode fazer isso — continuou ele em outro tom. — Não pode! O senhor compreende?

— Então, marque os encontros onde eu não tenha conhecidos — respondeu Redrick.

— O menino tem razão — observou Rouco. — Foi erro nosso... Quem era aquele sujeito?

— Richard Noonan — disse Redrick. — Ele representa algumas companhias que fornecem equipamentos para o Instituto. E mora aqui, neste hotel.

— Está vendo como tudo se resolve facilmente! — concluiu Rouco olhando para Ossudo. Em seguida pegou da mesa um maciço isqueiro que imitava a Estátua da Liberdade, olhou para ele por um segundo e devolveu-o à mesa.

— E onde está o Barbridge? — perguntou Ossudo, já em tom amigável.

— Barbridge se deu mal — encurtou Redrick.

Os dois homens trocaram olhares.

— Que descanse em paz — começou Rouco cuidadosamente. — Ou, por acaso, ele foi preso?

Por algum tempo Redrick guardou silêncio, tragando calmamente seu cigarro. Depois lançou a bituca no chão e disse:

— Não precisa se preocupar, está tudo sob controle. Ele está no hospital.

— E ele chama isso de "sob controle"? — Ossudo pulou do sofá e aproximou-se da janela. — Em qual hospital ele está?

— Não se preocupem — repetiu Redrick. — Está no hospital certo. Vamos ao que interessa, estou morrendo de sono.

— Em que hospital ele está? — Ossudo repetiu a pergunta, já com notas de irritação na voz.

— Até parece que eu diria para vocês — cortou Redrick. Ele pegou a valise. — Vamos fazer negócio hoje ou não?

— É claro que vamos — respondeu Rouco com disposição. Com surpreendente agilidade, ele pulou da mesa para o chão, aproximou-se de Redrick, puxou a mesinha de jornais para perto e, com um rápido movimento da mão, limpou-a, jogando as revistas no tapete. Depois, sentou-se do lado oposto da mesinha, apoiando as mãos rosadas e peludas contra os joelhos.

— Mostre! — disse ele, animado.

Redrick abriu a valise, tirou a lista com preços e pôs em cima da mesa na frente do Rouco, que lançou um olhar para o papel e, com a ponta da unha, empurrou-o para o lado. Ossudo posicionou-se em pé, atrás dele, comendo a lista com olhos.

— É a conta — disse Redrick calmo.

— Estou vendo — devolveu Rouco. — Pode mostrar.

— Pagamento — persistiu Redrick.

— O que é a argola? — indagou Ossudo desconfiado, apontando com o indicador para o item na lista.

Redrick permaneceu em silêncio, imóvel, segurando a valise aberta nos joelhos e encarando os angelicais olhos azuis do Rouco, que, finalmente, abriu um sorriso meio sarcástico.

— Por que eu amo tanto você, menino? — murmurou. — E ainda afirmam que não existe amor à primeira vista! — Deu um suspiro dramático. — Phil, meu amigo, como eles costumam dizer neste lugar: molhe a mão? Descole a grana? Então descole o pagamento para o menino... E me dê o fósforo, afinal! Você não está vendo... — Sacudiu o charuto que segurava entre os dedos.

O ossudo Phil resmungou algo incompreensível, jogou-lhe a caixa de fósforos e saiu para o cômodo vizinho pela passagem escondida atrás da grossa cortina. Dava para ouvi-lo conversando com alguém lá, de maneira irritada e indistinta, mencionando algo sobre comprar gato por lebre, enquanto Rouco finalmente acendia seu charuto e o fumava, fitando Redrick com seus olhos penetrantes e com um sorriso estampado nos lábios finos. Red, apoiando o queixo na valise, observava-o de volta, procurando não piscar também, apesar de sentir seus olhos ardendo e começando a lacrimejar. Logo Ossudo voltou e jogou na mesa dois maços de notas envoltos por uma fita bancária. Sentou-se no sofá ao lado de Redrick, visivelmente mal-humorado. Com um gesto meio preguiçoso, Redrick esticou a mão em direção ao dinheiro, mas Rouco o interrompeu. Pegou os maços, arrancou as fitas e guardou-as no bolso.

— Agora, fique à vontade — disse ele.

Redrick pegou o dinheiro e, sem contar, enfiou nos bolsos internos do paletó. Em seguida, começou a tirar as mercadorias da valise. Ele o fazia devagar para que os outros pudessem ver cada item separadamente e conferi-los com a lista. O silêncio se estabeleceu no quarto. Só se ouvia a respiração pesada do Rouco e um leve tilintar que soava por trás da cortina e que se parecia com uma colher batendo contra a borda de uma xícara.

Quando Redrick finalmente fechou a valise, trancando os fechos, Rouco levantou os olhos para ele e perguntou:

— E quanto ao item principal?

— Nada — respondeu Redrick e completou, após um breve silêncio: — Por enquanto.

— Eu gosto desse *por enquanto* — disse Rouco, gentil. — E você, Phil?

— Ele está nos enrolando — insinuou Ossudo, desconfiado. — Schuhart, está escondendo coisas? — dirigiu-se a Red, com desgosto. — Não se deve fazer isso.

— São ossos de nosso ofício: assuntos escondidos — retrucou Red. — Temos uma profissão dura.

— Pois bem — cortou Rouco. — Cadê a máquina fotográfica?

— Putz! — soltou Redrick. Ele esfregou as têmporas sentindo que suas faces começavam a enrubescer. — Esqueci completamente.

— Esqueceu por lá? — perguntou Rouco, abanando a mão que segurava o charuto, num gesto indeterminado.

— Não me lembro... Provavelmente, foi. — Ele fechou os olhos e jogou o corpo no encosto do sofá. — Não, não me lembro, mesmo.

— É uma pena — lamentou Rouco. — Mas você pelo menos viu aquela coisa?

— Aí é que está o problema, droga — Redrick devolveu, com desagrado. — Eu não vi nada, não chegamos até os regeneradores. Barbridge esbarrou o pé no caldo-da-bruxa, e eu precisei encerrar nosso turno. Mas posso assegurar que, se eu tivesse visto aquela coisa, não teria esquecido...

— Olha, Hugh, olha! — sussurrou de repente Ossudo assustado. — O que é isso?

Ele estava sentado no sofá com a mão esticada para a frente. Em torno de seu dedo indicador girava a argola prateada. Ossudo, pasmo, observava o objeto com olhos arregalados.

— Ela não para! — disse em voz alta, desviando os olhos da argola para Rouco e de volta para ela.

— Como assim, não para? — indagou Rouco com cuidado e afastando-se de Ossudo, por precaução.

— Assim... Botei-a no dedo e dei um giro, por brincadeira... E ela está girando desde então!

De repente, Ossudo deu um salto e, mantendo o indicador esticado, correu para trás da cortina. A argola, reluzindo, calmamente girava em seu dedo, parecendo uma pequena hélice.

— O que você nos trouxe? — indagou Rouco.

— Sei lá! — confessou Redrick. — Nem desconfio... Se soubesse, cobraria bem mais.

Rouco encarou-o por alguns minutos em silêncio, depois se levantou e também sumiu atrás da divisória. Redrick puxou um cigarro, pegou uma das revistas que estavam no chão e pôs-se a folheá-la descontraidamente. A revista estava cheia de imagens de insinuantes traseiros femininos, mas, por alguma razão, naquele momento ele ficou enjoado de olhá-los. Redrick jogou a revista ao chão e olhou ao redor, procurando alguma coisa para beber. Ele precisava de um drinque. Como não achou nada, tirou o maço de dinheiro de um dos bolsos e contou as cédulas. Tudo estava em ordem. Então, para conter o sono, conferiu o segundo montante. Já estava guardando o dinheiro de volta no bolso quando Rouco voltou.

— Você tem sorte, menino — anunciou, ao se acomodar de novo em frente a Redrick. — Já ouviu falar de moto-perpétuo?

— Não, senhor — disse Redrick, sarcástico. — Não havia essas coisas no ensino fundamental.

— E nem precisava — concordou Rouco.

Ele sacou mais um maço de cédulas.

— Este é o preço do primeiro exemplar — disse ele, rasgando a fita que segurava as notas. — Por cada nova argola você receberá dois desses maços. Entendeu, menino? Dois. Mas com a condição de que ninguém além de nós saiba da existência desses anéis. Combinado?

Redrick pegou o dinheiro, pôs no bolso e se levantou.

— Tenho que ir — disse ele. — Onde e quando será a próxima vez?

Rouco também se levantou.

— Você será contatado — respondeu. — Aguarde uma ligação toda sexta entre nove e nove e meia da manhã. Receberá uma mensagem de Phil e Hugh e a hora do próximo encontro.

Redrick acenou com a cabeça e dirigiu-se à porta. Rouco o seguiu, colocando a mão no ombro dele.

— Eu gostaria que você entendesse uma coisa — continuou ele. — Tudo aquilo que nos trouxe é muito bom, é ótimo. Aquela argola é uma verdadeira maravilha e tudo o mais. Mas antes de tudo nós precisamos de duas coisas: as fotos e o contêiner cheio. Devolva-nos a máquina com as fotos e nosso contêiner, cheio, e não vazio, e nunca mais precisará ir à Zona.

Redrick sacudiu o ombro para se livrar da mão de Rouco, abriu a porta e foi embora. Prosseguiu pelo tapete macio sem olhar para trás, sentindo em sua nuca, no entanto, o olhar fixo daqueles olhos azuis transparentes. Não quis esperar pelo elevador e desceu do oitavo andar pela escada.

Ao sair do Metrópole ele pegou um táxi e foi para o outro lado da cidade. O motorista era um desconhecido, dos novatos, um rapaz narigudo com o rosto repleto de espinhas, típico personagem daquela leva que invadira Harmont nos últimos anos à procura de aventuras vertiginosas, de tesouros incontáveis, de fama mundial ou da religião misteriosa. Todos eles vieram para Harmont cheios de expectativas e acabaram dirigindo táxis, trabalhando como garçons, peões da construção ou seguranças nos bordéis. Altamente gananciosos, sem talento algum, atormentados por desejos confusos, descontentes com tudo e todos, desiludidos e convencidos de que foram novamente enganados. Metade deles, após vagar um ou dois meses por aí, voltava para casa, praguejando e espalhando sua grande decepção por quase todos os países do mundo. Alguns, poucos, tornavam-se stalkers, mas rapidamente morriam antes de entender qualquer coisa do ofício e viravam heróis lendários. Outros, os mais espertos, conseguiam emprego no Instituto, mas raramente chegavam acima do cargo de auxiliar de laboratório. A maioria que restava criava partidos políticos, seitas religiosas ou grupos de apoio, e passava as noites nos botecos, brigando por divergências de opinião, por garotas ou sem qualquer razão aparente, apenas devido ao ócio e à embriaguez. De vez em quando, eles organizavam passeatas com reivindicações, manifestações de protesto e greves de todos os tipos. Haviam enlouquecido tanto a polícia local e os velhos moradores, como o Comando da Unidade Militar que protegia a Zona, porém, quanto mais tempo passava, mais eles se acalmavam, conformavam-se com sua situação, e cada vez menos se interessavam pela razão de estarem naquele lugar.

O motorista espinhento estava visivelmente de ressaca, exalando um bafo de álcool, muito inquieto e com os olhos vermelhos como os de um coelho. Mal Redrick havia entrado no carro, o rapaz disparou a falar, contando que, naquela manhã, um cadáver do cemitério tinha aparecido andando pela sua rua. O morto-vivo, contava o taxista, foi para sua casa, que há anos estava vazia e tapada com tábuas, pois sua viúva, a filha com o marido e os netos tinham se mudado do lugar havia muito tempo. O próprio defunto, conforme os relatos dos vizinhos, tinha morrido havia já uns trinta anos, ainda antes da Visitação, e agora, ora essa, voltou para casa! Aí, continuava o motorista, ele vagou ao redor da casa, deu algumas batidinhas nas portas e nas janelas e em seguida sentou, determinado, na frente da casa. Juntou-se uma multidão, continuava o jovem, para ver o cadáver: todos olhando, mas com medo de se aproximar. Depois, alguém sugeriu que era preciso liberar a entrada da casa, e então destrancaram a porta, e, acredite se puder, o morto levantou-se, entrou e fechou a porta atrás de si.

— Eu tinha que ir trabalhar — lamentou o motorista — e não sei que fim aquilo levou, só sei que queriam ligar para o Instituto para que viessem e o levassem embora da nossa vizinhança. E sabe o que dizem? Dizem que o Comando Militar está se preparando para enviar todos os defuntos cujos parentes saíram da cidade para o lugar de sua nova moradia. Já imaginou a alegria deles?! E como ele fede... Bem, é um cadáver, afinal de contas...

— Pare aqui — interrompeu-o Red. — Já cheguei.

Vasculhou o bolso e não encontrou nenhuma moeda. Precisou trocar uma cédula nova. Esperou na frente do portão até o táxi virar a esquina. O sobrado do Abutre era bem elegante, tinha uma ala envidraçada, com uma mesa de bilhar, um jardim bem-cuidado com uma estufa cheia de flores e um caramanchão branco no fundo, entre macieiras. Uma grade decorativa de ferro fundido, pintada de verde--claro, cercava o terreno. Redrick apertou algumas vezes a campainha, o portão se abriu com um ranger suave, e ele seguiu, sem pressa, pela trilha arenosa ladeada de roseiras. Na escada da entrada do sobrado, já estava à espera o Esquilo, o corpo totalmente deformado, engrouvinhado, pele ressecada e escura, quase roxa, mas com uma vontade febril de ser útil. Virou de lado para se apoiar no corrimão e começou a descer desajeitadamente, puxando uma perna de cada vez, degrau por degrau, enquanto acenava sem parar para Redrick com a mão saudável.

— Olá, Ruivo! — soou uma voz feminina de dentro do jardim.

Redrick virou a cabeça e enxergou, no meio do verde, ao lado da madeira talhada do caramanchão, ombros bronzeados, uma boca pintada de vermelho vivo e uma mão abanando para ele. Acenou para o Esquilo e saiu da trilha, dirigindo-se diretamente ao caramanchão, atravessando, para isso, as roseiras e pisando na grama verde e macia.

Na clareira do jardim, em cima de uma esteira vermelha, estava sentada, numa pose refestelada, Dina Barbridge, vestindo um biquíni quase invisível e com um copo na mão. Ao lado dela estava jogado um livro cuja capa sugeria qualidade duvidosa. Logo em frente, na sombra da macieira, jazia um balde de gelo, do qual emergia o gargalo fino e comprido de uma garrafa.

— Olá, Ruivo — repetiu Dina Barbridge, elevando o copo com um gesto de saudação. — E cadê meu velho? Será que foi fisgado outra vez?

Redrick aproximou-se, segurando as mãos com a valise nas costas, e parou, observando-a de cima a baixo. Pois é, alguém na Zona realmente tinha atendido aos pedidos do Abutre sobre os filhos. Dina parecia ser feita de cetim resplandecente, com o corpo perfeitamente esculpido, sem o mínimo defeito, 65 quilos de pura beleza carnal feminina de vinte anos. Grandes olhos de esmeralda iluminados por dentro, lábios carnudos perfeitamente desenhados, dentes brancos e alinhados, e cabelos castanhos e sedosos, despreocupadamente jogados para um dos lados. O sol brilhava sobre seu corpo, fluindo dos ombros ao abdome, fazendo sombra entre os seios quase despidos. Redrick ficou parado diante dela, contemplando-a abertamente, sem pudor, enquanto ela o olhava de baixo, sorrindo compreensivamente. Depois aproximou o copo da boca e tomou alguns goles.

— Está servido? — perguntou ela, lambendo os lábios. Esperou alguns segundos, tempo suficiente para que a ambiguidade da pergunta fosse percebida, e, em seguida, esticou a mão com o copo na direção dele.

Ele desviou o olhar, inspecionando o local, e logo percebeu uma espreguiçadeira na sombra. Sentou-se nela e esticou os pés.

— Barbridge está no hospital — disse ele calmamente. — Terá as pernas amputadas.

Ela continuava sorrindo, fitando-o com um olho só; o segundo estava coberto pela onda de cabelos, mas seu sorriso se congelou e parecia uma máscara estampada no rosto bronzeado. Depois ela balançou o copo na mão, escutando o tilintar do gelo no fundo, e perguntou:

— Ambas as pernas?

— Ambas. Talvez até os joelhos, talvez acima.

Ela pôs o copo no chão e tirou os cabelos do rosto. Já não estava sorrindo.

— É uma pena — disse ela. — Então você...

Era justamente para ela, para Dina Barbridge, que ele poderia contar tudo o que acontecera, e em detalhes. Provavelmente, até poderia falar sobre como voltou até o carro segurando o soco-inglês prontinho na mão e como Barbridge começou a implorar, não por si mesmo, mas sim pelos filhos — por ela e por Artchi —, prometendo a Esfera Dourada... Mas ele não contou. Em silêncio, tirou do bolso o maço de notas e jogou-o na esteira vermelha, junto aos pés longos e nus de Dina. As cédulas voaram e aterrissaram formando um leque colorido. Ela pegou algumas delas e olhou-as, distraída, como se visse dinheiro pela primeira vez na vida, mas sem demonstrar empolgação alguma.

— Então, este é o último salário — disse.

Redrick inclinou-se da espreguiçadeira, esticou a mão e tirou a garrafa do balde. Olhou a etiqueta. As gotas de água escorriam pelo vidro escuro, e Redrick afastou a mão para que elas não pingassem em sua calça. Ele não gostava de uísque caro, mas naquele momento qualquer coisa servia. Já estava prestes a engolir direto do gargalo, quando foi interrompido pelos gemidos de protesto atrás dele. Ao virar-se, percebeu o Esquilo, que tentava, com todas as forças, atravessar a clareira, dando passos sofridos com suas pernas aleijadas. Segurava à frente um copo alto de alguma bebida transparente. As mãos dele tremiam, o suor cobria seu rosto roxo, e os olhos arregalados estavam vermelhos por tamanho esforço. Ao perceber que Redrick estava olhando para ele, Esquilo, num gesto de desespero, esticou ambas as mãos com o copo em sua direção, produzindo um som que parecia meio gemido, meio uivo, abrindo e fechando a boca banguela.

— Eu espero, sim — disse-lhe Redrick enfiando a garrafa de volta no balde.

Finalmente Esquilo arrastou-se até ele, esticou-lhe o copo e, num gesto de acanhada familiaridade, sacudiu o ombro de Red com sua mão torta.

— Obrigado, Dick, é exatamente o que eu precisava no momento. Meu sempre eficiente amigo, Dickson.

E enquanto Esquilo, numa mistura de empolgação e embaraço, sacudia a cabeça, batendo a mão saudável contra a coxa, Redrick levantou o copo num ato solene, acenou a Esquilo e jogou metade do conteúdo para dentro da garganta. Depois ele olhou para Dina.

— Está servida? — Ele ergueu o copo.

Ela não respondeu. Estava dobrando uma nota: uma vez ao meio, depois mais uma vez ao meio, e mais.

— Relaxe — disse ele. — Vocês não passarão fome. Seu papai...

Ela não o deixou terminar a frase:

— E você, então, o carregou. — Ela não perguntava, e sim afirmava. — Seu grande imbecil! Arrastou-o pela Zona inteira, carregou aquela escória nas costas, seu cretino ruivo. Que oportunidade você perdeu, seu molenga...

Ele a olhava atordoado, esquecendo-se da bebida, enquanto ela se levantava, aproximando-se dele. Parou com os punhos apertados contra o quadril sedoso, tapando-lhe assim o mundo com seu corpo exuberante que cheirava a perfumes e doce suor.

— É assim que ele fisga vocês todos, seus bestas... Pesando em vocês, em suas cabeças desmioladas... Espere, ele ainda vai andar de muletas por cima de seus cadáveres, vai mostrar a vocês o amor fraternal e a misericórdia! — Ela já estava quase gritando. — Prometeu a você a Esfera Dourada, não foi? O mapa e todas as armadilhas, não foi? Seu estúpido! Seu pobre idiota! Está escrito na sua cara sardenta que ele prometeu, sim... Ah, sim, até parece que ele te daria o mapa, espere sentadinho! Que Deus cuide da alma ingênua do babaca ruivo Redrick Schuhart...

Redrick então se levantou calmamente e deu-lhe uma forte bofetada. Ela parou de falar no meio da frase, despencando na grama, como se tivesse sido abatida, cobrindo o rosto com as mãos.

— Seu estúpido... Seu idiota ruivo... — continuava a repetir, soluçando. — Perder uma oportunidade dessas...

Redrick olhou para ela de cima, terminou o copo e, sem se virar, enfiou-o na mão de Esquilo. Não havia mais nada para falar ali. Mas que filhos lindos a Zona havia concedido ao Abutre Barbridge, amorosos e cheios de respeito pelo pai.

Ele saiu para a rua, pegou um táxi e foi para o Borjtch. Já estava mais do que na hora de encerrar todos esses afazeres. Estava com tanto sono que todas as coisas perdiam seus contornos, e os olhos dele logo se fecharam. Adormeceu curvando o corpo por cima da valise e só acordou quando o motorista sacudiu seu ombro.

— Chegamos, senhor.

— Onde estamos? — balbuciou, olhando grogue de sono à sua volta. — Eu não te mandei ir ao banco?

— Não, não mandou. O senhor me pediu para irmos ao Borjtch. Aí está o Borjtch.

— Está bem — resmungou Redrick. — Eu devo ter sonhado...

Pagou a corrida e saiu do carro, mexendo com dificuldade as pernas adormecidas. O sol já havia esquentado o asfalto, estava muito quente. Redrick sentiu que estava ensopado de suor, havia um gosto ruim em sua boca, e seus olhos lacrimejavam. Antes de entrar no bar ele olhou ao redor. A rua do Borjtch estava deserta, como sempre a essa hora, os estabelecimentos ainda fechados, assim como o próprio Borjtch. Ernest, porém, já estava atrás do balcão esfregando seus copos e lançando olhares sombrios na direção de três sujeitos que sugavam uma cerveja na mesa do canto. Em outras mesas, as cadeiras ainda continuavam viradas para cima. Um mulato de jaleco branco esfregava o chão com uma vassoura, enquanto outro tentava arrumar os caixotes com as bebidas atrás de Ernest. Redrick aproximou-se do balcão, colocou a valise em cima dele e cumprimentou Ernest, que resmungou algo incompreensível em resposta.

— Me dá uma cerveja — disse Redrick, bocejando convulsivamente.

Ernest bateu uma caneca vazia contra o balcão, sacou da geladeira uma garrafa, tirou a tampa e inclinou-a em cima da caneca. Redrick, fechando a boca com a palma da mão, concentrou-se na mão de Ernest. Estava trêmula, e o gargalo da garrafa algumas vezes bateu na borda da caneca. Redrick levantou os olhos e encarou o barman. As pálpebras pesadas de Ernest estavam abaixadas, a pequena boca, retorcida, e as bochechas, caídas. O mulato esfregava o chão logo embaixo dos pés dele, os três tipos no canto discutiam agressiva e fervorosamente sobre as corridas, o sujeito que arrumava os caixotes atrás de Ernest empurrou-o com tal força que quase fez o barman se desequilibrar. O mulato começou a balbuciar desculpas. Com uma voz engasgada Ernest perguntou:

— Trouxe?

— Trouxe o quê? — Redrick lançou um olhar para trás.

Um dos tipos levantou-se da mesa, foi até a porta e parou na soleira, acendendo um cigarro.

— Vamos conversar lá dentro — disse Ernest.

O mulato com a vassoura também estava entre Redrick e a saída. Era um mulato bem grande, parecido com Graxa, só que duas vezes maior.

— Vamos — Redrick pegou a valise. O sono havia desaparecido por completo.

Entrou atrás do balcão e passou apertado pelo entregador de caixotes. Aparentemente, ele havia cortado o dedo, pois o estava lambendo, observando Redrick por baixo das sobrancelhas. Era também um cara bem forte, com nariz retorcido e orelhas esmagadas. Ernest dirigiu-se para o quarto dos fundos, e Redrick o seguiu. Os três sujeitos já estavam todos na entrada do bar, e o cara da vassoura havia parado na porta que dava para o depósito.

Chegando ao quarto dos fundos, Ernest afastou-se para o lado e sentou-se, encurvado, na cadeira encostada na parede. Logo se levantou da mesa o capitão Quaterblood com seu aspecto amarelado, doentio, e de algum lugar da esquerda surgiu um enorme agente da ONU com seu capacete azul que quase cobria os olhos. Rapidamente revistou Redrick com suas mãos monstruosas, tirou do bolso dele o soco-inglês e empurrou-o levemente na direção do capitão. Redrick aproximou-se da mesa e colocou a valise na frente de Quaterblood.

— Seu miserável! — disse a Ernest.

Ernest, resignado, moveu as sobrancelhas e deu de ombros. Era óbvio. A entrada já fora tomada pelos dois mulatos, que sorriam de maneira sarcástica. Não havia mais portas, e a única janela estava fechada e protegida por uma considerável grade de ferro.

O capitão Quaterblood fuçava na valise, retorcendo o rosto, tirando dela e expondo na mesa dois ocos menores; nove pilhas; um saco plástico com dezesseis gotas-pretas de diversos tamanhos; duas esponjas em excelente estado; um vidro de argila gaseificada...

— Tem alguma coisa nos bolsos? — perguntou Quaterblood em voz baixa. — Mostre...

— Seus canalhas imprestáveis – proferiu Redrick entre os dentes. – Filhos da mãe...

Enfiou a mão no paletó e jogou um maço de cédulas em cima da mesa. As notas se espalharam por todos os lados.

— Puxa! – surpreendeu-se Quaterblood. – Tem mais?

— Seus porcos asquerosos! – berrou Redrick sacando do bolso o segundo maço e lançando-o com força ao chão. – Tomem! Que se engasguem!

— Muito interessante – continuou Quaterblood muito calmo. – Agora pegue tudo isso.

— Vai se catar! – retrucou Redrick escondendo as mãos atrás do corpo. – Os seus lacaios que peguem. Faça você mesmo!

— Pegue o dinheiro, stalker – repetiu o capitão Quaterblood mantendo a mesma voz calma, apertando os punhos contra a mesa e avançando o corpo para a frente.

Durante alguns segundos, eles se encararam em silêncio, depois Redrick agachou-se balbuciando palavrões e, com desgosto, começou a pegar as notas do chão. Os mulatos riam atrás dele, e o sargento da ONU sorria sarcasticamente.

— Você acha isso engraçado, palhaço? – lançou Redrick a ele. – Vai se ferrar.

Ele engatinhava pelo chão catando as cédulas, aproximando-se cada vez mais da escura maçaneta acobreada da quase imperceptível portinhola da adega no velho assoalho empoeirado. Redrick procurava se virar do jeito mais apropriado, continuando a gritar todo o palavreado sujo de que se lembrava e também aquele que inventava na hora. E quando chegou o momento ele se calou, concentrou-se e agarrou a maçaneta, puxando-a com todas as forças para cima. A tampa do compartimento nem havia ainda batido de volta no chão, e ele já tinha mergulhado, cabeça à frente e com braços esticados e tensos, na escuridão fria e úmida da adega.

Caiu, deu uma cambalhota, levantou-se e pôs-se a correr agachado pela apertada passagem entre as pilhas de caixotes, sem enxergar nada, confiando apenas na memória e na sorte e ouvindo o barulho de vidro quebrado dos caixotes que desabavam atrás dele. Subiu, escorregando, pelos degraus invisíveis da escada, batendo com todo o corpo contra a velha porta revestida de estanho, e finalmente entrou na garagem de Ernest. Tremia, a respiração era ofegante, manchas vermelhas flutuavam em frente a seus olhos, e o coração batia com dolorosos trancos em algum lugar da garganta; no entanto, nem por um segundo ele parou. Foi direto até o canto, no fundo da garagem, e, arranhando os dedos, começou a desempilhar o monte de tranqueiras que tampavam a abertura na parede, perto do chão, onde havia algumas tábuas removidas. Depois, deitou-se de bruços e rastejou pelo buraco, ouvindo alguma coisa rasgar em seu paletó, e só no quintal, estreito como um poço, ele se sentou de cócoras entre dois contêineres de lixo. Tirou e jogou fora o paletó e a gravata, rapidamente se examinou, sacudiu a poeira das calças e atravessou correndo o quintal, entrando em um velho e malcheiroso túnel que dava para outro quintal, similar ao anterior. Corria apurando os ouvidos, porém, por enquanto, não escutava o uivar dos alarmes policiais. Apertou o passo ainda mais, espantando crianças perplexas, arrastando-se por baixo dos varais com roupa esticada e atravessando os buracos nas cercas. Precisava sair rápido daquele quarteirão, antes que o capitão Quaterblood fechasse o cerco. Redrick conhecia bem aquelas redondezas. Em todos aqueles quintais, pátios, porões, lavanderias abandonadas e depósitos de carvão, ele costumava brincar, ainda criança, e em todos os lugares tinha conhecidos e amigos, e, em outras circunstâncias, ele poderia tranquilamente se esconder ali e ficar por semanas, se quisesse. Mas não fora para isso que ele tinha cometido o ousado *delito de fuga em estado de detenção* bem debaixo do nariz do capitão Quaterblood, ganhando com isso uns doze meses adicionais de pena.

Teve uma sorte rara. Na rua Sete estava passando uma marcha de uma associação qualquer, com cem babacas cabeludos e cem histéricas de cabelo curto, abanando suas bandeiras idiotas, sujas e esfarrapadas como seus donos. Parecia que, antes da manifestação, todos eles haviam passado por arames farpados, despejado em si o conteúdo de várias lixeiras e pernoitado em um depósito de carvão. Saindo dos fundos para a rua, ele deu de cara com aquela multidão e, pisando nos pés, recebendo empurrões e empurrando de volta, arrastou-se a duras penas para o outro lado da rua e novamente mergulhou no labirinto dos quintais. Foi naquele momento que ouviu o disparar das sirenes da patrulha. A procissão parou, apertando-se como uma sanfona, mas Redrick já estava em outro quarteirão, e o capitão Quaterblood não tinha como saber em qual deles exatamente.

Redrick chegou à sua garagem pelos fundos do armazém de eletrônicos e precisou esperar um tempão, enquanto os operários descarregavam o lote de enormes caixas de televisores. Acomodou-se nos ralos arbustos de lilás embaixo da parede da casa vizinha, recuperou o fôlego e acendeu um cigarro. Fumou com vontade, agachado, costas contra a parede áspera, encostando a mão no rosto na tentativa de acalmar o tique nervoso que contraía sua bochecha. E pensava, pensava desesperadamente... Quando o caminhão e os operários foram embora, ele abriu um sorriso e proferiu em voz baixa: “Obrigado, pessoal, por segurar este apressadinho aqui e dar tempo para ele pensar”. A partir daquele momento começou a agir rapidamente, porém sem pressa, com habilidade e ponderação, como fazia na Zona.

Esquivou-se para a garagem pela passagem secreta, cuidadosamente e, sem produzir barulho, retirou o velho banco de automóvel, que havia deixado em cima de uma cesta, no canto. E enfiou a mão dentro dela e retirou de lá o objeto embrulhado em plástico-bolha. Em seguida, pegou seu velho casaco de couro pendurado na parede, vestiu-o e guardou o pacote contra o peito, fechando o zíper. Depois achou no canto um boné manchado de óleo e enfiou-o na cabeça até os olhos. O sol adentrava na escuridão da garagem pelas frestas do portão, iluminando partículas de poeira suspensas no ar. Era possível ouvir a gritaria animada de crianças brincando no pátio.

Já prestes a partir, reconheceu a voz de sua filha entre as outras. Encostou então o rosto e espionou, por algum tempo, através da fresta maior, Monstrinho correndo alegre, dando voltas em torno do balanço novo e abanando as mãos que seguravam balões coloridos. Ao lado, no banco, três velhas da vizinhança estavam sentadas com tricô na mão, observando-a com olhares de reprovação e lábios encolhidos de desgosto. Que vocês se engasguem com suas opiniões, suas múmias!, pensou ele. Mas as crianças brincam com ela, na boa. Pois é, não era à toa que ele as agradava como podia: construiu o escorregador, a casinha de bonecas, o balanço... E o banco, aliás, onde aquelas bruxas estavam acomodadas, também foi ele quem fez. Bem, paciência, disse apenas com os lábios, afastou-se da fresta e, ao dar uma última olhada na garagem, mergulhou na passagem secreta.

Na fronteira sudeste da cidade, ao lado do abandonado posto de gasolina no final da rua dos Mineiros, havia uma cabine telefônica. Sabe Deus quem a usava agora, pois havia apenas casas fechadas ao redor. Para o sul estendia-se um terreno baldio sem fim que anteriormente servira como lixão municipal. Redrick sentou-se na sombra da cabine, diretamente no chão, e enfiou a mão na abertura que existia embaixo dela. Apalpou o papel oleoso e empoeirado e a coronha do revólver envolvido por ele, a caixinha de estanho com balas que também estava lá ao lado do saquinho com os braceletes e a velha carteira com documentos falsos. O esconderijo estava intacto. Tirou então do casaco o pacote de plástico-bolha, desembrulhou-o e, por alguns minutos, ficou sentado, segurando na mão o pequeno contêiner de porcelana com seu conteúdo imediata e inevitavelmente mortal. Repentinamente sentiu sua bochecha contrair-se de novo.

— O que você está fazendo, Schuhart, seu imprestável? — balbuciou, sem ouvir o som da própria voz. — Seu safado covarde, sabe que vão asfixiar a gente com este negócio, esganar a todos... — Pressionou os dedos contra a face percorrida pelos tiques, mas aquilo não ajudou.

— Porcaria! — exclamou ele, pensando nos operários que descarregavam as televisões. — Por que cruzaram meu caminho, seus infelizes? Pois eu ia levar a droga deste troço de volta à Zona e fim de papo...

Olhou com tristeza ao redor. O ar quente tremia sobre o asfalto trincado, as janelas tampadas olhavam cegas e lúgubres, os redemoinhos vagavam pelo terreno deserto. Estava sozinho...

— Então, tá — disse determinado. — Cada um por si, e Deus por todos. Para mim ainda sobra um tempinho...

Apressado, para não mudar novamente de ideia, ele cobriu o contêiner com o boné e embrulhou-o no casaco. Depois se ajoelhou e apertou o ombro contra a cabine, inclinando-a para o lado. O pesado pacote coube sem problemas no fundo da cova, deixando ainda bastante espaço livre. Então, cuidadosamente, devolveu a cabine a seu lugar, ajustou-a e ergueu-se, sacudindo a poeira das mãos.

— Pronto! — disse resoluto. — E ponto-final.

Em seguida, entrou no sufocante calor da cabine, jogou a moeda e discou o número.

— Guta, sou eu — falou ele. — Não fique preocupada, mas eles me pegaram de novo.

Ele pôde ouvi-la engolindo em seco e continuou, apressado:

— Besteira, de seis a oito meses... E com visitas... A gente sobrevive. E não se preocupe com dinheiro, não ficará sem, vão te enviar... — Ela continuava em silêncio. — Amanhã vão te mandar comparecer ao Comando Militar, nós nos veremos lá. Traga a Monstrinho.

— Vão fazer uma busca em casa? — perguntou ela com voz abafada.

— Mesmo se fizerem, a casa está limpa. Não desanime... Cabeça erguida! Você é casada com um stalker, então não reclame. Bom, até amanhã... E lembre-se, eu não te liguei, certo? Um beijo na pontinha do nariz.

Ele desligou abruptamente e por alguns segundos ficou parado, apertando as pálpebras e cerrando os dentes com toda a força, até sentir um zumbido nos ouvidos. Depois jogou outra moeda e discou outro número.

— Alô — ressoou a voz do Rouco.

— É o Schuhart — disse Redrick. — Escute com atenção e não me interrompa...

— Schuhart? — Rouco fingiu surpreender-se, muito convincentemente. — Quem é Schuhart?

— Eu disse para não interromper! Eu fui pego, fugi e agora vou me entregar. Vão me dar dois anos e meio ou três. Minha esposa ficará sem dinheiro. Você irá sustentá-la. Ela não deverá sentir falta de nada, está claro? Perguntei se está claro!

— Continue — respondeu Rouco.

— Perto do lugar onde nos encontramos da primeira vez há uma cabine telefônica. É a única lá, não tem como errar. O contêiner está embaixo dela. Quer o senhor pegue, quer não, minha mulher não deve sentir nenhum aperto. Ainda vamos trabalhar juntos por muitos anos, e se quando voltar eu souber que você jogou sujo... Bem, não o aconselho a jogar sujo. Você me entendeu?

– Eu entendi tudo – disse Rouco. – Obrigado. – E após uma pausa perguntou: – Precisa de advogado?

– Não. Todo o dinheiro até o último vintém é para minha esposa. É isso aí, adeus!

Ele desligou o fone, saiu da cabine e olhou ao redor. Em seguida, enfiou as mãos nos bolsos e começou a subir calmamente pela rua dos Mineiros, entre as casas vazias com janelas tampadas.

3

Richard G. Noonan, 51 anos,
representante dos fornecedores de
equipamento eletrônico na filial
do IICE (Instituto Internacional das
Culturas Extraterrestres)
de Harmont.

Richard G. Noonan estava sentado à mesa em sua sala, desenhando diabinhos em um enorme caderno de anotações. Ao fazer isso, sorria amavelmente, acenava com a cabeça calva e não ouvia nada que seu visitante falava. Ele se preocupava apenas com uma ligação que aguardava, enquanto o dr. Pillman dava-lhe um sermão sem muita vontade, ou imaginava que lhe dava um sermão, ou queria se convencer de que o fazia.

— Pode deixar, Valentin, levaremos tudo isso em consideração — finalmente pronunciou Noonan ao terminar o décimo diabinho, para arredondar a conta, e então fechou o caderno. — A coisa parece mesmo estar saindo dos limites...

Valentin esticou sua mão fina e delicadamente sacudiu as cinzas no cinzeiro.

— E o que, exatamente, o senhor levaria em consideração? — perguntou, educado.

— Aquilo tudo que o senhor falou — respondeu Noonan alegremente, encostando-se na poltrona. — Até a última palavra.

— E o que eu falei?

— Isso não importa — proferiu Noonan. — Qualquer coisa que o senhor disser será levada em consideração.

Valentin (doutor Valentin Pillman, laureado do prêmio Nobel e assim por diante) estava sentado na frente dele numa profunda poltrona, miúdo, franzino, com uma impecável jaqueta de camurça, calça sem nenhuma ruga, camisa alva combinando com a gravata monocromática e sapatos lustrados até brilhar. Um sorriso meio sarcástico flutuava nos finos lábios do doutor, os enormes óculos escuros escondiam seus olhos, cabelos pretos cortados à máquina estavam cuidadosamente alinhados em cima da testa larga e baixa.

— A meu ver, você não merece aquele fabuloso salário que lhe pagam — disse ele. — Além disso, Dick, a meu ver, você ainda é um sabotador.

— Ps-s-s! — sussurrou Noonan. — Pelo amor de Deus, fale baixo.

— Realmente — continuava Valentin. — Tenho observado você há algum tempo: você não faz rigorosamente nada...

— Um minutinho! — interrompeu-o Noonan elevando seu dedo gordo e rosado num sinal de protesto. — Como assim, não faço nada? Por acaso alguma reclamação deixou de ser atendida?

— Sei lá — disse Valentin despejando as cinzas. — Às vezes vem equipamento bom, outras vezes, ruim. O bom vem com mais frequência, mas o que você tem a ver com isso?

— Precisamente, pois se não fosse por mim, o equipamento bom seria mais raro. Além disso, vocês cientistas estragam o equipamento bom e depois vêm reclamar, e quem os cobre nesses casos? Por exemplo, o que vocês fizeram com o farejador? Excelente aparelho, demonstrou qualidades excepcionais em exploração geológica, estável, energeticamente autônomo... E vocês abusaram dele em regimes insanos, queimaram o mecanismo, exauriram-no como um alazão em corrida...

— Isso mesmo, não o alimentamos, deixamos com sede... — retrucou Valentin. — Você é um criador de cavalos, Dick, e não um industrial!

— Criador de cavalos... — repetiu Noonan, pensativo. — Já está melhor. Alguns anos atrás, o doutor Panov trabalhou aqui. O senhor provavelmente o conheceu. Depois ele morreu num acidente... Pois bem, ele achava que minha vocação era criar crocodilos.

— Li alguns trabalhos dele — disse Valentin. — Era um homem muito sério e consistente. Em seu lugar, eu pensaria bem no que ele disse.

— Tá bom. Vou pensar, nas horas vagas... É melhor o senhor me contar como foi o teste do lançamento do ARl-3 ontem.

— ARl-3? — repetiu Valentin, franzindo a testa. — Ah, o Arlequino! Nada de especial. Seguiu direitinho pela rota predeterminada, trouxe alguns braceletes e uma plaqueta de função desconhecida... — Ele ficou silencioso. — E uma fivela de suspensórios, marca Lux.

— Que tipo de plaqueta?

— É uma liga de vanádio, é só o que podemos dizer no momento. A atividade é nula.

— Por que, então, o ARl-3 a trouxe?

— Pergunte ao fabricante. Isso já é obrigação sua.

Noonan, pensativo, bateu com o toco do lápis no caderno.

— No final das contas aquilo era só o lançamento de teste — proferiu. — Talvez aquela plaqueta tivesse perdido a carga... Posso fazer uma sugestão? Jogue-a de volta para a Zona e dois ou três dias depois mande-o atrás. Lembro que no ano retrasado...

O telefone tocou, e Noonan agarrou o fone, esquecendo-se imediatamente de Valentin.

— Sr. Noonan — soou a voz da secretária. — É novamente o sr. Lemkhen.

— Pode passar.

Valentin se levantou, pôs o cigarro apagado no cinzeiro, agitou os dedos perto da testa em sinal de despedida e saiu: miúdo, reto e elegante.

— Sr. Noonan? — ressoou do fone uma calma voz familiar.

— Sim, sou eu.

— É difícil falar com o senhor.

— É que chegou um novo carregamento...

— Já me informaram. Sr. Noonan, eu vou ficar pouco tempo na cidade. Há certas questões que precisamos discutir a sós. Estou me referindo aos últimos contratos da Mitsubishi Densi. Da parte jurídica.

— Estou à sua disposição.

— Então, se não tiver nada contra, podemos nos encontrar daqui a meia hora no escritório da nossa filial. Está bom para o senhor?

— Totalmente. Até daqui a meia hora.

Richard Noonan pôs o fone no gancho, ergueu-se e deu uma volta pela sala, esfregando as mãos rechonchudas. Ele até começou a cantarolar uma música da moda, mas logo deu uma desafinada e riu de si mesmo. Depois pegou o chapéu, jogou o sobretudo no braço e saiu para a antessala.

— Meu bem — ele se dirigiu à secretária. — Eu vou visitar nossos clientes, e você fique aqui no comando, defendendo a fortaleza, que eu lhe trago um chocolate na volta.

A secretária desabrochou em um sorriso. Noonan mandou-lhe um beijo e seguiu pelos corredores do Instituto. Houve algumas tentativas de agarrá-lo pelas mangas durante a saída, mas ele se esquivava, sorria, soltando os chavões de sempre: “defenda a fortaleza na minha ausência”, “cuide bem da saúde, não se estresse” etc. Finalmente, sem ser pego por ninguém, saiu do prédio abanando brevemente a identificação para o sentinela na portaria.

As nuvens carregadas já quase fechavam o céu; estava abafado, e as primeiras gotas começavam a cair, formando estrelinhas pretas no asfalto. Cobrindo a cabeça e os ombros com o sobretudo, Noonan correu ao longo da fileira de carros até seu Peugeot, mergulhou para dentro, arrancou o sobretudo da cabeça e jogou-o no banco de trás. Em seguida, sacou do bolso lateral do paletó o palitinho preto de etaca e enfiou-o no contato da bateria, apertando com o dedo até ouvir o clique. Mexeu-se no banco para acomodar-se melhor, pôs as mãos no volante e apertou o pedal. O carro partiu em silêncio, saiu para o meio da rua e disparou na direção da saída do perímetro vigiado do Instituto.

A chuva caiu abruptamente como se alguém despejasse de cima um enorme caldeirão de água. O pavimento ficou escorregadio, e o carro derrapava nas curvas. Noonan ligou os limpadores de para-brisa e diminuiu a velocidade. Então, o relatório chegou, pensava ele. Significa que agora receberemos elogios. Bem, nada contra. Gosto que me elogiem, especialmente quando vem do próprio sr. Lemkhen, a contragosto. Mas que coisa, por que gostamos de elogios? O dinheiro não aumenta por isso... A fama? Mas que fama podemos ter? "Ele ficou famoso, agora há três pessoas que sabem dele." Bem, quatro se contar o Bailes. Que coisa curiosa é o ser humano!... Parece que gostamos de elogios por si sós. Como crianças gostam de sorvete. É o complexo de inferioridade, é isso. Como posso me elevar a meus próprios olhos? Por acaso eu não me conheço? Não conheço o velho e gordo sr. Richard G. Noonan? Aliás, o que era mesmo esse "G" no meio? Putz, não consigo me lembrar! E não há a quem perguntar... Ah, lembrei! É Gilbert. Richard Gilbert Noonan. Puxa, que chuva!...

O carro entrou na avenida Central, e, de repente, Noonan se deu conta de como sua pequena cidade havia crescido nos últimos anos. Quantos edifícios e arranha-céus já foram erguidos..., pensou. E parece que lá vem mais um. O que mais a gente vai ter aqui? Parque de diversões, a melhor banda de jazz, um teatro de variedades, um bordel com mil quartos? E tudo isso é para nosso honrado contingente militar, para bravos turistas, especialmente idosos, e para nossos heróis da ciência, é claro... E a periferia continua se esvaziando. E os mortos que se ergueram dos túmulos já não têm para onde voltar.

— Os caminhos de volta estão todos fechados — declamou em voz alta. — O que deixa os mortos tristes e irados!

Pois é, continuou a divagar. Quem sabe como tudo isso irá acabar. Uns dez anos atrás, aliás, eu sabia com toda a certeza como isso deveria acabar. Uma sequência infinita de barreiras policiais, uma faixa de exclusão de cinquenta quilômetros. Haveria apenas cientistas, policiais e militares, ninguém mais. Uma chaga horrorosa na superfície do planeta estaria trancada a sete chaves... Aliás, não era só eu, todos pensavam assim. Quantos discursos foram feitos, quantos projetos de lei elaborados! Agora não dá nem para lembrar como aconteceu de toda aquela determinação coletiva ter se transformado num papo furado do tipo: "por um lado não podemos deixar de reconhecer, mas por outro não dá para não concordar etc., etc.". Acho que aquilo começou quando os stalkers trouxeram da Zona as primeiras etacas. As pilhas... É, parece que foi aí que tudo começou. Especialmente quando descobriram que etacas podiam se multiplicar. Aí a chaga já não parecia tão asquerosa, talvez nem fosse chaga nenhuma, muito pelo contrário, talvez fosse uma câmara de tesouros... E hoje em dia já ninguém mais sabe o que a Zona é: chaga, câmara de tesouros, provação diabólica, caixa de Pandora, o diabo em pessoa... Apenas se aproveitam dela, aos poucos. Vinte anos de esforço coletivo, bilhões gastos, e mesmo assim não conseguiram providenciar um tráfico organizado. Cada um faz seu pequeno negócio, enquanto os acadêmicos com caras sérias discutem: "por um lado não podemos negar, mas por outro não se deixa de reconhecer, pois o objeto X irradiado com raios Y sob o ângulo de 18 graus emite elétrons em um ângulo de 22 graus, blá-blá-blá...". Que se dane! Não chegarei mesmo a presenciar o fim disso...

O carro passou na frente do sobrado do Abutre Barbridge. Por conta da chuva torrencial, a luz estava acesa em toda a casa, e dava para ver pares dançantes se movendo nos quartos da bela Dina. E não se sabia se haviam começado muito cedo ou se ainda não tinham acabado desde a noite de ontem. Era o modismo da vez na cidade, virar a noite numa festa de 24 horas. Que juventude saudável a gente criou: forte, resistente, determinada em seus objetivos...

Noonan parou o carro na frente de um discreto prédio comercial de dois andares com uma modesta placa: *Korch, Korch & Simak. Escritório de advocacia*. Ele tirou a etaca do adaptador e guardou-a no bolso, cobriu a cabeça com o sobretudo, apanhou o chapéu e foi correndo para a entrada. Passou, apressado, na frente do segurança que estava mergulhado num jornal, subiu pela escada coberta por um tapete gasto e apertou o passo pelo escuro corredor do segundo andar, o qual exalava um cheiro específico, cuja natureza havia tempos ele tentava descobrir, em vão. Abriu a última porta no final do corredor e entrou. No lugar da recepcionista havia um jovem, desconhecido e moreno. Estava só de camisa, sem paletó e mexia em um aparelho eletrônico posto em cima da escrivaninha, com suas mangas arregaçadas. Richard Noonan pendurou o sobretudo e o chapéu no mancebo, alisou com as duas mãos o que sobrava do cabelo atrás das orelhas e olhou interrogativo para o jovem, que acenou com a cabeça, e Noonan abriu a porta para a sala principal.

O sr. Lemkhen levantou o seu tronco corpulento da enorme poltrona de couro, colocada de costas para a janela coberta por uma grossa cortina. O rosto retangular do general enrugou-se numa expressão difícil de entender. Talvez fosse um sorriso de cumprimento, talvez uma expressão de lástima por conta do mau tempo, ou ainda uma desesperada tentativa de segurar um espirro.

— Então, aqui estamos — proferiu, devagar. — Entre, fique à vontade.

Noonan olhou ao redor, procurando onde ele poderia "ficar à vontade", e não encontrou nada além de uma dura cadeira de madeira com encosto reto, enfiada atrás da mesa. Sentou-se então à beira da mesa, sentindo que por alguma razão inexplicável seu alto-astral começava a desaparecer. De repente, teve a clara impressão de que ninguém ali iria elogiá-lo, muito pelo contrário. Seria um dia de ira, pensou ele filosoficamente, preparando-se para o pior.

— Cigarro? — ofereceu o sr. Lemkhen, depositando o corpo pesado de volta na poltrona.

— Obrigado, eu não fumo.

O sr. Lemkhen acenou com a cabeça, de uma maneira que parecia confirmar suas piores expectativas, apertou as pontas dos dedos das mãos e por alguns segundos ficou parado, observando a figura que tinha se formado.

— Suponho que não discutiremos as questões jurídicas da firma Mitsubishi Densi — finalmente proferiu.

Era uma brincadeira, e Richard Noonan sorriu de pronto:

— O senhor é quem manda!

Ficar sentado em cima da mesa era tremendamente incômodo, as pernas não alcançavam o chão, e a borda do móvel cortava o traseiro.

— Infelizmente, tenho que informá-lo, sr. Noonan — disse o sr. Lemkhen —, que seu relatório causou uma impressão extremamente positiva lá em cima.

— Humm... — soltou Richard, pensando: "lá vem!".

— Queriam até honrar o senhor com uma condecoração — continuou o sr. Lemkhen —, entretanto, eu sugeri que fossem com calma. E fiz bem. — Ele finalmente desviou os olhos da figura dos dedos e encarou Noonan por baixo de suas grossas sobrancelhas. — O senhor deve me perguntar o porquê disso, por qual razão eu demonstrei essa cautela aparentemente exagerada.

— O senhor provavelmente tinha suas razões — respondeu Noonan com voz desanimada.

— Sim, eu tinha. O que diz exatamente seu relatório, Richard? Que o grupo Metrópole está eliminado, graças a seus esforços. Que a quadrilha Flor Verde foi capturada na plena totalidade de seus membros. Excelente trabalho, também é seu mérito. Que os grupos Varr, Quasimodo e Músicos Ambulantes, entre outros cujos nomes eu não consigo recordar, autodissolveram-se sob a iminente ameaça de serem pegos. E isso é pura realidade e está confirmado por informações cruzadas. O campo de batalha está limpo, o inimigo fugiu em desordem, sofrendo grandes baixas... Estou descrevendo a situação corretamente?

— De qualquer maneira — começou Noonan, cauteloso —, nos três últimos meses o tráfico de artefatos da Zona via Harmont cessou... Pelo menos, conforme minha informação — acrescentou ele.

— Então o inimigo desistiu, é isso?

— Se o senhor insiste nessa exata expressão... Então, sim.

— E está errado! — exclamou o sr. Lemkhen. — O problema é que o inimigo nunca desiste. Eu sei bem disso. E ao se apressar com o relatório final, Richard, o senhor demonstrou imaturidade. E foi por isso que exigi cautela quanto a uma condecoração imediata do senhor.

Vai se catar com suas condecorações!, pensou Noonan, balançando a perna no ar e observando soturnamente a ponta do sapato. Vá pendurá-las no seu banheiro. Seu moralista hipócrita, educador da juventude! Não preciso dos seus sermões para saber com quem estou lidando aqui e que tipo de inimigo preciso combater. Diga logo, curto e grosso, o que e onde eu deixei passar... O que esses canalhas inventaram mais, onde conseguiram furar o cerco. E sem preliminares, por favor, não sou nenhum moleque para você, já passei dos cinquenta e não estou nessa por suas condecorações fedorentas...

— O que o senhor sabe sobre a Esfera Dourada? — perguntou de repente Lemkhen.

Pelo amor de Deus!, pensou Noonan, começando a se irritar. O que é que a Esfera Dourada tem a ver com isso? Que maneira doida de forçar uma conversa é essa?

— A Esfera Dourada é uma lenda — ele começou com uma voz entediada. — Uma estrutura mítica na Zona, que tem um formato esférico, aspecto dourado e que funciona realizando desejos humanos.

— Todo tipo de desejos?

— De acordo com os textos canônicos da lenda, sim, qualquer desejo. No entanto, existem contradições...

— Bem — interrompeu o sr. Lemkhen. — E o que pode dizer da lâmpada-da-morte?

— Oito anos atrás — recomeçou Noonan com a mesma voz monótona —, um stalker chamado Steven Norman, vulgo Quatro-Olhos, trouxe da Zona certo dispositivo que, até onde podemos saber, era um tipo de irradiador de ondas mortais para os organismos terrestres. O tal do Norman tentou vender o artefato para os laboratórios do Instituto.

O acordo não foi firmado, pois eles se desentenderam na quantia. Logo depois, o Quatro-Olhos foi para a Zona e nunca mais voltou. Desde então, o paradeiro do dispositivo permanece desconhecido. Funcionários do Instituto até hoje não conseguem se perdoar. O seu velho conhecido Hugh, do Metrópole, ofereceu por ele qualquer valor que coubesse no campo numérico de um cheque.

— É tudo? — perguntou o sr. Lemkhen.

— É tudo — respondeu Noonan, observando detalhadamente o gabinete. A sala estava vazia, e não havia nada para olhar.

— Bem — recomeçou o general. — E o que o senhor pode dizer sobre o olho-de-caranguejo?

— Olho de quem?

— De caranguejo. Caranguejo, sabe? — Elevou os dedos, imitando o movimento de pinças no ar.

— Nunca ouvi falar — disse Noonan, franzindo a testa.

— Muito bem, e quanto a guardanapos-trovão?

Noonan desceu da mesa e aproximou-se do general com as mãos enfiadas nos bolsos.

— Não sei nada sobre isso — confessou. — E o senhor?

— Infelizmente, também não. Nem sobre o olho-de-caranguejo, nem sobre os guardanapos-trovão — afirmou Lemkhen. — No entanto, ambos existem.

— Na minha Zona? — perguntou Noonan.

— Sente-se, Richard — disse o general. — Nossa conversa está apenas começando.

Noonan contornou a mesa e sentou-se na rígida cadeira de encosto reto. Aonde ele quer chegar?, pensou, desesperado. Que novidades são essas? Devem ter achado alguma coisa em outra Zona qualquer e agora está me testando, esse espertalhão. Nunca gostou de mim, seu velho diabo, não consegue esquecer aquele versinho que eu compus...

— Continuemos nossa pequena prova-relâmpago — anunciou Lemkhen, afastando a cortina e olhando pela janela. — Continua chovendo — comunicou. — Eu gosto. — Soltou a cortina, encostou-se na poltrona e perguntou, olhando para o teto: — Como vai o velho Barbridge?

— Barbridge? O Abutre Barbridge está sob minha vigilância. Está aleijado, mas sem dificuldades financeiras. Não tem ligação com a Zona. É dono de quatro bares, um salão de dança e organiza piqueniques para oficiais do Comando Militar e para turistas. A filha, Dina, mantém um estilo descontraído de vida. O filho, Arthur, acabou de se formar na faculdade de Direito.

O sr. Lemkhen acenou com cabeça, satisfeito com a resposta.

— Contundente — elogiou. — E quanto ao Creon Maltês?

— Um dos poucos stalkers ainda ativos. Estava ligado ao grupo Quasimodo, agora fornece mercadoria para o Instituto por minha mediação. Eu o mantenho em liberdade, na esperança de que um dia alguém entre em contato com ele. Nos últimos tempos, porém, ele começou a beber demais, e temo que não dure muito.

— Algum contato com Barbridge?

— Dei em cima da Dina, mas sem sucesso.

— Muito bem — disse o general. — E o que se passa com o Red Schuhart?

— Há um mês saiu da prisão. Não passa dificuldades financeiras. Tentou emigrar, mas é que ele... — Noonan se calou por um instante. — Está com problemas familiares. Nem pensa na Zona.

— Isso é tudo?

— É.

— Não é muito — comentou o sr. Lemkhen. — E como vem passando o Felizardo Carter?

– Faz tempo que ele não é mais stalker. Tem um negócio de carros velhos e uma oficina de adaptação de automóveis para uso de etacas. Quatro filhos, a esposa faleceu no ano passado. Vive com a sogra.

Lemkhen concordou com a cabeça.

– E quem mais eu esqueci? – perguntou ele, todo generoso.

– O senhor se esqueceu de Jonathan Males, vulgo Cacto. Ele está no hospital, morrendo de câncer. E também se esqueceu do Graxa...

– Ah, e como está o velho Graxa?

– Está na mesma – respondeu Noonan. – Tem um grupo de três pessoas. Vivem na Zona por semanas, aniquilando na hora tudo o que conseguem achar. A sociedade dele, os Anjos Guerreiros, acabou se desintegrando.

– Por quê?

– Bem, como o senhor deve se lembrar, sua atividade se resumia em comprar a mercadoria que o Graxa trazia de volta da Zona. Lembra? "Ao diabo o que é do diabo." Agora não há mais o que comprar, e além disso o novo diretor da filial pôs a polícia contra eles.

– Compreendo – disse o sr. Lemkhen. – E quanto aos jovens?

– Os jovens... Eles vêm e vão. Existem uns cinco com certa experiência, mas ultimamente não há para quem vender a mercadoria, e eles ficaram perdidos. Eu os domo aos poucos... Suponho, chefe, que o stalkerismo em minha Zona está praticamente exterminado. Os velhos se aposentaram, e os novos não sabem nada. Além disso, o prestígio do ofício já não é o mesmo de outrora. As máquinas expulsaram os humanos, agora temos stalkers-robôs.

– Sim, eu já tinha ouvido falar deles – confirmou Lemkhen. – Porém, por enquanto, esses robôs não justificam a energia que consomem. Ou estou errado?

— É uma questão de tempo. Em breve começarão a justificar.

— Em breve, quando?

— Daqui a uns cinco ou seis anos...

Lemkhen novamente acenou com a cabeça.

— Aliás, não sei se o senhor sabe, mas o inimigo também começou a usar robôs.

— Em minha Zona? — de novo surpreendeu-se Noonan, ficando alerta.

— Na sua também. Aqui eles têm a base em Rexópolis, enviam equipamentos de helicóptero por cima das montanhas até o desfiladeiro das Cobras, perto do Lago Negro, no sopé do Boldernik.

— Mas lá é uma total periferia — respondeu Noonan, desconfiado. — O que eles podem achar lá?

— Pouca coisa, é verdade, mas acham. Mas isso é apenas uma informação à parte, não lhe diz respeito... Resumindo, praticamente não há stalkers profissionais em Harmont. E os que ainda sobraram não têm mais relação com a Zona. A juventude é dispersa e está em processo de domesticação. O inimigo foi derrotado, desmoralizado, está lambendo as feridas em alguma toca distante. A mercadoria é escassa e quando aparece não tem mercado. E o tráfico ilegal da Zona de Harmont cessou há três meses. Estou correto?

Noonan guardava silêncio. É agora, pensava ele, é agora que vai me dar um golpe. Mas onde eu falhei? Onde está o furo? E parece que é dos grandes. Vamos, seu cacto velho, pode bater!

— Eu não ouvi a resposta — reforçou Lemkhen, encostando a palma da mão perto da orelha peluda e enrugada.

— Tá bom, chefe, o senhor já me cozinhou e assou douradinho, já pode servir.

O sr. Lemkhen emitiu um som indefinido.

— O senhor nem tem o que dizer — proferiu com repentina mágoa. — Está na minha frente, bancando o inocente, e como acha que eu me senti anteontem, quando... — Ele parou no meio da frase, levantou-se da poltrona e foi na direção do cofre. — Pois bem, serei breve: nos dois últimos meses, e isso é tudo o que sabemos até o momento, as forças inimigas obtiveram mais de seis mil unidades de artefatos provenientes das várias Zonas. — Ele parou na frente do cofre, passou a mão em sua lateral lisa e virou abruptamente para Noonan. — Não se iluda! — berrou. — Há digitais de Barbridge! Há digitais do Maltês! Do Narigudo Ben Galevi, que o senhor, aliás, nem considerou importante mencionar para mim! Há digitais do Fanhoso Geresh e do Anão Cemig! É assim que o senhor domestica seus jovens?! Braceletes! Alfinetes! Piões-brancos! Além disso, os desconhecidos olhos-de-caranguejo, chocalhos-da-cadela, guardanapos-trovão e só o diabo sabe o que mais!

De novo interrompeu a fala, voltou para a poltrona, juntou as pontas dos dedos e perguntou em um tom cheio de polidez:

— O que o senhor acha de tudo isso, Richard?

Noonan sacou um lenço do bolso lateral e esfregou a nuca e o pescoço ensopado de suor.

— Não acho nada — suspirou ele, honesto. — Me perdoe, chefe, eu no momento não consigo... Deixe-me recuperar o fôlego... Barbridge?! O senhor pode jogar minha ficha de serviço no lixo, mas o Barbridge não tem nenhuma ligação com a Zona. Eu conheço cada passo dele! Ele organiza piqueniques na beira dos lagos, ganhando uma fortuna com isso, ele simplesmente não precisa... Desculpe, não estou falando coisa com coisa, mas posso assegurá-lo de que não perdi Barbridge de vista nem por um minuto desde que ele saiu do hospital...

— Não tenho mais nada a dizer — cortou o sr. Lemkhen. — O senhor tem uma semana. Apresente suas conclusões sobre como os artigos de sua Zona foram parar nas mãos do Barbridge... E do resto daquela gentalha. Boa tarde!

Noonan se levantou, despediu-se desajeitadamente do perfil do sr. Lemkhen com um aceno e, continuando a esfregar o pescoço, deslizou para fora do gabinete. O jovem moreno fumava na recepção, olhando, pensativo, para as partes separadas do dispositivo eletrônico à sua frente. Lançou um olhar na direção de Richard, mas seus olhos estavam vazios e ausentes.

Richard Noonan agarrou seu sobretudo, colocou o chapéu de qualquer jeito com as mãos desobedientes e foi embora.

Isso nunca tinha me acontecido, os pensamentos pulavam caóticos. Quem poderia imaginar... O Narigudo Ben Galevi! Já conseguiu uma alcunha para si. Quando isso aconteceu? Baixinho, fraquinho, um moleque, é só soprar que ele voa. Não, não é isso... Barbridge. Seu canalha aleijado! Como me sacaneou! Você me fez parecer um idiota, me ferrou! Como isso pôde acontecer? Isso simplesmente não podia acontecer! É bem como naquela vez em Singapura: soco na cara, golpe no estômago...

Entrou no carro e por algum tempo mexeu com os dedos atrás do retrovisor procurando a chave de ignição. A água pingava do chapéu em seus joelhos; ele o tirou e o jogou para trás sem olhar. Uma cortina de chuva cobria o vidro dianteiro, e Richard tinha a sensação de que era essa a razão de ele não conseguir entender o que deveria fazer em seguida. Ao se dar conta disso, bateu o punho com força contra a testa calva. Funcionou. Imediatamente lembrou que não existia nenhuma chave de ignição, e sim a pilha-etaca. Uma bateria eterna. Ele tinha que encaixá-la no adaptador da entrada da ignição, e então poderia dirigir para algum lugar longe dali, onde certamente estava sendo observado da janela por aquele velho safado.

A mão de Noonan que segurava a etaca parou no ar, no meio do caminho. Pelo menos sei por quem começar, pensou, vingativo. Ah, sim, eu sei! E sei também como eu vou começar. Nunca ninguém começou assim. E com que prazer vou fazer isso...

Ligou os limpadores de para-brisas e disparou pela avenida sem enxergar quase nada pela frente. Aos poucos, começou a se acalmar. Muito bem, refletia. Que seja como em Singapura. No final, tudo terminou bem lá... Um soco na cara não faz tanto mal, poderia ter sido bem pior! Meu Deus, como seria fácil resolver tudo de vez! Juntar toda aquela gentalha e trancar na prisão por uns quinze anos... Ou exilá-los todos, nos confins do mundo! Na Rússia, por exemplo, nem se ouviu falar de stalkers. Lá realmente há um deserto em torno da Zona, cem quilômetros sem nenhum estranho. Nada de malditos turistas e nem dos Barbridge da vida... É, meus senhores, tem que agir do modo mais simples. Não há nada de complicado nisso: se você não tem o que fazer na Zona, então tchau! Vá para o quilômetro 101... Mas, tudo bem, não nos desviemos do assunto. Onde está aquele bordel? Não dá para enxergar nada, droga... Ah, aí está ele!

Era o horário de troca de turnos, mas o estabelecimento Cinco Minutos brilhava com todas as luzes, como o luxuoso hotel Metrópole. Sacudindo o corpo feito um cão saindo da água, Richard entrou no hall iluminado, que cheirava a tabaco, perfume barato e champanhe azedado. O velho Beni estava sentado no balcão, com o casaco de seu uniforme pendurado na cadeira, e devorava algo do prato, segurando o garfo com o punho. À sua frente, acomodando o monstruoso busto entre os copos vazios, erguia-se a Madame, acompanhando com uma cara triste o processo alimentício. A faxina ainda não fora feita depois da noite anterior. Madame virou o rosto pesadamente maquiado na direção de Noonan com uma expressão inicial de desgosto, que logo desabrochou em um sorriso profissional.

— Ora, ora! — zumbiu em contrabaixo. — O sr. Noonan em pessoa! Bateu saudade das garotas?

Beni continuava comendo, era surdo feito uma porta.

— Olá, meu bem! — retrucou Richard, aproximando-se. — Pra que eu precisaria de garotas quando há uma mulher com “M” maiúsculo na minha frente?

Beni finalmente o percebeu. Seu rosto, que mais parecia uma máscara assustadora coberta de cicatrizes roxas e azuis, contorceu-se em um sorriso de saudação.

— Bem-vindo, patrão — roncou num espasmo. — Veio esperar a chuva passar?

Noonan sorriu de volta e acenou com a mão. Não gostava de conversar com Beni, pois era preciso berrar o tempo todo.

— Cadê meu gerente, pessoal? — perguntou ele.

— Está na sala dele — respondeu Madame. — Amanhã é o dia de pagar impostos.

— Ah, esses impostos! — disse Noonan. — Pois é. Bem, a senhora pode mandar preparar aquele prato que eu gosto? Eu volto já!

Andando pelo silencioso e felpudo carpete sintético, atravessou o corredor com as baias fechadas por grossas cortinas, cada uma com a imagem de uma flor diferente. Dobrou num discreto beco no final e, sem bater, empurrou a porta revestida de couro.

O gerente, Marreta Katiucha, reinava na mesa, estudando no espelho de bolso uma medonha espinha em seu nariz. Ele não estava nem aí para os impostos que tinha que pagar no dia seguinte. Na frente dele, na mesa completamente vazia, estava um vidrinho de pomada de mercúrio e um copo cheio de algum líquido transparente. Marreta Katiucha ergueu os olhos cheios de sangue para Noonan e levantou-se em um pulo, derrubando o espelho. Sem dizer uma só palavra, Noonan se sentou na poltrona em frente e por algum tempo observou o gerente malandro em silêncio, escutando como ele balbuciava algo sobre a maldita chuva e sobre seu reumatismo. Em seguida, disse:

– Tranque a porta, rapaz.

Katiucha, batendo apressadamente seus grandes pés chatos pelo chão, correu até a porta, girou a chave e voltou à mesa. Ele não se atreveu a se sentar e erguia-se acima de Noonan como um enorme penhasco peludo, olhando para ele com absoluta subserviência. Richard encarou-o longamente através das pálpebras semicerradas. Por alguma razão, ele se lembrou de que o verdadeiro nome de Marreta Katiucha era Rafael e que tinha ganhado o apelido de Marreta pelas aterrorizantes juntas que se destacavam de seus punhos fechados. Já o nome Katiucha ele atribuíra a si mesmo, na total convicção de que era o nome tradicional dos grandes reis mongóis. Rafael. Pois bem, Rafael, começamos com você, então, pensou Noonan, e perguntou todo carinhoso:

– Como estão as coisas?

– Está tudo em ordem, chefe – respondeu de pronto Rafael-Marreta.

– E aquele escândalo com os militares, deu para resolver?

– Paguei 150. Todos estão felizes.

– Então, descontarei de seu pagamento – disse Noonan. – Foi falha sua, meu bem, deveria vigiar melhor.

Marreta fez uma cara triste e abanou as mãos, conformado.

— Precisa renovar os tacos no hall de entrada — continuou Noonan, pensativo.

— Será feito.

Noonan ficou em silêncio, esticando e recolhendo os lábios.

— Tem mercadoria? — perguntou Noonan em voz baixa.

— Tem um pouco — respondeu Marreta, também abaixando a voz.

— Mostre.

Marreta correu até o cofre, tirou um pacote, depositou-o na frente de Noonan em cima da mesa e desembrulhou-o. Noonan mexeu com o dedo no meio das gotas-negras que estavam lá, pegou um bracelete e, após examiná-lo de todos os lados, devolveu-o ao pacote.

— Só isso? — perguntou ele.

— É que trazem pouco — respondeu Marreta com um tom de desculpa.

— Trazem pouco... — repetiu Noonan.

Mirou bem e com todas as forças bateu na canela de Marreta com a ponta do sapato. O gerente gemeu e dobrou-se, esfregando o lugar acertado, mas logo depois se endireitou, ficando em posição de sentido. Então Noonan pulou da poltrona como se tivesse sido picado por uma abelha, derrubou a poltrona, agarrou Marreta pelo colarinho e avançou, chutando-o, xingando e girando os olhos arregalados. Marreta gemia e grunhia, balançava a cabeça como um cavalo assustado, recuando até despencar em cima do sofá.

— Trabalha para os dois lados, seu safado? — chiava Noonan diretamente nos olhos vidrados de horror do funcionário. — O Abutre nadando na mercadoria, e você me mostra essa quinquilharia aqui?! — Pegou impulso e bateu na cara do Marreta, tentando acertar o lugar da espinha. – Vou te fazer apodrecer na prisão, vai viver no esterco... E vai comer esterco! Vai se arrepender de ter nascido! – Deu mais um soco no nariz do Marreta. – Onde o Abutre consegue a mercadoria? Por que trazem para ele e não para você? Quem vende no mercado? Por que eu não estou sabendo de nada?! Para quem você trabalha, seu safado? Fala!

O gerente abria e fechava a boca sem conseguir emitir qualquer som. Noonan o soltou, voltou para a poltrona e sentou-se, colocando os pés na mesa.

– E então? – indagou.

Sangue escorria pelo nariz do Marreta, que disse:

– Juro por Deus, chefe... O que deu no senhor? De onde o Abutre conseguiria a mercadoria? Ele não tem nada. Hoje em dia ninguém tem...

– Você, por acaso, quer discutir comigo? – perguntou Noonan em tom calmo, tirando os pés de cima da mesa.

– Discutir não, chefe... Juro por Deus – apressou-se a responder o gerente. – Como poderia... Nem passou pela minha cabeça...

– Vou te mandar pra rua – proferiu Noonan em tom lúgubre. – Pois ou você está me traindo, ou não sabe trabalhar. Pra que diabos, então, eu preciso de você? Com seu salário eu poderia ter uns cinco do mesmo tipo. Preciso de um homem de confiança aqui, e você só sabe estragar meninas e se encher de cerveja.

– Espere, chefe – disse Marreta com ponderação, esfregando o sangue pelo rosto. – O senhor veio com tudo, tão de repente... Vamos falar coisa por coisa. – Apalpou com cuidado a espinha. – O senhor disse que o Barbridge está cheio de mercadoria? Não sei não. O senhor me desculpe, mas alguém está contando histórias para o senhor. Ninguém tem mercadoria hoje em dia. Pois só os novatos vão à

Zona, mas eles quase nunca voltam. É sério, chefe, alguém está pregando peças no senhor.

Noonan observava Marreta pelo canto do olho. Tinha a impressão de que o gerente realmente não sabia de nada. Tinha pouca razão para mentir, pois trabalhar para o Abutre não era uma opção muito proveitosa.

– Aqueles piqueniques do Barbridge são um bom negócio? – perguntou ao Marreta.

– Mais ou menos, rico ninguém vai ficar. Se bem que, hoje em dia, não sobraram muitos negócios lucrativos na cidade.

– E onde ele os promove?

– Onde promove? Em vários lugares: no pé do Monte Alvo, nas Hidrotermais, no Lago do Arco-Íris...

– E que tipo de clientela vai?

– Que clientela? – Marreta novamente apalpou a espinha, olhou para os dedos e disse: – Se o senhor quer tentar esse negócio por conta própria, eu o desaconselharia. Não há como competir com o Abutre.

– E por quê?

– Veja bem, a clientela do Barbridge é, em primeiro lugar, de capacetes azuis – Marreta começou a contar nos dedos –, em seguida, vêm os oficiais do Comando Militar, e depois os turistas do Metrópole, do Lírio Branco e do Alien... E ele também tem uma boa publicidade, até os locais vão lá... Falo sério, chefe, não vai dar certo para o senhor. E depois, ele nos paga pelas garotas... Não muito, mas...

– Você disse que os locais também vão?

– Principalmente os jovens.

– E o que acontece nesses piqueniques?

– O que acontece? Bem, a gente vai de ônibus fretado, aí, quando você chega ao local, já tem barracas privativas instaladas junto a tendas de comidas e bebidas, música tocando, meninas... E então cada um se diverte como bem entender... Os oficiais geralmente se ocupam com as garotas, turistas querem ver a Zona... Pois fica bem perto, especialmente quando ficamos nas Termais, logo depois do Passo do Enxofre. O Abutre mandou espalhar ossos de cavalo pelo lugar para que turistas pudessem vê-los com seus binóculos...

— E os locais?

— Os locais? Eles com certeza não se interessam pelos ossos... Bem, divertem-se como podem...

— E o Barbridge?

— Barbridge? Também se diverte, como os outros...

— E você?

— Eu? Bem, eu também... Igual a todos os outros. Vigio para que tratem bem as garotas e... Bem, aquelas coisas... Como todos...

— E quanto tempo isso costuma durar?

— Depende. Às vezes três dias, às vezes a semana inteira...

— E quanto essa farra custa?

O gerente enrolou na resposta, mas Noonan não estava mais ouvindo. É isso, aqui está o furo!, pensou. Uma semana, ou seja, várias noites. Nessas condições é simplesmente impossível vigiar Barbridge, mesmo se você se empenhar muito em vez de rolar na cama com prostitutas ou encher a cara de cerveja imaginando-se o rei dos mongóis... Mas ainda é confuso... O Abutre não tem pernas, e lá é passagem pedregosa. Não cola, algo está errado...

— Quem mais dos locais costuma ir lá?

— Dos locais? É como eu disse, são os jovens. Os maiores delinquentes da cidade: Galevi, Ragba, Galinho, depois aquele... Como é mesmo?... Ah, Smik! Às vezes o Maltês vai também. Uma turminha da pesada. Chamam aquilo de escola dominical. Eles dizem: "E aí, vamos para a escola dominical?". São especializados nas turistas idosas e até que ganham bem. Vem, por exemplo, uma velhota da Europa...

— Escola dominical... — repetiu Noonan, pensativo.

Uma estranha ideia surgiu na cabeça dele. *Escola*. Ele se levantou.

— Pois bem — disse ele. — Já chega desses piqueniques. Não é da nossa conta. Mas saiba: o Abutre tem mercadoria, sim! E isso já é da nossa conta, meu caro. Não podemos simplesmente deixar isso passar. Procure, Marreta, procure bem, se não irá para a rua! Onde ele consegue os artefatos? Quem o abastece? Descubra tudo e ofereça 20% acima do preço dele. Você me entendeu?

— Entendi tudo, chefe — Marreta se esticou de novo em posição de sentido, e em sua cara suja de sangue estampou-se uma expressão quase canina de fidelidade.

— E pare de estragar minhas garotas, seu animal! — Noonan berrou repentinamente e saiu do escritório.

Foi até o balcão do hall e bebeu, sem pressa, seu aperitivo, conversando com a Madame do bordel sobre a degeneração dos modos, sobre a possibilidade de aumentar o negócio no futuro próximo, e, abaixando a voz, pediu conselhos de como agir com Beni: estava envelhecendo, ficando surdo e não tinha mais aquela reação rápida de outrora... Era por volta de seis da tarde, a fome tinha aumentado, e na cabeça não parava de girar uma ideia pouco conveniente e até maluca, mas que poderia explicar muita coisa. De qualquer forma, já havia luz no fim do túnel, e ele sentia que finalmente havia se livrado daquela irritante e assustadora sensação de mistério que estava cobrindo a situação. Sentia apenas uma leve raiva de si mesmo por não ter pensado naquela possibilidade, mas isso já não importava mais, o problema agora era aquele pensamento que não parava de girar em sua cabeça tirando-lhe a paz de espírito.

Tendo se despedido da Madame e apertado a mão de Beni, Noonan foi direto ao Borjtch. O problema, pensava ele no caminho, é que a gente não percebe como os anos passam. Esqueça os anos, a gente não percebe como tudo muda. Sabemos desde a infância que tudo muda, apreendemos isso na escola, vemos com nossos próprios olhos que mudanças ocorrem e, ao mesmo tempo, não somos capazes de reparar no momento em que a mudança acontece. Ou então procuramos a mudança no lugar errado e não onde deveríamos. Então, tinham surgido novos stalkers, equipados com eletrônica e cibernética. O velho stalker era um ser imundo e soturno, que com uma teimosia selvagem arrastava-se de bruços pela Zona, um milímetro após o outro, ganhando seu sustento. O novo stalker era o colarinho-branco, um engenheiro sentado numa sala arejada, olhando monitores a alguns quilômetros da Zona, com um cigarro nos dentes e um copo de energético na mão. Um *gentleman* assalariado. Uma imagem convencional e lógica. Tão lógica que outras possibilidades nem vêm mais à cabeça. Entretanto, elas existem, e uma delas pode ser a Escola Dominical, por exemplo.

E, de repente, do nada, uma sensação de desespero tomou conta de seu interior. Nada adiantava. Tudo era em vão. Meu Deus, pensou ele. Nós não vamos conseguir nada! Não vamos conseguir segurar, nem sequer parar essa onda! Não há força capaz de conter uma inundação, compreendeu, apavorado. E não porque trabalhamos mal ou porque o inimigo seja mais hábil e mais esperto. Não. É porque o mundo é assim. O ser humano é assim! É da natureza humana. Se não fosse a Visitação, seria outra coisa qualquer. O porco sempre achará lama para chafurdar...

O interior do Borjtch estava iluminado e cheirava a boa comida. O bar também tinha mudado: nada de farra, nada de alegria. Graxa não ia mais lá, tinha nojo. Redrick Schuhart provavelmente tinha apenas enfiado seu nariz sardento na porta, torcido-o e ido embora. Ernest ainda estava preso, e o lugar estava sendo dirigido por sua mulher. A velha finalmente tinha conseguido o que queria: uma freguesia séria e sólida, os funcionários do Instituto costumavam almoçar ali, além dos oficiais do Comando. Mesas confortáveis, comida gostosa a preços acessíveis, um chope sempre fresco... Um bom e velho restaurante popular.

Numa das mesas, Noonan percebeu Valentin Pillman. O laureado estava tomando café e lendo jornal. Noonan se aproximou:

– O senhor me permite? – perguntou.

Valentin levantou a cabeça, fitando-o através dos óculos pretos.

– Ah, sim – disse. – Por favor.

– Só um segundo – disse, lembrando-se da espinha do Marreta. – Vou lavar as mãos.

Ele era bem conhecido naquele lugar. Quando voltou do banheiro, na mesa de Valentin já o aguardava um prato com filé aperitivo e uma caneca de cerveja, não muito gelada, exatamente como ele gostava. Valentin pôs o jornal de lado e bebericou o café.

– Escute, Valentin – começou Noonan, espetando a tira de carne e banhando-a em molho. – Em sua opinião, como isso terminará?

– Isso o quê?

– Visitação, Zona, stalkers, o Complexo Industrial Militar, todo esse monte de... Como isso poderia acabar?

Valentin se demorou a responder, olhando para Noonan através das lentes impenetráveis de seus óculos escuros. Depois, acendeu um cigarro e pronunciou:

– Para quem? Explique melhor, por favor.

— Bem, digamos que para a humanidade em geral.

— Isso depende de termos sorte ou não — disse Valentin. — Agora sabemos que, para a humanidade de um modo geral, o fenômeno da Visitação passou quase sem deixar marcas. Para a humanidade, tudo passa sem deixar marcas. É claro que podemos descartar que, ao tirar as castanhas do fogo assim a esmo, iremos um dia tirar alguma coisa que deixará a vida neste planeta simplesmente impossível. Isso seria azar. No entanto, você deve concordar que esse tipo de ameaça sempre existiu. — Abanou a mão para dispersar a fumaça e sorriu sarcasticamente. — Eu, porém, há muito parei de discutir sobre a humanidade em sua totalidade. Pois é um sistema extremamente estacionário, não há como atingi-lo.

— O senhor acha? — indagou Noonan meio decepcionado. — Bem, talvez seja assim mesmo...

— Diga-me, Richard — continuou Valentin, sem esconder que estava se divertindo. — Para o senhor, um homem de negócios, o que mudou com a Visitação? O senhor descobriu que existe ao menos mais uma forma de vida inteligente no universo além da humana. E então?

— Bem, o que posso dizer... — balbuciou Noonan. Ele já tinha se arrependido de ter começado aquela conversa. Não havia nada sobre o que conversar. — O que mudou para mim?... Por exemplo, há muitos anos que sinto certo desconforto, uma sensação desagradável. Foi bom eles terem vindo e ido embora. E se resolverem voltar e tiverem uma ideia maluca de ficar? Para mim, um homem de negócios, aquilo, sabe, não é uma mera pergunta: quem são eles, como vivem e o que querem?... Numa situação mais dramática, eu precisaria pensar em como alterar minha atividade. Tenho que estar preparado. E se eu ficar por fora, digo, tornar-me desnecessário no sistema deles? — Noonan, de repente, se animou. – E se nós todos nos tornarmos desnecessários para eles? Escute, Valentin, já que a gente tocou no assunto, existem respostas para essas perguntas? Quem eles são, o que querem, vão voltar?...

– As respostas existem – disse Valentin, sorrindo. – Aliás, elas são muitas, escolha a sua.

– E o senhor, pessoalmente, o que acha?

– Para falar a verdade, eu nunca me permiti pensar sobre isso de maneira séria. Para mim a Visitação foi, antes de tudo, um evento extraordinário que abriu a possibilidade de pularmos, de uma vez, vários degraus no processo do conhecimento. Algo parecido com uma viagem para um futuro tecnológico. Como se, imagine, no labora]tório de Isaac Newton tivesse surgido um gerador de partículas...

– Newton não entenderia nada.

– Não sei, não! Newton era um homem muito perspicaz.

– Ah, é? Bem, deixemos Newton em paz. Mas como o senhor explica a Visitação? Mesmo que não esteja falando sério...

– Está bem, eu lhe digo. Mas tenho que avisar que sua pergunta, Dick, se encontra na área de competência de uma pseudociência denominada xenologia. É uma mistura nada plausível de ficção científica e lógica formal, cuja metodologia se baseia em uma premissa errônea, a de atribuir os princípios da psicologia humana à mente alienígena.

– E por que isso seria errôneo? – perguntou Noonan.

– Porque, há algum tempo, os biólogos já fracassaram ao tentar aplicar a psicologia humana aos animais. E veja bem, em animais terráqueos.

– Espere aí – discordou Noonan. – São coisas completamente diferentes. Pois estamos falando da psicologia de seres *inteligentes*...

— É. Seria muito bom se soubéssemos o que é inteligência.

— E não sabemos? — surpreendeu-se Richard.

— Acredite se puder, não. Geralmente, partimos da definição, bastante simplória, segundo a qual a inteligência é a propriedade humana que distingue suas ações das dos animais. Sabe, aquela velha tentativa de diferenciar um dono de seu cão, que entende tudo e só não consegue falar? Aliás, dessa definição simplificada originam-se também outras, mais espirituosas, as quais se baseiam em tristes observações da mencionada atividade humana. Por exemplo: inteligência é a capacidade humana de cometer ações irracionais ou antinaturais.

— Pois é, essa nos descreve bem — concordou Noonan.

— Infelizmente, sim. Existe também outra definição-hipótese, segundo a qual a inteligência é um instinto complexo que ainda não se formou por inteiro. Quer dizer, a ação humana é sempre racional e natural. Será necessária, porém, a passagem de milhões de anos para que esse instinto termine de se formar, e então pararemos de cometer erros que, provavelmente, são parte inseparável da própria natureza da razão. Mas se alguma coisa mudar no universo, seremos rapidamente extintos, justamente porque teremos desaprendido como cometer erros, ou seja, como testar várias possibilidades não previstas pelo rígido programa racional.

— Como o senhor consegue fazer tudo parecer... tão humilhante?

— Tudo bem, lá vai outra versão, elevada e cheia de virtude. Inteligência é a capacidade humana de aproveitar recursos do seu hábitat sem destruí-lo.

Noonan torceu a cara e balançou a cabeça.

— Não — disse. — Isso já é demais... Não combina com a gente. E quanto à ideia de que o ser humano, diferentemente de outros animais, sente uma incontrolável necessidade de adquirir novos conhecimentos? Li sobre isso em algum lugar.

— Eu também — concordou Valentin. — O problema é que o ser humano, pelo menos um ser humano comum, facilmente supera essa sua necessidade de adquirir conhecimentos. A meu ver, essa necessidade nem mesmo existe. Há uma necessidade de entender, mas para isso não são necessários conhecimentos. A hipótese da existência de Deus, por exemplo, é uma excelente oportunidade de entender absolutamente tudo sem adquirir qualquer conhecimento. Oferece para o ser humano um sistema simplificado de mundo e explica tudo com base nesse modelo simplificado. E há certas fórmulas decoradas junto com a assim chamada intuição, a boa e velha esperteza cotidiana e um pouco de bom senso...

— Tá, tá, entendi — interrompeu-o Richard. Terminou a cerveja e bateu a caneca na mesa. — Não vamos desviar do assunto. Digamos que o ser humano encontre um ser alienígena. Como saberíamos se eles são inteligentes?

— Não faço a menor ideia — disse Valentin. — Tudo que li a respeito se resume a uma explicação tautológica. Se eles forem capazes de estabelecer contato, então serão considerados inteligentes. Ou ao contrário: se forem inteligentes, serão capazes de fazer contato. Resumindo, se um ser extraterrestre tiver a honra de ter uma psicologia humana, então será considerado inteligente. Essa é a situação, Richard. O senhor já leu Kurt Vonnegut?

— Que droga — proferiu Noonan. — E eu achando que você tinha tudo no lugar. Arrumadinho, nas prateleiras...

— Arrumar prateleiras até um macaco pode — observou Valentin.

— Mas espere aí — recomeçou Noonan. Por alguma razão ele se sentiu enganado. — Se vocês não sabem coisas tão básicas... Bem, deixemos a inteligência de lado. Pelo visto é um campo minado mesmo. Mas e quanto à Visitação. O que vocês acham da Visitação?

— Muito bem — disse Valentin. — Imagine um piquenique...

Noonan estremeceu.

— O que o senhor disse?

— Um piquenique. Imagine uma estrada no interior, uma clareira na mata, perto da estrada. O carro sai da estrada e vai até a clareira. Abrem-se as portas, e sai uma turma de jovens. Começam a tirar do porta-malas cestas com mantimentos, armam as tendas, acendem a fogueira. Churrasco, música, fotos... De manhã, eles vão embora. Animais, pássaros e insetos da floresta, que assistiram horrorizados àquele evento noturno, saem de seus esconderijos. E o que eles encontram? Manchas do óleo que pingou do radiador, uma lata com um pouco de gasolina, velas e filtros usados. Do lado, estão jogados os panos sujos de óleo, as lâmpadas queimadas, uma chave de fenda que alguém esqueceu na grama. Nos rastros deixados pelo carro sobrou um pouco de lama que veio grudada de algum brejo no caminho... E, claro, há cinzas de fogueira, restos de comida, embalagens de chocolate, latas e garrafas de bebida, guardanapos amassados, bitucas, um lenço perdido, um velho jornal rasgado, um canivete de bolso derrubado por alguém, moedas, flores murchas do campo vizinho...

— Entendi — resumiu Noonan. — É um piquenique na beira da estrada.

— Exatamente. Um piquenique na beira de alguma estrada cósmica. E o senhor me pergunta se eles vão voltar?

— Pode me dar um cigarro? — disse Noonan. — Que vá pro inferno toda essa sua pseudociência! Eu imaginava tudo um pouco diferente...

— É seu direito — concluiu Valentin.

— Então quer dizer que eles nem nos perceberam?

— Por quê?

— Bem, em todo caso, não prestaram muita atenção...

— Sabe, em seu lugar, eu não ficaria tão desanimado — aconselhou Pillman.

Noonan deu um trago, começou a tossir e jogou o cigarro fora.

— Em todo caso — repetiu ele com teimosia. — Não pode ser... Que diabo! Por que vocês, cientistas, têm tanto desdém em relação ao ser humano? Por que é que sempre tentam rebaixá-lo?

— Espere — disse Valentin em tom apaziguador. — Escute isso: "Vocês me perguntam em que consiste a grandeza do homem?" — começou a citar. — "Ter criado uma segunda natureza? Ter acionado forças de magnitude quase cósmica? Ter em um espaço de tempo insignificante se apoderado do planeta e aberto a janela para o universo? Não! Está no fato de que, apesar de tudo isso, ele sobreviveu e está determinado a continuar sobrevivendo."

Ficaram em silêncio. Noonan estava pensativo.

— Talvez... — disse ele sem muita convicção. — Bem, se olhar por esse ângulo...

— Não precisa desanimar — disse Valentin, generoso. — O piquenique é apenas uma hipótese minha. E nem é uma hipótese, mas sim uma imagem... Os tais xenólogos sérios procuram elaborar versões mais respeitosas e agradáveis para a autoestima humana. Por exemplo, que não houve nenhuma Visitação e que ela só ocorrerá no futuro. Que uma alta inteligência extraterrestre jogou na Terra contêineres com amostras de sua cultura material. Esperam que nós as estudemos, promovamos um salto tecnológico e consigamos mandar um sinal de volta, significando que então estaremos prontos para o contato. Essa versão o agrada mais?

— É bem melhor — disse Noonan. — Agora vejo que entre os cientistas também existem homens decentes.

— Ah, tem mais uma. A Visitação ocorreu, mas ainda continua. E nós, neste momento, estamos de fato no processo de contato, só que nem suspeitamos disso. Os alienígenas se alojaram dentro da Zona e nos estudam, preparando-se ao mesmo tempo para "grandes milagres futuros".

— Isso eu consigo entender — disse Noonan. — Pelo menos isso explica aquela misteriosa agitação que acontece nas ruínas da fábrica. Aliás, seu *piquenique* não explica aquilo.

— Por que não explica? — discordou Valentin. — Uma das garotas poderia esquecer no piquenique seu amado ursinho mecânico que sempre levava consigo...

— Ah, deixe disso! — retrucou Noonan decididamente. — Que ursinho é esse que faz o solo tremer? Quer cerveja? Rosália! Querida! Duas cervejas para senhores xenólogos... Gosto de conversar com o senhor — disse ele para Valentin. — É como uma limpeza geral do cérebro. Como se jogassem sal grosso dentro da cabeça. Pois a gente só trabalha, trabalha sem entender o quê, para quê, que futuro nos espera, o que consolaria o coração...

A cerveja chegou. Noonan deu um gole, espiando, por cima da espuma, como Valentin observava sua caneca com expressão de desgosto e dúvida.

— O que foi? Não gosta? — perguntou ele, lambendo os lábios.

— É que eu, na verdade, não bebo... — respondeu Valentin, meio indeciso.

— Está brincando! — exclamou Noonan, perplexo.

— Que diabos! — irritou-se Valentin. — Deve haver pelo menos um sóbrio neste mundo! — Afastou a caneca num gesto decisivo. — Já que é assim, peça para mim um conhaque, então — disse com determinação.

— Rosália! — imediatamente berrou Noonan, que começava a se divertir.

Quando a bebida chegou ele disse:

— Mas, ainda assim, não está certo. E nem falo de seu piquenique, aquilo seria simplesmente uma sacanagem... Mas, mesmo se aceitarmos a versão de que aquilo tudo seja, digamos, um prelúdio do verdadeiro contato, não está certo! Posso entender as etacas, os braceletes, os ocos também... Mas e o caldo-da-bruxa? Pra que fazer aquilo? As carecas-de-mosquito, aquele pólen asqueroso...

— Desculpe — proferiu Valentin, escolhendo uma rodela de limão —, não compreendo totalmente sua terminologia. Que são as tais carecas que o senhor mencionou?

— Ah, é folclore — sorriu Noonan. — Jargão profissional dos stalkers. Carecas-de-mosquito são áreas de alta gravidade.

— Ah, os graviconcentrados... Gravidade direcionada. Eu falaria sobre o assunto, mas receio que o senhor não entenderia nada.

— Por que é que eu não entenderia? — ofendeu-se Noonan. — Sou engenheiro, afinal...

— Porque eu mesmo não entendo — respondeu Valentin. — Tenho todo o sistema de equações, mas não faço a menor ideia de como explicá-las... E aquele tal de caldo-da-bruxa que o senhor mencionou, pelo visto é um gás coloide...

— É isso mesmo. Já ouviu sobre a catástrofe nos laboratórios de Karriganov?

— Ouvi alguma coisa... — respondeu Valentin, sem muita empolgação.

— Então, aqueles idiotas colocaram um contêiner com o caldo numa câmara especial, totalmente isolada. Ou melhor, eles achavam que era isolada, mas, quando os autômatos abriram o contêiner, o caldo atravessou o revestimento de metal e plástico como água passa por um guardanapo. Aí ele saiu da câmara, e tudo o que tocava se transformava em caldo também. Trinta e cinco pessoas morreram, mais de cem ficaram aleijadas, e todo o prédio do laboratório ficou completamente inutilizável. O senhor já esteve lá alguma vez? Era um belo edifício! E agora o caldo desceu para os andares de baixo e para o porão, alojando-se lá. Eis o prelúdio do contato!

Valentin franziu o cenho.

— Sim, eu sei de tudo isso — disse. — No entanto, Richard, convenhamos que os alienígenas não têm nada a ver com isso. Pois não poderiam prever que teríamos o Complexo Industrial Militar...

— Pois deveriam ter previsto, sim! — proferiu Noonan com ar de sermão.

— E eles lhe responderiam que deveríamos ter destruído aquilo há muito e muito tempo.

— Pois é. O senhor tem razão — concordou Noonan. — Então eles que se ocupem disso, já que são tão poderosos.

— Então, o senhor sugere que eles se intrometam nos assuntos internos da humanidade?

— Hm... — proferiu Noonan. — Desse jeito podemos chegar muito longe. Não vamos falar sobre isso. Vamos voltar ao início da nossa conversa. E como isso tudo vai acabar? Por exemplo, vocês, cientistas, esperam mesmo receber da Zona algo realmente fundamental, algo que poderia reverter a ordem das coisas, a ciência, a tecnologia, a vida?

Valentin terminou o conhaque e deu de ombros.

— O senhor está se dirigindo à pessoa errada, Richard. Eu não gosto de divagar. E quando se trata de coisas tão sérias, prefiro manter um cauteloso ceticismo. Se considerar o que já recebemos até o momento, teremos um espectro de possibilidades pela frente e não podemos afirmar nada com certeza.

— Rosália! Mais um conhaque! — gritou Noonan. — Tudo bem, vamos tentar por outro lado. O que, em sua opinião, vocês já receberam?

— Pouca coisa, por incrível que possa parecer. Fizemos várias descobertas milagrosas, em alguns casos aprendemos a adaptá-las às nossas necessidades e até nos acostumamos a elas... — Dr. Pillman ficou pensativo. — Um macaco de laboratório aperta o botão branco e recebe uma banana, aperta o vermelho e recebe uma laranja, mas não sabe como conseguir a banana ou a laranja sem os botões. Bem como nunca compreenderá o que aqueles botões têm a ver com as bananas e as laranjas. As etacas, por exemplo, nós aprendemos a usá-las e até descobrimos as condições em que elas se multiplicam. Mas até hoje não conseguimos produzir nenhuma delas, não conhecemos sua estrutura, nem sabemos o que elas são. E pelo visto não saberemos tão cedo... Eu diria o seguinte: existem objetos para os quais achamos uma aplicação. Nós os usamos, embora, quase com certeza, não do jeito como os alienígenas os usavam. Estou convicto de que, na maioria dos casos, batemos pregos com microscópio. No entanto, algumas coisas nós utilizamos: as etacas, os braceletes que estimulam processos vitais, além de diversos tipos de substâncias quase biológicas que causaram tamanha renovação na medicina... Ganhamos novos tranquilizantes, novos tipos de adubo, algo que revolucionou o conceito de agronomia... Bem, para que repetir tudo o que o senhor mesmo já sabe, estou vendo que usa o bracelete... Então, chamemos esse grupo de objetos de *benéficos*. Podemos dizer que, num certo sentido, a humanidade foi abençoada por eles, embora não possamos nos esquecer de que em nosso mundo euclidiano cada vara tem duas pontas...

— Utilizações indevidas? — intrometeu-se Noonan.

— Exatamente. Por exemplo, o uso das pilhas-etacas na indústria bélica... Bem, o que eu queria dizer é que conhecemos e explicamos, mais ou menos, as habilidades de cada objeto benéfico. E, no momento, o que trava tudo é nosso atraso tecnológico, mas dentro de cinquenta anos aprenderemos a reproduzir os microscópios deles e então poderemos martelar à vontade com eles, desculpe a metáfora. Mas as coisas se complicam com o outro grupo de objetos. E se complicam precisamente porque não achamos nenhuma aplicação para eles, e, além disso, suas características e manifestações permanecem fora da nossa compreensão, pelo menos dentro de nossa atual compreensão do mundo. Por exemplo, as armadilhas magnéticas de todos os tipos. Percebemos que são armadilhas magnéticas; o dr. Panov, aliás, explicou isso muito espirituosamente. Entretanto, não conseguimos entender nem de onde vem aquele poderoso campo magnético, nem a causa de sua superestabilidade... Não entendemos nada mesmo. Podemos apenas forjar hipóteses fantasiosas acerca de faculdades do espaço que nem desconfiávamos que existissem. Outro exemplo é K-23... Como é mesmo que vocês as chamam, aquelas continhas pretas que usam para fazer adereços?

— As gotas-negras — respondeu Noonan de pronto.

— Isso mesmo, gotas-negras. Um bom nome... Bem, o senhor conhece suas características. Se um raio de luz atinge uma delas, ele volta com certo atraso, e a demora depende do tamanho e do peso da bolinha, além de alguns outros parâmetros. Com isso, a frequência do raio entrante é sempre menor que sua frequência na saída... Por que será? Qual é a razão disso? Você sabia que existe uma hipótese bem excêntrica, segundo a qual aquelas suas gotas-negras são, na verdade, gigantescas áreas cósmicas comprimidas que têm faculdades diferentes do nosso espaço sideral e que adquiriram aquele formato comprimido devido à influência do nosso espaço?

Valentim tirou um cigarro e acendeu-o.

— Resumindo, os objetos desse grupo são completamente inúteis para a atual prática humana, embora, do ponto de vista puramente científico, eles possuam um valor fundamental. Em outras palavras, eles são respostas caídas do céu para perguntas que ainda não aprendemos a fazer. O mencionado *sir* Isaac Newton provavelmente não iria mesmo compreender a estrutura do laser, mas, de qualquer modo, perceberia que uma coisa dessas seria possível, e isso certamente influenciaria sua visão científica. Não entrarei em detalhes, mas a simples existência de objetos como armadilhas magnéticas, K-23, argolas brancas etc. eliminou de uma vez por todas um campo científico inteiro de teorias florescentes e criou outras, completamente diferentes. E ainda temos que nos lembrar do terceiro grupo de objetos...

— Pois é — suspirou Noonan. — O caldo-da-bruxa e outras porcarias.

— Não, isso tudo temos que incluir no primeiro ou no segundo grupo. Estou falando de objetos dos quais ainda não sabemos nada ou apenas ouvimos falar, de objetos que nunca seguramos nas mãos. Ou seja, de tudo aquilo que os stalkers levaram debaixo do nosso nariz, venderam sabe Deus para quem ou esconderam por ora. De tudo aquilo de que eles não falam. Mitos e lendas sobre a máquina-do-desejo, o Dick-vagabundo, os fantasmas-alegres.

— Como é que é? — interrompeu-o Noonan. — Que coisas são essas? A máquina-do-desejo eu ainda consigo entender, mas o resto...

— Pois é. — Valentin deu uma risada. — Está vendo, também temos nosso jargão. O Dick-vagabundo é aquele hipotético ursinho mecânico que faz arruaça nas ruínas da velha fábrica. E por fantasmas-alegres chamamos a perigosa turbulência presente em algumas áreas da Zona.

— Nunca ouvi falar — disse Noonan.

— Compreenda, Richard — continuou Valentin. — Há duas décadas que nós promovemos pesquisas na Zona e, no entanto, não conhecemos nem a milésima parte do que ela tem. E isso sem falar da influência da Zona em humanos... Aliás, nesse ponto, temos que introduzir mais um grupo, e não de mais objetos, mas sim de efeitos. E esse grupo é tremendamente mal estudado, apesar de conter um número mais que suficiente de fatos, em minha opinião. E sabe, Richard, sou um físico, o que significa que sou um cético também. Mas mesmo eu, às vezes, sinto calafrios quando penso sobre isso.

— Os mortos-vivos... — balbuciou Noonan.

— O quê? Não, não é isso... É misterioso, mas não mais que isso. Como posso explicar... É imaginável, por assim dizer. Mas quando em torno do homem de repente começam a se manifestar fenômenos extrafísicos e extrabiológicos...

— O senhor se refere aos imigrantes?

— Exatamente. Sabe, a estatística é uma ciência muito exata, apesar de lidar com variáveis aleatórias. Além disso, é uma ciência bastante eloquente e seus resultados são concretos...

Valentin, pelo visto, estava ligeiramente embriagado. Começou a falar mais alto, suas faces ganharam um aspecto rosado, e as sobrancelhas subiram, enrugando sua testa como uma sanfona.

— Rosália! — gritou ele de repente. — Mais um conhaque! Duplo!

— Gosto das pessoas que não bebem — comentou Dick com ar de respeito.

— Preste atenção! — proferiu Valentin, sério. — Escute o que lhe digo. Aquilo é muito estranho...

Levantou o copo, deu um grande gole e continuou.

— Nós não sabemos o que exatamente aconteceu com os pobres moradores de Harmont no momento da Visitação. Mas eis que um deles decidiu emigrar. Um cidadão qualquer. Um cabeleireiro, filho e neto de cabeleireiros. Ele chega, digamos, a Detroit. Abre um salão, e aí começa uma loucura diabólica. Mais de noventa por cento de sua clientela morre no decorrer do ano: sofrem acidentes de carro, caem de janelas, morrem em assaltos e brigas, afogam-se em lugares rasos etc. E não só isso. As mortes por incidentes domésticos começaram a crescer exponencialmente na cidade de Detroit, o número de explosões em postos de gasolina dobrou, aumentou brutalmente a mortalidade nas epidemias de gripe, quase quadruplicou a frequência de acidentes de trânsito. E, como se isso tudo não bastasse, subiu o número de catástrofes naturais na própria cidade e em suas redondezas. Sabe Deus de onde surgem os tornados e os furacões, que não se viam por lá desde mil novecentos e bolinha. Então os céus desabam, produzindo um dilúvio no lago Ontário ou Michigan, ou sei lá em qual deles fica Detroit... E assim por diante. E essas calamidades começam a ocorrer em qualquer cidade ou povoado onde se estabelece um imigrante das áreas da Visitação, e a quantidade delas é diretamente proporcional ao número de imigrantes que foram para o local... E repare, apenas os imigrantes que presenciaram a Visitação provocam tais alterações, os que nasceram depois não influenciam a estatística das ocorrências. Por exemplo, o senhor vive em Harmont há dez anos, mas veio para cá após a Visitação, então podemos, sem a menor preocupação, deixá-lo se mudar até para o Vaticano. Como se explica isso? O que temos que desconsiderar: a estatística ou o bom senso? — Valentin agarrou o copo e engoliu o resto da bebida de uma vez.

Noonan coçou a nuca com ar de dúvida.

— Pois é — disse ele após breve silêncio. — De fato, já ouvi falar dessas coisas, mas, para ser sincero, sempre achei tudo um pouco exagerado... É que precisaram de um pretexto para impedir a emigração.

— Que pretexto mais delirante é esse? Quem iria acreditar numa coisa dessas? Poderiam inventar algo bem melhor, uma epidemia, por exemplo. Ou o perigo de vazamento de informação. Sei lá!

— Eu entendo sua preocupação — disse Noonan. — Realmente, do ponto de vista de nossa poderosa ciência positivista...

— Ou então veja o efeito de mutações genéticas da Zona — Valentin o interrompeu. Tirou os óculos e fitou Noonan com seus míopes olhos pretos. — Todos os indivíduos que mantêm um longo contato com a Zona sofrem alterações tanto fenotípicas como genotípicas. O senhor sabe que tipo de filhos têm os stalkers, e também sabe que o mesmo acontece com os próprios stalkers. Por quê? Onde está o fator mutagênico? Não há nenhuma radiação na Zona. A estrutura do ar e do solo tem suas peculiaridades, mas não representa nenhum perigo de mutação. O que tenho que fazer nessas condições? Acreditar em bruxaria? Em mau-olhado? Escute, Richard, vamos pedir mais uma dose? A conversa me animou, dane-se...

Noonan, sorrindo, chamou a garçonete e pediu um conhaque para Valentin e uma cerveja para si. Em seguida disse:

— Como eu já disse, compadeço-me de sua preocupação, mas francamente, para mim, os mortos revigorados mexem muito mais com a cabeça do que os dados da estatística. Especialmente porque nunca vi aqueles cálculos, mas já vi muitos cadáveres vivos e senti demais seu cheiro horrendo...

Valentin abanou a mão num gesto de desgosto.

— Ah, esses seus defuntos ambulantes... — disse meio irritado. — Ouça, Richard, o senhor não tem vergonha? Pois é um homem instruído, fez faculdade... Será que não compreende que, do ponto de vista dos princípios fundamentais, esses seus mortos-vivos não são nem um pouco mais surpreendentes que os acumuladores eternos? A única diferença é que as etacas derrubam a primeira lei da termodinâmica, e os cadáveres, a segunda, só isso. Mas todos nós, no fundo, somos homens das cavernas, não conseguimos imaginar nada mais aterrorizante do que um fantasma ou um vampiro. Entretanto, a violação do princípio da causalidade é uma coisa muito mais assustadora do que um exército inteiro de fantasmas... E todos os monstros do Rubinstein... Ou do Wallenstein?

— Frankenstein — corrigiu-o Noonan.

— É claro, Frankenstein. Madame Shelley. A esposa do poeta... Ou sua filha... — De repente ele começou a rir. — Aliás, seus defuntos têm uma característica muito curiosa: a viabilidade autônoma. Pode cortar a perna deles e continuarão andando... Não andando, é claro, mas vivendo. Separadamente. Sem nenhuma infusão artificial. Há alguns dias trouxeram um morto desses para o Instituto. Ele não tinha parentes. Então fizeram uma autópsia... Quem me contou foi o auxiliar do professor Boid. Então, cortaram-lhe a mão direita para uma finalidade qualquer e, quando chegaram na manhã seguinte, viram a mão fazendo um sinal obsceno! — Valentin caiu na gargalhada. — Já pensou? E aquilo continua até hoje: fecha o punho e estica o dedo, depois fecha de novo! O que o senhor acha que ela quer dizer com isso?

— Acho que o gesto se explica por si só... Valentin, o senhor não acha que já é um pouco tarde e que temos que ir para casa? – disse Noonan olhando para o relógio. – Eu ainda tenho um compromisso na cidade.

– Vamos, sim – concordou Valentin, animado, tentando enfiar o rosto na moldura dos óculos que balançavam em sua mão direita. – Puxa vida, Richard, você me embebedou... – Pegou os óculos com as duas mãos e cuidadosamente depositou-os no nariz. – Está de carro?

– Sim, estou. Vou levar o senhor para casa.

Após pagar a conta, os dois dirigiram-se para a saída. Valentin andava ainda mais reto do que usualmente e não parava de prestar continência com dois dedos, cumprimentando assim os conhecidos funcionários do Instituto, que observavam atônitos e curiosos a marcha do astro mundial da física. Chegando à porta e cumprimentando o velho segurança, que imediatamente desabrochou um sorriso, Valentin sem querer derrubou os óculos, e os três correram para pegá-los.

– Puxa, Richard... – repetia Valentin, ajustando-se no banco do Peugeot. – Como pôde me embebedar tanto? É impiedoso... Tenho um experimento amanhã. Aliás, é uma coisa bem curiosa...

Começou a contar sobre o teste do dia seguinte, interrompendo-se a cada dois minutos para contar uma anedota e repetindo sem parar: "puxa vida, ele me deixou bêbado!". Noonan levou-o para a Cidade Universitária e cortou decididamente o repentino desejo do laureado de repetir a dose. "Que teste, que nada!", afirmava Valentin. "Sabe o que vou fazer com seu teste? Vou adiá-lo, é isso que vou fazer!"

Chegando ao acampamento de professores, Noonan finalmente entregou o inconformado dr. Pillman aos braços da esposa, que, ao vê-lo, entrou em um estado de divertida revolta.

– Co-convidados? – gritava Valentin. – Quem? Ah, o professor Boid? Excelente! Vamos beber uma com ele, tragam as taças, não, melhor os copos, diabos que me levem... Richard! Cadê o Richard?!

Mas Noonan já descia a escada, pulando degraus. Pois eles também sentem medo, pensava ele, acomodando-se no banco de seu Peugeot. Estão apavorados, seus CDFs de cabeça grande... E devem sentir, sim. Devem ficar ainda mais aterrorizados do que todos nós, cidadãos comuns, juntos. Pois a gente não entende nada, já eles pelo menos entendem até que ponto não entendem. Olham naquele abismo sem fim e sabem que têm inevitavelmente que descer até lá. O coração disparando, mas precisam descer. E o que encontrarão lá no fundo e, o mais importante, será que voltarão de lá? E nós, meros mortais, desviando os olhos, por assim dizer. Mas talvez seja assim mesmo que deva ser. Tudo seguindo seu rumo, e a gente se adaptando aos poucos. Ele estava certo quando disse que a maior proeza da humanidade foi sobreviver e pretender continuar sobrevivendo... Mas, que diabos os carreguem, seus alienígenas nojentos, não poderiam fazer seu piquenique em outro lugar? Na Lua, por exemplo. Ou em Marte... Não, vocês todos são a mesma porcaria, apesar de saberem comprimir o espaço. Um piquenique, droga. Que bela ideia foi essa!...

Falando do piquenique, continuou racionando Noonan, dirigindo cautelosamente pelas ruas da cidade, bem iluminadas e molhadas após a recente chuva. Como farei para melhor me virar com meus piqueniques? Como abordar essa coisa com mais jeito? Talvez pelo princípio do mínimo esforço, como na mecânica. Para que, afinal, tenho meu diploma de engenheiro, se não consigo sequer elaborar uma boa estratégia de como pegar aquele canalha aleijado?

Parou o carro na frente do prédio onde morava Redrick Schuhart e demorou-se sentado ao volante, pensando na melhor maneira de conduzir a conversa. Em seguida, tirou a etaca do adaptador e saiu do carro. Só então percebeu como o prédio parecia desabitado e sombrio. Praticamente todas as janelas estavam escuras, não havia ninguém no parquinho, e até os postes de luz estavam apagados. Aquilo lhe lembrou o que ele estava prestes a encontrar, e arrepios involuntários percorreram sua pele. Teve até a ideia de ligar para Redrick e chamá-lo para conversar no carro ou em algum pacato boteco nas redondezas, mas logo afugentou esse pensamento. Havia muitos motivos para tal atitude, e ele disse para si mesmo o principal: "Não vou me igualar a todos aqueles miseráveis covardes que fugiram daqui como baratas escaldadas com água fervente!".

Entrou no saguão do prédio e sem pressa subiu pela escada que há muito precisava de faxina. O silêncio de um lugar desabitado reinava ao redor, muitas portas de apartamentos estavam entreabertas ou até escancaradas. Dos corredores escuros exalava um cheiro mofado de umidade e poeira. Parou na frente da porta do apartamento de Redrick, alisou os cabelos para trás das orelhas, respirou fundo e apertou a campainha. Após alguns segundos de silêncio, os tacos rangeram, um baixo clique soou da fechadura, e a porta se abriu. Ele não ouviu nenhum som de passos.

No vão da porta estava a Monstrinho, a filha de Redrick Schuhart. A luz que saía da antessala o cegou, e por um instante ele enxergou apenas a silhueta da menina, reparando em como ela havia esticado nos últimos meses; mas, logo que Noonan viu o rosto dela, ela recuou apartamento adentro. Sua garganta secou na hora.

— Olá, Maria — disse, procurando fazer a voz mais doce possível. — Como vai, Monstrinho?

Ela não respondeu, continuando a recuar sem produzir nenhum barulho e observando-o por baixo das sobrancelhas. Pelo visto, ela não o reconheceu. Para falar a verdade, nem ele a reconhecia. Zona, pensou ele. Que droga...

— Quem é? — perguntou Guta, olhando da cozinha. — Meu Deus, Dick! Por onde o senhor andou? Sabia que Redrick voltou?

Ela foi apressada ao encontro dele, esfregando as mãos na toalha pendurada no ombro. Linda como sempre, pensou Noonan, forte, enérgica, só que parecia que algo a sugava por dentro, o rosto cansado, os olhos meio... febris.

Noonan a cumprimentou com um beijo na bochecha, entregando-lhe o sobretudo e o chapéu.

— Ouvimos boatos, sim. É que não consegui achar tempo para dar um pulinho. Ele está?

— Ah, sim — respondeu Guta. — Está na sala, tem uma visita... Mas devem terminar logo, faz tempo que estão ali. Entre, por favor...

Noonan avançou pelo corredor e parou na soleira da sala. À mesa estava sentado um velho. Sozinho. Imóvel e ligeiramente inclinado para o lado. A luz rosada do abajur caía sobre seu largo rosto escuro, que parecia um molde de carvalho envelhecido, a boca banguela, olhos parados e sem brilho. Noonan imediatamente sentiu o cheiro. Sabia que era uma peça de sua imaginação, pois o cheiro só existia nos primeiros dias, depois disso desaparecia por completo, mas Richard o sentiu na memória, um pesado e abafado cheiro de terra crua.

— Se quiser, podemos ficar na cozinha — disse Guta, falando rápido. — Estou fazendo a janta, aproveitaremos para conversar à vontade.

— Claro, sem problema — respondeu Noonan, disposto. — Há quanto tempo!... Por acaso ainda se lembra do que gosto de beber antes do jantar?

Passaram para a cozinha. Guta foi direto à geladeira, enquanto Dick acomodava-se à mesa e olhava ao redor. A cozinha, como sempre, estava limpa, aconchegante e bem arrumada; os fios de vapor subiam sobre as panelas e a frigideira em cima do fogão. Noonan reparou que o fogão era novo, semiautomático, o que sugeria que não faltava dinheiro em casa.

— E como ele está? — perguntou.

— Ah, é o mesmo de sempre — respondeu Guta, sorrindo. — Emagreceu na prisão, mas já criou uma barriga de comida caseira.

— Continua ruivo? — brincou Noonan.

— Pois é.

— E bravo?

— Nem me fale, só a cova o mudaria.

Guta colocou na frente dele um copo com *bloody mary*. A camada transparente de vodca russa parecia flutuar no copo, acima do suco de tomate.

— Exagerei na dose? — perguntou insegura.

— Está na medida certa. — Noonan prendeu a respiração e despejou a mistura para dentro de uma só vez. Aquilo era bom. Lembrou-se do fato de que era a primeira coisa consistente que bebia ao longo do dia. — Agora, sim — aprovou. — Agora dá para viver.

— Como vão as coisas? — perguntou Guta. — Por que o senhor demorou tanto para nos visitar?

— São os malditos negócios — desculpou-se Richard. — Toda semana pensava em vir ou pelo menos ligar, mas primeiro precisei ir para Rexópolis, depois me envolvi em um escândalo... Aí me disseram que Redrick voltou, então pensei: por que atrapalhar? Em outras palavras, uma correria danada. Sabe, Guta, às vezes me pergunto por que corremos atrás de dinheiro se não temos tempo para gastá-lo?

Guta tilintou a tampa de uma panela, depois pegou na prateleira seu maço de cigarros e sentou-se em frente a

Noonan, olhando para baixo. Ele se apressou a acender o isqueiro para ela e novamente, pela segunda vez na vida, viu os dedos dela tremendo, como naquela vez em que Redrick acabara de ser julgado, e Noonan foi até ela para lhe oferecer dinheiro. Nos primeiros meses após a sentença, Guta passava por muito aperto, e nenhum miserável do prédio lhe emprestava dinheiro. Logo depois, o dinheiro apareceu em casa, e, pelo jeito, não foi pouco. Noonan fazia ideia de onde ele tinha vindo, mas continuava a visitá-la, trazendo brinquedos e doces para Monstrinho, e passava horas tomando chá com Guta e planejando a futura vida abastada de Redrick. E depois, sensibilizado por suas histórias, ia até os vizinhos na tentativa de apaziguá-los de alguma forma, explicando e tentando convencê-los e, finalmente, completamente revoltado, ameaçando-os: "Lembrem-se, o Ruivo vai voltar e encher vocês de pancada"... Nada ajudou...

— E como vai sua namorada? — perguntou Guta.

— Qual delas?

— Aquela com a qual o senhor veio da outra vez... A loirinha...

— Ah, não era namorada, era minha secretária. Ela se casou e foi embora.

— O senhor precisa se casar, Dick — disse Guta. — Quer que eu lhe ache uma noiva?

Noonan queria retrucar como sempre: "Deixe a Monstrinho crescer, aí então...". Mas se conteve a tempo, pois já não soaria apropriado.

— Preciso de uma secretária, e não de uma esposa — resmungou. — Escute, Guta, largue seu diabo ruivo e venha trabalhar para mim. Você era uma secretária excepcional, o velho Harris a menciona até hoje.

— É claro que ele se lembra de mim! — respondeu Guta. — Quase desloquei o pulso de tanto bater nele.

– Sério? – Noonan fingiu surpresa. – Ora, ora, o velho Harris!

– Nossa Senhora! – continuou Guta. – Ele não me deixava dar um passo! Eu morria de medo de o Red descobrir um dia.

A Monstrinho surgiu sem nenhum ruído na porta da cozinha, passou olhando para as panelas e depois para Richard, aproximou-se da mãe e encostou-se nela, virando o rosto.

– E aí, Monstrinho – começou Noonan animadamente. – Quer um chocolate?

Ele enfiou a mão no bolso, tirou um saquinho transparente com um carrinho de chocolate dentro e esticou-o para a menina. Ela não se moveu. Guta pegou o chocolate da mão dele e o pôs em cima da mesa. De repente, seus lábios embranqueceram.

– Então, Guta – continuou Noonan, fingindo que nada havia acontecido –, sabia que estou pensando em me mudar? Cansei de viver no hotel, e ainda por cima ele fica longe do Instituto...

– Ela já não entende quase nada – pronunciou Guta em voz baixa.

Noonan parou na metade da frase, agarrou o copo e começou compulsivamente a girá-lo na mão.

– O senhor não pergunta da nossa vida – continuou Guta –, e faz bem. Só que o senhor é um velho amigo, Dick, e não há por que esconder do senhor. E nem tem como!

– Vocês já foram ao médico? – perguntou Noonan, encarando o copo vazio.

– Eles não podem fazer nada. Um deles disse que...

Ela se calou. Noonan também ficou em silêncio. Não havia o que falar, e eles nem tinham vontade de pensar naquilo. E, de repente, um pensamento aterrorizante atravessou seu cérebro como um raio: aquilo era uma invasão. Não é nenhum piquenique à beira da estrada ou convite ao contato. Uma invasão! Eles não conseguem nos mudar, então invadem os corpos de nossos filhos e os alteram conforme seus padrões. Ficou arrepiado e imediatamente se lembrou de já ter lido algo parecido, um livro de bolso com capa colorida. Aquela recordação trouxe alívio. Podia-se inventar qualquer coisa. Porém, algo assim não acontece na vida real...

— Um deles disse que ela não é mais humana – proferiu Guta após uma pausa.

— Besteira – disse Noonan em voz abafada. – Vocês precisam de um especialista de verdade. Vejam o James Catterfield. Quer que eu fale com ele? Arranjo-lhes uma consulta...

— Está falando do Açougueiro? – Guta deu uma risadinha nervosa. – Não precisa, Dick, obrigada. Foi ele que disse isso. Pelo jeito, é o destino...

Noonan tomou coragem e levantou os olhos. A Monstrinho já tinha sumido, e Guta estava sentada imóvel, a boca entreaberta, os olhos vazios, fixados no nada. O cigarro em seus dedos criou um longo toquinho de cinzas. Então ele empurrou o copo pela mesa na direção dela e disse:

— Prepare mais uma dose para mim, minha cara... E outra para você. Vamos beber.

Ela derrubou as cinzas, procurou com os olhos algo para apagar a bituca e então a jogou para dentro da pia.

— Por quê? – Ela não se dirigia a ninguém. – Isso que não entendo! O que nós fizemos de errado? Não somos a pior gente da cidade...

Richard pensou que ela desataria em lágrimas, mas Guta não chorou. Abriu a geladeira, pegou a vodca e o suco de tomate, depois sacou da prateleira um copo para si.

— Mas, mesmo assim, tente não desanimar — começou Noonan. — Não existe no mundo nada que não possa ser corrigido. Acredite em mim, Guta, tenho muito contatos, vou acionar tudo o que for possível...

Naquele momento, ele mesmo acreditava no que dizia e até começou a selecionar mentalmente nomes, clínicas e cidades, e já lhe parecia que tinha ouvido algo sobre casos semelhantes que deram sucesso, precisava apenas se lembrar de onde foi e quem era o médico... Então lembrou-se do sr. Lemkhen e do verdadeiro objetivo de sua amizade com Guta... Não quis mais pensar em nada, afastou os pensamentos concretos, procurou relaxar e aguardar sua bebida.

Logo ouviu passos de pantufas sendo arrastadas, uma batucada de madeira no chão e a voz fanhosa e enjoativa, especialmente naquele momento, do Abutre:

— Olha só, Ruivo, a sua patroa tem uma visita, você tá vacilando, trouxa! Se fosse eu, não deixaria isso sem resposta...

E a voz de Redrick respondendo:

— Cuide das próteses, Abutre, e feche a matraca. A porta tá aí, não se esqueça de se mandar! Agora vou jantar.

— Puxa vida, eu só queria levantar os ânimos por aqui!

— Você já me animou bastante por hoje. Vá embora logo, não enrole!

Ouviu-se o barulho da porta, e as vozes começaram a soar mais baixo; pelo visto os dois tinham saído para a área comum. Barbridge disse algo baixinho, e Redrick respondeu: "Tá, tá, já falou!". De novo soou o resmungo de Barbridge e a voz de Redrick cortando abruptamente: "Eu já disse, chega!". A porta bateu, passos apressados percorreram o corredor, e na porta da cozinha surgiu Redrick Schuhart. Noonan levantou-se em seu encontro, e os dois deram um forte aperto de mãos.

— Sabia que era você — disse Redrick, observando Richard com seus olhos verdes e impacientes. — Ganhou uns quilinhos, sua baleia! Tá criando a barriguinha da prosperidade com seus clubes noturnos? Legal! — Ele olhou para os copos. — Parece que vocês estão se divertindo aqui! Guta, minha velha, prepare uma para mim também, preciso alcançar vocês...

— A gente nem começou ainda — disse Noonan. — E depois, até parece que dá para ganhar de você!

Redrick deu uma risada cortante e cutucou Noonan no ombro com o punho.

— Então vamos ver quem ganha de quem! Eu, meu amigo, fiquei dois anos sóbrio, então tenho que tomar um barril para te alcançar... Vamos para a sala, por que é que estamos na cozinha?! Guta, traz a janta...

Ele enfiou a cabeça na geladeira e de novo ergueu-se com duas garrafas nas mãos, cada uma com uma etiqueta diferente.

— Vamos festejar! — anunciou animadamente. — Em homenagem ao melhor homem, Richard Noonan, que não larga amigos na desgraça, mesmo não tirando qualquer proveito disso! Pena que o Graxa não esteja aqui...

— Por que não liga para ele? — sugeriu Noonan.

Redrick balançou a cabeça.

— Ainda não puxaram uma linha telefônica para o lugar onde ele está agora. Vamos, vamos andando!...

Ele entrou primeiro na sala e bateu as garrafas na mesa.

— Vamos festejar, pai! — dirigiu-se ao velho, que estava imóvel. — Este é Richard Noonan, nosso amigo! Dick, este é meu pai, sr. Schuhart...

Noonan, contraindo-se por dentro, esticou os lábios num largo sorriso, abanou com a mão e disse ao cadáver:

— Muito prazer, sr. Schuhart. Como vai o senhor?... A gente já se conhece, não é, Red? — dirigiu-se a Schuhart Junior, que mexia nas garrafas. — Foi de passagem, na verdade...

— Sente-se — Redrick apontou para a cadeira à frente do velho. — Se quer falar com ele, fale alto. Ele é surdo feito uma porta.

Redrick pôs os copos na mesa, abriu habilmente ambas as garrafas e esticou-as para Noonan:

— Sirva a todos. Para o pai só um dedinho...

Richard começou a encher calmamente os copos. O velho permanecia na mesma posição, olhando fixamente para a frente. Não reagiu quando Noonan colocou o copo na frente dele. Richard, porém, já havia se adaptado à nova situação. Aquilo era um jogo assustador e covarde, orquestrado por Redrick. E Noonan entrou nesse jogo como sempre entrava nos jogos dos outros: medonhos, covardes, vergonhosos, selvagens e muito mais perigosos do que aquele.

Redrick levantou o copo:

— Então, vamos lá, pessoal?

Noonan, fingindo naturalidade, olhou para o velho, que permanecia imóvel. Redrick, impaciente, brindou no copo de Noonan, dizendo:

— Vamos lá, não se preocupe com o velho, ele nos alcançará.

Noonan acenou com a cabeça do modo mais natural possível e bebeu.

Redrick virou o copo e gemeu de prazer. Com os olhos brilhando, começou a falar do mesmo jeito empolgado e meio artificial:

— Acabou, meu irmão! Nada mais de prisão para mim. Se você soubesse, Dick, como é bom estar em casa! Estou namorando um sobradinho agora, com jardim e tudo, igual ao do Abutre... Sabe, pensei em emigrar, decidi ainda na prisão. Para que diabos eu continuaria nessa cidadezinha sarnenta? Pro inferno, pensei! Mas quando saí, ora, tinha novidade: proibiram a emigração! Por quê? Será que ficamos contagiosos nesses dois anos?...

Ele não parava de falar, e Noonan acenava com a cabeça, bebericava seu uísque, soltava lamentações, praguejava, fazia perguntas retóricas. Depois começou a perguntar do sobrado, de que tipo era, onde ficava e qual seria o valor. Ele e Redrick entraram numa discussão calorosa, pois Noonan afirmava que o preço era injusto, e o lugar, muito fora de mão. Tirou até a caderneta, nomeando os endereços dos grandes sobrados abandonados que conseguiria por uma pechincha e cuja reforma também sairia bem mais em conta, especialmente se solicitasse a recompensa pela recusa do pedido de emigração.

— Vejo que você se meteu no mercado imobiliário também? — Redrick sorriu.

— Faço de tudo um pouco — retrucou Noonan, piscando para ele.

— Sei, já ouvi falar de seus negócios no mundo dos bordéis!

Noonan arregalou os olhos e encostou o dedo indicador nos lábios, acenando com a cabeça na direção da cozinha.

— Ah, por favor! Todos já sabem — disse Redrick. — Dinheiro não tem cheiro. Agora eu mesmo sei disso... Mas o Marreta como gerente? Não poderia fazer escolha pior. Eu ri tanto quando soube: deixou a raposa cuidar do galinheiro... Ele é um tarado, sabia? Conheço desde pequeno!

De repente, o velho se mexeu. Como se fosse o movimento mecânico de um boneco grande, ele levantou a mão, até então depositada no joelho, e com uma batida surda derrubou-a em cima da mesa ao lado do copo. A mão era escura e meio azulada, e os dedos contorcidos faziam-na parecer um pé de galinha. Redrick se calou e olhou para o pai. Algo em seu rosto mudou e Noonan, com grande surpresa, enxergou naquela astuta fisionomia sardenta uma expressão do mais puro e verdadeiro amor e carinho.

— É isso aí, pai, beba — disse ele, carinhoso. — Um pouquinho pode, à vontade... Não tem problema... — E dirigindo-se a Noonan complementou, piscando com ar conspirador: — Fique sossegado, ele vai dar um jeito naquele copinho, numa boa...

Olhando para ele, Noonan lembrou-se de como os assistentes do laboratório do professor Boid vieram à casa de Schuhart para buscar aquele cadáver. Eram dois rapazes fortes e atléticos, especialmente preparados. E junto vieram ainda um médico do hospital municipal e dois enfermeiros, homens grandes e rudes acostumados a carregar macas e a apaziguar surtados. Depois um dos assistentes contaria que "aquele ruivo" inicialmente não tinha suspeitado de nada, deixou-os entrar e dar uma vistoria no pai e, pelo visto, deixaria que recolhessem o velho, pois achava que o estavam levando ao hospital para um check-up. Mas os imbecis da enfermagem, que durante toda a negociação permaneceram na antessala observando Guta lavar janelas na cozinha, quando foram chamados agarraram o velho como um tronco, começaram a arrastá-lo e deixaram-no cair no corredor. Redrick enfureceu-se, então o médico do hospital se intrometeu e começou a explicar-lhe, em detalhes, aonde e para que exatamente eles estavam levando seu pai. Red escutou por uns dois minutos e de repente, sem qualquer aviso, explodiu feito uma bomba de hidrogênio. O rapaz que contou a história disse que mal se lembrava de como acabou parando na rua. O diabo ruivo fez os cinco descerem pela escada, de tal maneira que nenhum conseguiu sair por si mesmo, com os próprios pés. Todos eles — conforme as palavras do assistente – voaram do saguão para a rua como balas de canhão. Dois deles permaneceram deitados inconscientes na calçada, e Redrick perseguiu os três restantes pela rua abaixo, por quatro quarteirões. Depois voltou e quebrou todas as janelas do furgão fúnebre do Instituto, mas o motorista já não estava lá, havia fugido na direção oposta da rua.

– ... Um dia desses me mostraram um coquetel – contava Redrick enquanto isso, completando copos com uísque. – Chama-se caldo-da-bruxa, vou lhe preparar um depois que comermos. É uma coisa, amigo, que não se pode tomar com estômago vazio. Risco de vida! As extremidades ficam paralisadas com uma só dose... Prepare-se, Dick, pois vou te embebedar hoje, quer você queira, quer não. E vou encher a cara junto... Lembraremos os bons e velhos tempos do Borjtch... O pobre Erny ainda está preso, sabia? – Ele bebeu, secou a boca com a mão e perguntou descontraidamente: – Falando do caldo, como vão as coisas no Instituto? Ainda não começaram a mexer com caldo-da-bruxa de verdade? Fiquei um pouco por fora da ciência, sabe...

Noonan imediatamente entendeu o porquê de Redrick ter direcionado a conversa para aquele tema. Ele abanou as mãos e disse:

– Que nada, amigo! Você não sabe o que aconteceu? Já ouviu dos laboratórios de Karriganov? Tem uma unidade assim, meio particular... Pois então, eles conseguiram uma porção de caldo...

Contou sobre a catástrofe no laboratório, sobre o escândalo, falou que não conseguiram determinar de onde veio o caldo; Redrick escutava meio distraído, concordando com a cabeça; em seguida, despejou mais uísque nos copos e disse:

– Bem feito, que vão pro inferno mesmo, seus canalhas...

Beberam. Redrick olhou para o pai e novamente algo tremeu em seu rosto. Esticou a mão e empurrou o copo para mais perto da mão contorcida do velho. De repente, os dedos se abriram e se contraíram de novo, agarrando o copo por baixo.

— Assim o negócio andará mais rápido — disse satisfeito. — Guta! — gritou em seguida. — Por quanto tempo ainda vai nos deixar morrer de fome? — E dirigindo-se a Noonan acrescentou: — Está se esforçando por sua causa, quer fazer sua salada favorita, a de mariscos, faz tempo que ela os guarda... E como está o Instituto em geral? Acharam algo novo? Ouvi falar que vocês usam robôs: que trabalham muito, mas produzem pouco...

Noonan começou a falar dos negócios do Instituto, e enquanto falava, a Monstrinho apareceu, sempre silenciosa, parou ao lado do velho, colocando as patinhas peludas em cima da mesa e, em um repentino movimento puramente infantil, inclinou-se para o cadáver, pousando a cabeça em seu ombro. Noonan continuava a tagarelar, observando aqueles dois monstruosos produtos da Zona e pensando consigo mesmo: "Meu Deus do Céu, o que mais deve acontecer para que finalmente abramos os olhos! Será que isso aqui não é suficiente?". Ele sabia que não era. Sabia também que bilhões não estavam a par da situação e nem queriam estar e que, se um dia ficassem sabendo, iriam se apavorar por dez minutos e logo voltariam para as suas rotinas. Vou encher a cara, decidiu com raiva. Que se dane o Barbridge e o Lemkhen... E esta família amaldiçoada por Deus... Pro inferno!

— Por que os está encarando? — perguntou Redrick em voz baixa. — Não se preocupe, não faz mal para ela. Pelo contrário, dizem que eles irradiam saúde.

— Eu sei — respondeu Noonan e virou o copo.

Entrou Guta. Com voz atarefada ordenou a Redrick que distribuísse os pratos e colocou no centro da mesa um grande prato com a salada preferida de Noonan. O velho estremeceu, como se alguém, apressado, tivesse puxado seus cordões, levantou a mão e, num brusco movimento, jogou o conteúdo do copo para dentro da boca aberta.

— Agora, amigos, estamos oficialmente em farra! — disse Redrick com ar de admiração.

4

Redrick Schuhart, 31 anos.

O vale esfriou durante a noite, e o ar ficou gelado. Caminhavam pelo aterro da antiga ferrovia, pisando nos dormentes apodrecidos entre os trilhos enferrujados. Redrick observava as gotas de orvalho que brilhavam na jaqueta de couro de Arthur Barbridge. O rapaz andava na frente, leve e animado, sem demonstrar qualquer cansaço depois de uma noite tumultuada, após uma extrema tensão nervosa que ainda ecoava em cada músculo do corpo, e após duas terríveis horas no topo da colina desmatada, que os dois passaram num semissono sofrido, encostando-se para preservar o calor, esperando a onda de muco-verde contornar o montinho e desabar no barranco.

Um forte nevoeiro estendia-se dos dois lados do aterro. De vez em quando, ele avançava seus detritos cinzentos e pesados por sobre os trilhos, e então eles tinham que andar afundados até os joelhos naquela bruma ondulante. O cheiro de ferrugem molhada misturava-se no ar com o fedor podre que saía do brejo à direita. Não se enxergava nada ao redor além do nevoeiro, mas Redrick sabia que a ferrovia era ladeada por uma planície montanhosa com terrenos pedregosos e que mais à frente começava a serra, agora oculta pela escuridão. Também sabia que, quando o sol nascesse e o nevoeiro se dissolvesse em orvalho, ele deveria ver à direita a carcaça do helicóptero caído e em frente um comboio de vagonetas. E então, a coisa começaria a ficar séria.

Redrick, sem diminuir o passo, enfiou a palma da mão entre as costas e a mochila e empurrou-a para cima, para que o galão de hélio não arranhasse a coluna. É pesado à beça, pensou. Como vou me arrastar com ele em cima? Um quilômetro e meio agachado... Bem, stalker, pare de choramingar, você sabia muito bem como seria. Quinhentos mil estão te aguardando na volta, então aguenta, irmão. Meio milhão, puxa, não é uma delícia? Pois nem a pau eu vou vender por menos de quinhentos mil! Trinta para o Abutre, já é muito. Quanto ao Júnior... Nada para ele. Pois se aquele velho safado disse só uma meia verdade, então o moleque já está pago...

Olhou novamente para as costas de Arthur e por algum tempo observou, com olhos semicerrados, como o rapaz andava despreocupado, atravessando dois dormentes de uma vez. Alto, ombros largos, cintura fina, cabelos pretos e cheios de brilho, como os da irmã, pulando ao acompanhar o ritmo dos passos. Foi ele que pediu, pensou Redrick, sombrio. O próprio. Por que é que implorara tão desesperadamente? Tremia de corpo inteiro, olhos cheios de lágrimas: "Por favor, sr. Schuhart, leve-me junto! Várias pessoas me ofereceram, mas só quero ir com o senhor, os outros não valem nada! Meu pai... Mas ele não pode ir mais!". Redrick esforçou-se para cortar a lembrança. Era desagradável, e provavelmente por causa disso ele pensou na irmã de Arthur, em como ele dormia com ela, tanto bêbado, como sóbrio, e na decepção que aquilo virava toda vez. Era mesmo inacreditável: um mulherão daqueles, você pensa em passar um século na cama com ela, e ela se revela insossa, uma enganação, uma boneca inanimada em um corpo de mulher. Igual aos botões da blusa da mãe, dos quais ele se recordava; eram de um amarelo vivo, iluminados por dentro, como âmbar. Pareciam tão deliciosos e cheios de sabor que ele tinha vontade de pôr na boca e chupar, aguardando um sabor igualmente esplêndido. E ele os agarrava com os dentes e toda vez se decepcionava profundamente, mas se esquecia de sua decepção, não exatamente se esquecia, ele na verdade se recusava a acreditar na própria memória quando os via de novo.

E se o pai tivesse mandado o filho atrás de mim?, Redrick continuava a divagar, olhando para as costas de Arthur. Basta ver o revólver no bolso de trás dele... Não, não pode ser. O Abutre me conhece, sabe que não sou de brincadeira. E também sabe como fico na Zona. Não, é besteira isso. Não foi o primeiro que me pediu e que chorou, houve até os que caíram de joelhos... Quanto à arma, todos eles levam na primeira vez. Na primeira, que será a última. Pois é, será sim, rapaz! É isso que está acontecendo aqui, Abutre. Se você apenas soubesse o que seu amado filhote que implorou pela Zona estava planejando, você teria lhe dado uma bela surra com suas muletas... De repente, ele sentiu que havia alguma coisa na frente, não muito longe, uns trinta ou quarenta metros.

— Pare — disse para Arthur.

Ele parou, obedientemente. Sua reação era boa, tanto que ele até congelou, com a perna ainda no ar, e em seguida, bem devagar, colocou-a no chão. Redrick aproximou-se dele. Os trilhos ali desciam e se escondiam completamente no nevoeiro. E lá embaixo havia algo. Algo grande e imóvel. Porém, inofensivo. Redrick, com cuidado, puxou o ar pelo nariz. Sim, não havia perigo.

— Vá em frente — disse baixo e, após esperar Arthur dar o primeiro passo, seguiu-o.

No canto dos olhos, ele viu o rosto de Arthur, seu perfil talhado, a pele da bochecha, limpa, e os lábios cerrados, com um fino bigode em cima.

Desciam para o nevoeiro. Primeiro até a cintura, depois até o pescoço, e em alguns segundos à frente, surgiram os contornos da vagoneta.

– Chegamos – disse Redrick, procurando tirar a mochila dos ombros. – Sente-se, aí mesmo onde está. Faremos uma parada.

Arthur o ajudou com a carga e depois sentou ao seu lado nos trilhos enferrujados. Redrick abriu um dos compartimentos da mochila e tirou uma garrafa térmica com café e um pacote de sanduíches. Enquanto Arthur desembrulhava a comida, acomodando os sanduíches em cima da mochila, Red sacou o cantil do bolso interno, desatarraxou sua tampa e, fechando os olhos, bebeu devagar em goles pequenos.

– Quer um gole? – ofereceu, secando a boca com a mão. – Para ganhar coragem...

– Não será necessário, sr. Schuhart – respondeu Arthur. – Eu gostaria de tomar um pouco de café, se o senhor permitir. Está muito úmido por aqui, não é?

– É, sim – concordou Redrick, escondendo o cantil no bolso, depois pegou um dos sanduíches e começou a mastigar. – Quando o nevoeiro se dissipar, você vai perceber que estamos cercados por brejos. Antigamente aqui era um inferno de tantos pernilongos...

Ele se calou e pegou o café. O café estava quente, forte e doce. Bebê-lo agora era até mais agradável do que o álcool. O cheiro do café lembrava o lar. Cheirava a Guta. E não apenas Guta, mas ela de roupão, recém-acordada e ainda com a marca de travesseiro na bochecha. Não foi bom eu me meter nisso, pensou. Quinhentos mil... E para que diabos eu preciso de quinhentos mil, até parece que vou abrir um negócio. Dinheiro existe para não pensar nele. É isso. O Dick estava certo. Mas eu já não penso muito nele ultimamente.

Para que dinheiro? Já tenho uma bela casa, um jardim, não ficarei sem emprego em Harmont... O Abutre me acendeu, aquele verme nojento, fez minha cabeça como se fosse um novato...

— Sr. Schuhart — disse de repente Arthur, olhando para o lado. — O senhor realmente acredita que aquela coisa pode realizar desejos?

— Besteira! — respondeu Redrick, distraído, e parou com o copo na frente da boca. — E como você sabe atrás de qual coisa nós vamos?

Arthur deu uma risada meio acanhada, enfiou os dedos no cabelo preto, puxou-o e disse:

— É que acabei adivinhando!... Já nem lembro o que é que me deu essa ideia... Mas veja, em primeiro lugar, antes o pai sempre falava da Esfera Dourada e ultimamente parou. E em vez disso começou a frequentar a casa do senhor, e eu sei que vocês não são nada amigos, não importa o quanto ele tente me convencer... Depois, ele começou a ficar meio estranho ultimamente... — Arthur girou a cabeça e sorriu de novo, lembrando algo. — E a última gota foi quando vi vocês dois fazendo o teste deste dirigível aqui... — Ele bateu na mochila, dentro da qual estava a capa do balão dobrado. — Para falar a verdade, eu os segui naquele dia. E, quando vi que estavam pendurando um saco de pedras num balão que sobrevoava o solo com controle remoto, aí é que já não me restou qualquer dúvida. Pois, a meu ver, não há mais nada tão pesado na Zona quanto a Esfera Dourada. — Ele deu uma mordida em seu sanduíche, mastigou e continuou, com ar pensativo: — Só que não entendo como o senhor pretende prendê-la, pois ela deve ser bem lisa...

Redrick olhava para ele por cima de seu copo, pensando sobre como eles eram diferentes, o pai e o filho. Nada em comum. Nem o rosto, nem a alma, nem a voz. Abutre tinha uma voz rouca, obsequiosa, até mesmo ignóbil, mas, quando falava daquilo, era encantador. Não dava para deixar de escutar. "Escute, Ruivo – dissera ele no dia em que entregou o mapa, inclinando-se por cima da mesa –, só sobramos nós dois, com uma perna por cabeça, e ambas são suas. Então, quem seria, se não você? Pois, provavelmente, é a coisa mais valiosa que há na Zona! Quem é que vai ganhá-la, hein? Aqueles colarinhos-brancos do Instituto com seus robôs? Fui eu que a encontrei, fui eu! Compreende? Quantos stalkers perderam a vida pelo caminho, mas eu a achei! Guardei-a para mim e mesmo agora não daria para ninguém, só que, pelo visto, faltam-me forças... Mas é só para você. Pois quantos moleques eu treinei, criei até uma escola para eles. Não adianta. Outro material humano... Vejo que não acredita em mim. Tudo bem, não precisa acreditar. Fique com o dinheiro, me dê o quanto achar certo. Conheço você, não me sacanearia... Vai que consigo as pernas de volta. Minhas pernas! Foi a Zona que as levou, talvez a própria possa devolvê-las..."

– O quê? – Redrick voltou de seus devaneios.

– Eu perguntei se posso fumar, sr. Schuhart?

– Pode – respondeu Redrick. – Fume à vontade, eu também vou.

Terminou de um só gole o resto do café, pegou um cigarro e pôs-se a amassá-lo, olhando fixamente para o nevoeiro que começava a se dissipar. É completamente louco, o canalha. As pernas de volta!... Imagine! Seu verme miserável...

Todas aquelas conversas deixaram um estranho resíduo no fundo de sua alma, que não se dissolvia com o tempo, pelo contrário, acumulava-se cada vez mais. E foi difícil compreender o que era exatamente, mas aquilo o incomodava, como se ele acabasse se contaminando com algo do Abutre, porém não com algo ruim, e sim por algum tipo de força... Não, não era uma força. O que era então?... Bem — disse para si mesmo — e se eu não tivesse vindo para cá? Se arrumasse a mochila e tudo mais, e de repente alguma coisa acontecesse... Digamos que fosse preso, por exemplo. Aquilo seria ruim? Sem dúvida. Mas por quê? Porque eu perderia dinheiro? Não, não é isso... Porque a mercadoria iria para os Roucos e Ossudos da vida? É, faz algum sentido. Magoa. Mas por que me preocuparia com eles? De qualquer forma, no final eles ganhariam tudo...

— Br-r-r... — Arthur sacudiu os ombros. — Que frio. Até os ossos congelam. Sr. Schuhart, será que o senhor poderia me dar aquele gole?

Redrick, em silêncio, esticou o cantil para ele. Convenhamos, porém, pensou ele, de repente. Eu demorei em concordar. Umas vinte vezes mandei o Abutre passear, mas acabei aceitando na vigésima primeira. Estava muito mal, não aguentava mais. E nossa última conversa foi bem curta e contundente: "Olá, Ruivo, eu trouxe o mapa. Talvez você queira dar uma olhada". Olhei nos olhos dele. Eram como dois cravos inflamados, amarelos, com uma pontinha preta. Então disse: "Me dá". Fim da história. Lembro que estava bêbado naquele dia, já vinha bebendo sem parar havia uma semana. Estava no meu limite... Aí pensei: "Diabos, que diferença faz? Vou, e ponto final! Por que continuo empurrando com a barriga? Estou com medo, será?".

Estremeceu. Um ranger longo e sofrido soou do nevoeiro. Redrick se levantou num pulo, como se tivesse sido atingido por água fervente. E imediatamente Arthur pulou também. Mas tudo já havia se aquietado, só o cascalho fazia barulho, rolando aterro abaixo por baixo dos pés.

— Deve ser o minério que cedeu — sussurrou Arthur sem muita convicção, articulando com dificuldade. — As vagonetas com minério... Há tempo que estão aqui...

Redrick olhava fixamente para a frente sem enxergar nada. Ele lembrou. Era noite. Acordou com o mesmo som, sofrido e longo, com o coração parado, como num pesadelo. Só que não era um pesadelo. Aquilo havia sido a Monstrinho gritando, sentada em sua cama na frente da janela, e do outro lado da casa ecoava, de modo igualmente prolongado e rangente, o velho Schuhart, mas com um barulho gutural. E assim eles continuaram, chamando um ao outro no escuro durante horas e séculos e mais séculos. Guta também acordou e pegou a mão de Redrick, e ele sentiu o suor frio que imediatamente cobriu o ombro dela. Continuaram deitados, silenciosos por séculos e mais séculos, escutando-os, e quando a Monstrinho se calou e voltou a dormir, ele esperou um pouco, depois desceu para a cozinha e bebeu meia garrafa de conhaque de uma vez. Desde aquela noite ele não parou de beber.

— ... o minério — continuava Arthur. — Ele cede com o tempo, sabia? Devido à umidade, à erosão e outras causas naturais...

Redrick olhou em seu rosto empalidecido e voltou a se sentar. Seu cigarro havia desaparecido dos dedos, e ele teve que acender outro. Arthur ainda ficou em pé um tempo, girando a cabeça assustadamente, depois também se sentou e disse em voz baixa:

— Eu sei, dizem que há alguém vivendo na Zona. Algumas pessoas. Não são alienígenas, mas sim humanos. Dizem que a Visitação os pegou aqui, e que eles sofreram mutações e se adaptaram às novas condições. O senhor já ouviu falar disso, sr. Schuhart?

— Sim — respondeu Redrick, sucinto. — Só que não é aqui. É nas montanhas, a noroeste. Devem ser os pastores de gado...

E de repente um pensamento iluminou sua mente como um raio: é isso. Entendi com que ele me contaminou: com sua loucura! Foi por isso que vim para cá. É isso que quero aqui... Uma sensação estranha e nova invadiu seu interior. Ele percebia que, na verdade, ela não era completamente nova, que já existia dentro dele, escondida, e só agora ele a reconheceu, e tudo imediatamente se encaixou e ficou no lugar. E o que antes parecia bobagem, uma loucura delirante de um velho marasmático, tornou-se sua única esperança, o único sentido de sua vida, porque acabara de compreender que a única coisa que havia lhe sobrado no mundo inteiro, a razão de sua vida nos últimos meses, era a espera de um milagre. Ele ingenuamente recusava aquela esperança, sufocava-a, debochava dela, tentava afundá-la em álcool... Porque foi acostumado assim, porque nunca na vida, desde a infância, pôde contar com alguém além de si mesmo. Porque desde a mais tenra idade esse hábito de contar apenas consigo expressava-se na quantidade de dinheiro que conseguia arrancar com unhas e dentes do caos indiferente que o cercava. E assim tinha sido sempre e continuaria sendo se, no fim das contas, ele não terminasse em um buraco tão fundo, do qual nenhum dinheiro poderia resgatá-lo, e no qual contar apenas consigo seria completamente inútil. E agora aquela esperança crescia e já havia se tornado uma convicção, e a certeza do milagre preencheu-o até o último fio de cabelo, e ele até se surpreendia de como tinha podido viver antes numa escuridão tão profunda e tão sem saída... Ele riu e cutucou Arthur no ombro.

— E aí, stalker — disse, sorrindo —, sujou as calças? Vai se acostumando e não esquenta, sua namorada vai lavá-las quando você voltar.

Arthur lançou nele um olhar surpreso e sorriu inseguro. Redrick amassou o papel que embrulhava os sanduíches, lançou-o para baixo da vagoneta e deitou-se, apertando o cotovelo contra a mochila.

— Tudo bem — disse. — Suponhamos que aquela Esfera Dourada realmente exista... O que você pediria a ela?

— Então o senhor acredita naquilo? — perguntou Arthur, ansioso.

— Não importa em que eu acredito ou não acredito. Responda à pergunta.

De repente, sentiu que realmente queria saber o que aquele moleque que tinha acabado de sair da escola poderia pedir à Esfera Dourada. Ele observava com uma animada curiosidade como Arthur franzia o cenho, cutucava o fino bigode, levantava os olhos para Redrick e em seguida os escondia.

— Bem, as pernas para o meu pai, é claro... — disse ele finalmente. — E que tudo esteja bem em casa...

— Mentira — cortou Redrick, benevolente. — Você tem que saber, moleque, que a Esfera Dourada realiza somente os desejos mais íntimos, mais verdadeiros, aqueles que, se não forem realizados, só te resta mesmo se enforcar!

Arthur Barbridge enrubesceu, olhou para Redrick e novamente baixou os olhos. Seu rosto ficou ainda mais corado até que lágrimas surgiram nos olhos.

— Entendi — disse Redrick quase carinhosamente. — Tudo bem, não é da minha conta. Guarde seus segredos para si... — De repente, lembrou-se do revólver, pensando que é preciso conferir tudo o que pode ser conferido enquanto há tempo. — O que é que você tem no bolso de trás? — perguntou disfarçando.

— Um revólver — resmungou Arthur e mordeu o lábio.

— E para quê?

— Para atirar! — respondeu Arthur com ar desafiador.

— Deixa disso — proferiu Redrick rígido e se endireitou. — Me dá esse revólver. Não há em quem atirar na Zona. Passa pra cá.

Arthur ia dizer algo, mas ficou quieto. Enfiou a mão no bolso, sacou um colt do exército e esticou-o para Redrick, segurando pelo cano. Redrick agarrou a arma pela coronha ainda morna, balançou-a na mão e perguntou:

— Tem algum lenço? Deixe-me embrulhá-lo...

Pegou o lenço de Arthur, limpinho e cheirando a água-de-colônia, embrulhou nele o colt e pôs o pacote em cima do trilho.

— Que fique aqui, por enquanto — explicou. — Apanhamos na volta, se Deus quiser. Vai que realmente a gente tenha que enfrentar a patrulha... Se bem que trocar tiros com militares, rapaz...

Arthur sacudiu a cabeça determinado.

— Não é para isso — disse, embaraçado. — Só tem uma bala lá. Para o caso de ser como com o pai...

— Ah, então é isso... — respondeu Redrick lentamente, encarando Arthur. — Bem, com isso você não precisa se preocupar. Pois se for como com o seu pai, eu te arrasto até aqui. Prometo... Olha, já está clareando!

O nevoeiro se dissipava rapidamente. O aterro e os trilhos já estavam livres, e embaixo e ao longe aquela massa leitosa começou também a ceder, derretendo aos poucos, revelando os cumes eriçados e arredondados das colinas. Já dava para enxergar, aqui e ali, a superfície enrugada do brejo, coberto de juncos esparsos e débeis, e no horizonte colinas acenderam em amarelo vivo os topos das montanhas, contrastando com o céu azul e limpo no fundo. Arthur olhou para trás e deu um grito de espanto. Redrick também se virou. No leste, as montanhas pareciam pretas, e por cima delas flutuava flamejante o familiar incêndio esmeralda, a aurora verde da Zona. Redrick se levantou e perguntou, desafivelando o cinto:

— Você não precisa ir ao banheiro? Depois não haverá nem tempo e nem lugar...

Ele foi para trás da vagoneta e agachou-se no aterro, observando como rapidamente se apagava o flamejar verde, substituindo-se pelo cor de rosa. O disco alaranjado do sol subia lentamente por detrás da serra, e as sombras roxas imediatamente estenderam-se das colinas. De repente tudo ficou nítido, definido como num alto-relevo, e logo em frente, a uns duzentos metros, Redrick viu o helicóptero. Pelo visto, ele havia caído bem no centro da careca-de-mosquito, e toda a fuselagem havia sido esmagada, formando uma panqueca de estanho. Só havia sobrado a parte de trás, que se espetava, retorcida, entre as colinas, com a hélice do estabilizador intacta e balançando ao vento com um suave ranger. A careca devia ser muito poderosa, pois nem houve tempo para explodir, e na superfície achatada da cabine ainda se enxergava nitidamente o emblema da Força Aérea Real, que Redrick não via fazia tanto tempo que até se esquecera de como era sua aparência.

Ao terminar, Redrick voltou à mochila, tirou o mapa e o estendeu por cima do minério compactado que preenchia a vagoneta. Do ponto em que estavam, não dava para ver o fim do vale, escondido atrás da colina com uma árvore calcinada no topo. Precisavam contorná-la pela direita, passando entre ela e outra colina que também estava à vista, desmatada e com a encosta coberta de pedregulhos marrons.

Todas as referências coincidiam, mas Redrick não se sentia satisfeito. Seu instinto de stalker experiente protestava categoricamente contra a própria ideia absurda e incongruente de traçar o percurso entre duas saliências próximas. Bem, pensou Redrick, isso nós veremos quando chegarmos ao local. A trilha até as colinas passava por um terreno pantanoso, o lugar era aberto, liso e parecia bastante seguro, mas, ao olhar melhor, Redrick reparou numa mancha cinza-escura localizada entre os tufos secos. Ele conferiu o mapa. O local estava marcado com um X, e as letras rabiscadas ao lado anunciavam: Bagre. A linha vermelha entrecortada continuava à direita da marca. O apelido lhe soava familiar, mas Redrick de jeito nenhum conseguia se lembrar de quem era aquele tal de Bagre, qual seria sua aparência ou de que época era. Por alguma razão inexplicável, veio à mente a imagem do salão esfumaçado do Borjtch, caras bêbadas e selvagens, enormes mãos vermelhas agarrando copos, estrondosas gargalhadas saindo das goelas escancaradas com dentes podres e amarelos. Um rebanho de monstros gigantes e fantasmagóricos reunidos no bebedouro — uma de suas mais fortes lembranças da infância, a primeira visita ao Borjtch. O que ele tinha mesmo levado naquela vez? Parece que tinha sido um oco... Ele se lembrou de como tinha sido quando entrou naquele covil pela primeira vez, diretamente da Zona: todo encharcado, esfomeado, cabeça conturbada, com um saco pesado no ombro... Como havia metido o saco em cima do balcão na frente de Ernest e como depois tinha aguentado, com dentes cerrados e olhar ríspido, todos os deboches e provocações, até que o Ernest, ainda jovem e de gravata-borboleta, finalmente lhe entregou a quantia de notas verdes... Não, ainda não eram verdes, eram as quadradas, imperiais, com a mulher seminua e de capa e coroa... Então pegou o dinheiro, guardou no bolso e, de repente, para sua própria surpresa, apanhou do balcão uma pesada caneca cheia e espatifou-a com toda a força na cara do engraçadinho mais próximo. Redrick sorriu: aquele bem que poderia ser o Bagre.

— Será que se pode andar no meio das colinas, sr. Schuhart? — perguntou baixinho Arthur, bem em cima da orelha de Red. Ele estava parado atrás de Schuhart, olhando também o mapa.

— Lá veremos — concluiu Redrick. Continuava a examinar o mapa. Havia mais dois X nele: um na encosta da colina com a árvore, e outro nos pedregulhos da colina vizinha. Poodle e Quatro-Olhos. Entre os dois, lá embaixo, passava a trilha. – Lá veremos – repetiu Redrick, dobrou o mapa e o enfiou no bolso.

Depois lançou um olhar crítico a Arthur.

– Já foi ao banheiro? – E, sem esperar pela resposta, ordenou: – Ponha a mochila nas costas... Seguiremos o mesmo padrão de antes – disse, sacudindo a mochila e ajeitando as alças. – Você anda o tempo todo na minha frente, atrapalhando meu campo de visão. Não olhe para trás e fique atento. Qualquer ordem minha é lei. Prepare-se para se arrastar por muito tempo e nem pense em evitar a sujeira; quando eu mandar, meta a cara na lama sem discutir... E feche essa sua jaqueta. Pronto?

– Pronto – ecoou Arthur com voz abafada. Estava visivelmente nervoso, e já nem sobrara vestígio da cor rosada que havia em seu rosto.

– O primeiro ponto de orientação é aquele. – Redrick, com um gesto brusco, indicou a colina mais próxima, que estava a uns cem passos do aterro. – Está claro? Andando!

Respirando convulsivamente, Arthur passou por cima do trilho e começou a descer pelo aterro. O cascalho deslizava de seus pés fazendo barulho.

– Devagar, vá com calma – proferiu Redrick. – Não há pressa nenhuma.

Desceu em seguida, regulando de quando em quando a posição da mochila pesada com os músculos das pernas. Nem por um segundo ele perdeu Arthur do campo da visão, observando-o pelo canto dos olhos. – O rapaz está com medo, pensava. E faz bem. Talvez pressinta. Se sua intuição for igual à do pai, então deveria pressentir mesmo... Se você soubesse, Abutre, como a coisa virou. Se pudesse imaginar que desta vez eu estou seguindo sua opinião: "Aqui, Ruivo, não há como você passar sozinho. Queira ou não queira, tem que levar alguém junto. Posso providenciar um dos meus novatos, um que dê conta do recado"... Você me convenceu, Abutre, pela primeira vez na vida eu concordei com um negócio desses. Bem, não nos precipitemos, vamos ver se a coisa dá certo. Não sou o Abutre, afinal. Talvez a gente arranje um jeito de sair dessa...

— Parado! — mandou Redrick.

Arthur parou, afundado até os tornozelos numa poça de água putrefata. Enquanto Redrick descia, o brejo já havia sugado o rapaz até os joelhos.

— Está vendo aquela pedra? — perguntou Redrick. — Ali, aos pés da colina. Vá até ela.

Arthur avançou. Redrick o deixou se afastar uns dez passos e o seguiu. O brejo chapinhava embaixo dos pés e fedia fortemente. Era um pântano morto, sem mosquitos, sem sapos, mesmo os juncos tinham secado e apodrecido. Redrick às vezes olhava ao redor, mas no momento tudo parecia tranquilo. A colina se aproximava lentamente, já havia tampado o sol ainda baixo e logo fecharia toda a parte leste do céu. Ao chegar à pedra, Redrick virou-se e olhou para o aterro. Sob um sol forte dava para ver nitidamente o comboio de uma dúzia de vagonetas, algumas caídas dos vagões e tombadas, com minério jogado fora formando manchas avermelhadas no aterro. Mais à frente, na direção do barranco, ao norte do comboio, o ar sobre os trilhos estava turvo e trêmulo, e, de vez em quando, pequenos arco-íris acendiam e desapareciam dentro dele. Redrick olhou para aquela vibração, cuspiu seco e virou a cabeça.

— É o seguinte — disse a Arthur, que virou para ele seu rosto tenso. — Está vendo aqueles farrapos? Ali não, para lá! Olhe mais à direita...

— Sim — respondeu Arthur.

— Então, aquilo era o tal de Bagre. Já faz algum tempo. Ele não obedecia aos mais velhos e agora está ali para mostrar o caminho para pessoas sábias. Agora mire dois dedos à direita do Bagre... Marcou o ponto? É mais ou menos ali onde os juncos ficam um pouco mais densos... Vá para lá. Marchando!

Agora eles prosseguiam paralelamente ao aterro. A cada passo a água sob os pés diminuía, e logo eles já andavam por cima de tufos secos e fofos. E no mapa havia só pântano por todo lado, refletia Redrick. Está obsoleto. Faz tempo que o velho Barbridge não passa por aqui... Isso não é bom. É claro que andar no seco é mais fácil, mas seria melhor se ainda fosse um brejo... Olhe esta marcha!, pensou, observando o Arthur. Até parece que está passeando pela avenida Principal.

Arthur, pelo visto, tinha se animado e agora andava a todo vapor. Uma mão no bolso, a outra balançando alegremente, acompanhando a marcha. Redrick, então, vasculhou no bolso, escolheu uma porca de uns vinte gramas e, após mirar rapidamente, lançou-a na cabeça do infeliz. A porca acertou Arthur direto na nuca. O moço gemeu, pondo a mão na cabeça e despencando no mato seco. Redrick se aproximou e parou acima dele.

— Pois é — disse com ar de sermão. — Aqui é assim, Artchi. Não é nenhuma avenida, e não saímos para dar um passeio.

Arthur ergueu-se devagar. Seu rosto estava completamente pálido.

— Estou sendo claro? — perguntou Redrick.

Arthur acenou com a cabeça.

— Então, tá bom. Na próxima vez vai levar um soco na cara. Isso se sobreviver até lá. Andando!

Ele daria um bom stalker, pensou Redrick. Provavelmente ganharia o apelido Boa-Pinta. Artchi-Boa-Pinta. Já tivemos um Bonitão por aqui, chamava-se Dickson e agora ele se chama Esquilo. Foi o único stalker que caiu no moedor e sobreviveu. Pura sorte. Em sua ingenuidade até hoje ele acha que foi o Barbridge que o tirou do moedor. Que nada! Não há como tirar alguém do moedor... O Abutre o arrastou para fora da Zona, isso é verdade. Aconteceu um ato heroico desses em sua existência podre! Só que não houve outra chance para ele. Aquelas safadezas dele já encheram a paciência de todos, e o pessoal disse para ele sem rodeios: melhor não voltar sozinho... Pois foi justo naquela época que Barbridge ganhou o apelido de Abutre, antes disso ele era chamado de Resmungão.

De repente, Redrick sentiu na bochecha esquerda uma corrente de ar quase imperceptível e imediatamente, antes de pensar em qualquer coisa, gritou:

– Pare!

Esticou o braço para a esquerda. O fluxo estava mais forte ali. Em algum lugar entre eles e o aterro havia uma careca-de-mosquito, que provavelmente se estendia ao longo do próprio aterro, pois não fora à toa que as vagonetas tinham saído dos trilhos. Arthur estava imóvel, feito um poste. Nem olhou para trás.

– Siga mais à direita – ordenou Redrick. – Vá.

Pois é, poderia virar um bom stalker... Mas que droga, será que estou com pena dele? Só faltava essa. E quanto a mim, alguém já teve pena de mim?... Na verdade, sim. O Kirill teve. E o Dick Noonan tem. Se bem que esse talvez nem esteja com tanta pena de mim, é mais para se aproximar da Guta, mas quem sabe? Poderia ser os dois, um não exclui outro... Só que eu não posso sentir pena de ninguém. Só tenho duas opções... E foi aí que, com uma clareza implacável, ele encarou suas opções: ou esse garoto, ou a sua Monstrinho. Nem há o que escolher, está claro. Só se acontecer um milagre, pronunciou uma voz cética dentro dele, mas, com pavor e obstinação, ele fez a voz se calar.

Eles passaram na frente do montinho de farrapos. Do Bagre não havia sobrado nada; apenas um cabo de detector de minas, longo e completamente coberto de ferrugem, jazia ao lado, caído na grama seca. Houve um tempo em que muitos usavam detectores assim. Compravam dos intendentes do exército, às escondidas, acreditando naquilo como em Deus. Mas depois de dois stalkers terem morrido em poucos dias, abatidos por descargas subterrâneas, aí acabou de vez, ninguém nunca mais usou isso... Mas quem era mesmo aquele Bagre? Foi o Abutre que o trouxe ou ele veio por conta própria? E por que é que todos eles tinham tanta atração por esse barranco? Por que eu nunca tinha ouvido falar disso? Diabos, que calor! E isso de manhã, o que será então à tarde?

Arthur, que andava uns cinco passos na frente, levantou a mão e enxugou o suor da testa. Redrick lançou um olhar de soslaio para o sol. Ainda estava bem baixo. E, de repente, ele se deu conta de que a grama sob seus pés já não farfalhava como antes, em vez disso cantava como areia, e que ela já não era tão áspera e rígida, como alguns minutos atrás, agora estava macia e frágil, esfarelando-se embaixo das botas como flocos de fuligem. Então ele viu as pegadas de Arthur afundadas no solo e atirou-se para baixo, gritando: "Pro chão!".

Caiu com o rosto na grama, e ela se desfez feito pó embaixo de sua bochecha. Ele rangeu os dentes, furioso de tanto azar que tiveram. Estava deitado, esforçando-se para não se mover, ainda com esperança de que talvez escapassem, embora já compreendesse que eles haviam sido pegos. O calor aumentava, esmagando-os, envolvendo seus corpos como um invólucro escaldante, o suor escorria pelos olhos, e Redrick, meio atrasado, gritou para Arthur: "Não se mexa! Aguente!".

E reuniu todas as forças para aguentar. Poderiam superar aquilo, e tudo poderia terminar bem, só suariam um pouco, mas Arthur não aguentou. Talvez ele não tivesse ouvido direito o que Redrick havia lhe gritado, ou tinha se assustado para além de qualquer medida, ou possivelmente o calor perto dele estivesse mais forte. De qualquer modo, ele havia perdido totalmente o controle e, às cegas, com um uivo selvagem saindo do fundo da garganta, atirou-se agachado na direção para a qual o instinto atordoado o mandava: para trás. Justo para onde não poderia correr de jeito nenhum. Redrick por pouco conseguiu se erguer e agarrá-lo com ambas as mãos pelo tornozelo, fazendo seu corpo tombar contra o solo, levantando uma nuvem de cinzas. Arthur grunhiu, deu um coice com a perna livre no rosto de Redrick e começou a se debater e a se contorcer no solo. Redrick, que também já não raciocinava muito bem por causa da dor, arrastou-se para cima dele, encostando o rosto queimado no casaco de couro e tentando esmagá-lo, afundá-lo na terra seca. Enfiou duas mãos no cabelo de Arthur, tentando imobilizar sua cabeça que sacudia em convulsões e, ao mesmo tempo, dando golpes com as pontas das botas nos joelhos e nas pernas do rapaz. Ouvia de longe, confuso, o próprio urro rouco: — Fique quieto, seu porco, fique quieto ou te mato... — De cima, um calor flamejante continuava a envolvê-lo, e sua roupa já pegava fogo, e a pele das pernas e das costas estalava, formando bolhas que logo estouravam. E foi aí, com a cara enfiada nas cinzas, esmagando contra o peito a cabeça daquele maldito novato, que Redrick não aguentou e berrou a plenos pulmões...

Ele não conseguia se lembrar de como aquilo tinha terminado. Apenas percebeu em algum momento que conseguia respirar novamente e que o ar já não parecia o bafo escaldante que queimava a garganta, impedindo a respiração, e que tinha que sair o mais rápido possível daquele diabólico forno antes que os alcançasse mais uma vez. Redrick desceu, arrastando Arthur, que estava deitado totalmente imóvel, segurando os dois pés dele sob suas axilas e, ajudando-se com o braço livre, começando a arrastar-se para a frente, sem tirar os olhos da linha onde novamente começava aquela grama seca, ríspida e morta, mas que era verdadeira e que agora lhe parecia o maior santuário de vida. As cinzas rangeram nos dentes, o rosto queimado ardia fortemente, e o suor invadia diretamente os olhos porque, pelo jeito, ele não tinha mais nem sobrancelhas, nem cílios. Arthur, arrastado atrás dele, estava sem sentidos, e a porcaria de sua jaqueta, como se de propósito, agarrava-se a todo e a qualquer obstáculo no caminho. O traseiro escaldado ardia, e a pesada mochila a cada movimento cutucava a nuca queimada. Dominado pela enorme dor e pelo calor sufocante, Redrick chegou a pensar, apavorado, que tinha ficado completamente queimado e que não ia conseguir. Esse medo o fez acelerar ainda mais os movimentos do cotovelo e dos joelhos, enquanto de sua garganta ressecada saía o palavreado mais sujo que conhecia. De repente, num ímpeto de alegria maluca, ele se lembrou do cantil quase cheio guardado no bolso interno: "meu amiguinho querido nunca me traiu", sussurrava desesperado. "Só preciso me arrastar para lá, vai, Red, vai, Ruivo, é isso aí, mais um pouquinho... Que todos se danem, os diabos, os anjos, os alienígenas, o maldito Abutre..."

Depois ficou deitado longamente, com o rosto e os braços mergulhados na água fria e marrom do brejo, deliciando-se com o frescor e com o cheiro de estagnação saídos do fundo do pântano. Queria ficar assim por séculos, mas juntou forças para se levantar, desceu a mochila das costas e arrastou--se de quatro até Arthur, que permanecia imóvel a uns trinta passos da água. Ao virar o corpo, Redrick constatou que a beleza do garoto já era coisa do passado. O rostinho lindo havia virado uma crosta preta acinzentada, uma mistura de sangue seco e cinzas. Por alguns segundos, Redrick, com curiosidade mórbida, observou os sulcos verticais naquela máscara, que foram deixados pelas pedras e pelos galhos que passaram por ela. Depois ele se ergueu, agarrou Arthur pelas axilas e arrastou-o até o brejo. O jovem respirava com dificuldade e gemia. Ao escolher uma das maiores poças, Redrick jogou o rapaz para dentro da água putrefata, caindo ao lado sem forças e sentindo novamente com prazer o toque gelado. Arthur se remexeu, gorgolejou expelindo líquido, passou os braços por baixo do corpo e levantou a cabeça. Com olhos arregalados e sem compreender nada, ele puxava desesperadamente o ar para os pulmões, tossindo, bufando e cuspindo. Logo seu olhar ganhou uma expressão mais sensata, e os olhos se fixaram em Redrick.

— Ufa... — soltou Arthur, sacudindo a cabeça e espalhando gotas de água suja ao seu redor. — Que é que foi aquilo, sr. Schuhart?

— Aquilo era a morte — resmungou Redrick, tossindo. Passou as mãos no rosto. O nariz estava inchado, mas as sobrancelhas e os cílios surpreendentemente estavam no lugar. A pele nas mãos e nas pernas também estava inteira, só tinha ganhado um aspecto avermelhado. Pelo jeito, pensou, o traseiro e as costas não deviam estar queimados até o osso. Apalpou atrás, confirmando sua suposição, estava tudo bem, até as calças permaneceram inteiras. Parecia que tinham apenas sido escaldados com água fervente e só...

Arthur apalpou com cuidado seu rosto também. A assustadora máscara saiu com a água, e sua fisionomia, ao contrário do previsto, ficou quase intacta. Alguns arranhões, uma leve ferida na testa, e o lábio inferior cortado, ou seja, nada.

— Nunca tinha ouvido falar daquilo — proferiu Arthur e olhou para trás.

Redrick também virou a cabeça. Na clareira calcinada ficaram muitas marcas, e Redrick surpreendeu-se ao ver como, na verdade, era curto aquele infinito caminho pelo qual ele tinha se arrastado salvando-os da morte iminente. O diâmetro da careca não passava de vinte ou trinta metros, mas ele, cegado pelo calor, arrastou-se por ela num maluco zigue-zague, feito uma barata na chapa quente. E ainda bem que seguiu na direção mais ou menos correta, pois poderia ter se virado para a esquerda ou, pior ainda, ter voltado para trás... Não, pensou com raiva, não poderia! Um novato qualquer talvez o tivesse feito, mas não sou um novato, e se não fosse o babaca do Arthur isso nem teria acontecido, talvez ganhasse uma queimadura no traseiro e fim da história.

Olhou para Arthur. O rapaz lavava o rosto, bufando animadamente e, vez por outra, gemia baixinho ao passar a mão nos pontos machucados. Redrick se levantou e, torcendo a cara com a dor que sentia cada vez que a roupa endurecida pelo calor tocava sua pele queimada, andou até o lugar seco onde tinha deixado sua mochila. Essa sim tinha sofrido para valer. As lapelas dos bolsos externos estavam queimadas pelo fogo, todos os frascos do kit de emergência estouraram pelo calor, formando uma mancha que exalava o cheiro insuportável da mistura de remédios. Redrick abriu a tampa e tinha começado a varrer para fora os cacos de vidro e plástico, quando uma voz atrás dele pronunciou:

— Obrigado, sr. Schuhart! O senhor me salvou.

Redrick não respondeu. Vá pro inferno com seu obrigado!, pensou com raiva. Que interesse eu tenho em te salvar?

— Foi culpa minha — continuou Arthur. — Eu ouvi o senhor mandando ficar deitado, mas estava muito apavorado e, quando o calor subiu, eu perdi a cabeça. Tenho muito medo de dor, sr. Schuhart...

— Levanta, vai — disse Redrick, sem olhar para Arthur. — Aquilo foi apenas o começo, agora é que a coisa vai engrossar... De pé, a festa acabou!

Chiando da dor nos ombros queimados, jogou a mochila nas costas, enfiando os braços nas alças. Tinha a sensação de que a pele nas queimaduras havia encolhido, formando rugas dolorosas. Ele tem muito medo de dor, ora essa... Que se dane você com sua dor! Olhou ao redor. Tudo bem, eles não saíram da trilha. Agora precisavam enfrentar as colinas dos dois cadáveres. Montinhos asquerosos, pensou, olhe eles aí, empinados como a bunda de uma gostosa, e ainda essa vala entre eles... Involuntariamente farejou o ar. Pois é, uma vala danada, a própria essência do estrume em meio a uma grande porcaria.

— Está vendo a passagem entre as colinas? — perguntou a Arthur.

— Sim, senhor.

— Vá direto para ela. Anda!

Arthur esfregou o nariz com a parte externa da mão e avançou, chapinhando nas poças. Ele mancava e já não estava tão ereto e intrépido como antes, agora andava com cautela e muita precaução. Está aí mais um que eu tirei do sufoco, pensou Redrick. Qual seria já, o quinto? O sexto? A pergunta é: por que eu fiz isso? Ele é meu parente, por acaso, eu me responsabilizo por ele? De verdade, Ruivo, por que é que você o salvou? E ainda arriscando a própria vida... continuava a indagar. Agora, com a cabeça fria, sei por que fiz aquilo: foi correto protegê-lo, pois preciso dele, ele é meu refém pela Monstrinho. Não salvei um homem, salvei meu detector de minas, meu guincho, minha chave de fenda. No entanto, lá, na hora, eu não pensei em nada disso. Puxei-o e o cobri com meu corpo, como se fosse meu filho, e nem passou pela cabeça largá-lo ou deixá-lo para trás... Naquela hora tinha me esquecido de tudo: da razão, do perigo, do guincho, da Monstrinho... Então, o que isso significa? Que no fundo sou, na verdade, um homem bom e generoso. O que, aliás, Guta não para de repetir, o falecido Kirill me dizia, e Richard sempre fala... "Pare com isso", disse ele para si mesmo. Um homem bom, uma ova! Aqui não há espaço para bondade! Primeiro pense e só depois comece a mexer os braços e as pernas. Que aquele incidente seja o primeiro e último, entendeu, seu generoso? Preciso preservar o moleque para o moedor, raciocinou fria e calculadamente. Aqui se pode passar por tudo, menos pelo moedor.

— Parado! — disse para Arthur.

A passagem estava à sua frente, e Arthur já tinha parado, olhando perplexo para Redrick. Uma gosma verde-amarelada cobria o fundo da vala, reluzindo, feito pus seboso, ao sol. De sua superfície subia um vapor morno, que engrossava tanto entre as colinas que trinta passos à frente já não dava para ver mais nada. E o mau cheiro! Só Deus sabia o que estava se decompondo dentro daquele muco, mas Redrick tinha a sensação de que cem mil ovos podres jogados por cima de um monte de cabeças de peixe apodrecido e gatos mortos não poderiam cheirar pior que aquilo! "Haverá um cheirinho lá, Ruivo, então você não desanime, sabe, vá em frente..."

Arthur soltou um som de engasgo e começou a retroceder. Então Redrick sacudiu a cabeça, livrando-se daquele torpor, e tirou do bolso, apressadamente, um embrulho com algodão encharcado de desodorante, enfiou os tampões improvisados nas narinas e ofereceu o algodão para Arthur.

— Obrigado, sr. Schuhart — proferiu ele com voz fraca. — Será que existe alguma possibilidade de passarmos por cima?

Redrick pegou-o pelo cabelo e, silenciosamente, virou sua cabeça para a direção do montinho de farrapos na encosta da colina.

— Isso era o Quatro-Olhos — disse ele. — E na colina da esquerda, não dá para ver daqui, está o Poodle, no mesmo estado. Entendeu? Marchando!

O muco era morno e pegajoso como pus. No início eles andaram de pé, afundados até a cintura, e graças a Deus o fundo da vala era pedregoso e relativamente liso, mas logo Redrick escutou o familiar zumbido de ambos os lados. Na colina esquerda, banhada pelo sol, não havia nada, já na encosta da colina à direita, na sombra, começaram a pular pálidas luzes lilás.

— Abaixe-se! — ordenou por entre os dentes e inclinou o corpo. — Mais baixo, seu idiota! — gritou em seguida.

Arthur se abaixou assustado, e no mesmo segundo um tremendo estrondo de trovão rompeu o ar. Um esguio relâmpago, quase imperceptível no fundo do céu azul, tremia em cima de suas cabeças numa dança insana. Arthur agachou-se ainda mais, mergulhando até os ombros naquela gosma. Redrick, sentindo que o estrondo tampava-lhe as orelhas, virou a cabeça e enxergou a mancha, de um vermelho vivo, dissipando-se rapidamente no cascalho da encosta. E, imediatamente, um segundo raio bateu naquele local.

— Pra frente! Corra! — gritou, sem ouvir a própria voz.

Agora eles já avançavam de cócoras, espetando apenas as cabeças para fora do líquido. A cada estrondo, Redrick via como os longos cabelos de Arthur eriçavam-se e sentia como se milhares de agulhas penetrassem a pele de seu rosto.

— Pra frente! — apenas repetia, monótono. — Pra frente! — Ele já não ouvia nada. Uma vez Arthur virou o rosto e Redrick pôde ver um olho arregalado de pavor olhando de soslaio para ele, os lábios esbranquiçados e trêmulos e parte da bochecha suada e suja de muco verde. Em seguida, os relâmpagos começaram a bater cada vez mais baixo, forçando-os a mergulhar a cabeça. A gosma verde aderia à boca, dificultando a respiração. Sugando desesperadamente o ar, Redrick arrancou os tampões das narinas e, com grande surpresa, descobriu que o mau cheiro sufocante havia sumido, substituído por um ar fresco com agudo cheiro de ozônio, e que o vapor morno a seu redor havia ficado mais denso, ou talvez tenha sido apenas uma impressão de seus olhos que não enxergavam bem. De qualquer modo, ele não conseguia ver a colina da esquerda, tampouco a da direita. Não via mais nada além da cabeça de Arthur, coberta de gosma verde e dos redemoinhos de vapor amarelado girando ao redor.

Eu vou conseguir, vou conseguir, pensava ele. Não é a primeira vez, é a mesma coisa a vida toda: na merda até o pescoço com raios rachando em cima da cabeça. Nunca foi diferente... E de onde vem essa nojeira aqui? Quanta porcaria... É de pirar, tanta merda em um só lugar, deve ter vindo do mundo inteiro... Não, é do Abutre, concluiu irado. Ele passou por aqui e deixou tudo isso... O Quatro-Olhos caiu à esquerda, o Poodle à direita, e tudo para que o Abutre passasse e deixasse sua podridão atrás de si... Então, você merece, disse para si mesmo. Quem segue os passos do Abutre sempre engole merda. Até parece que você não sabia disso. É uma regra universal. Há tantos Abutres no mundo que não sobrou nenhum lugar limpo, tudo está putrefato... Noonan, aquele imbecil, dizia: você, Ruivo, é transgressor do equilíbrio, desordeiro, para você nada nunca é bom, sofrerá em qualquer regime, seja ele bom ou mau. Para pessoas como você, não há paz na Terra... O que você sabe disso, sua baleia encalhada? Quando é que eu vivi sob um bom regime? Quando é que houve um bom governo por aqui?... Por toda a minha vida só vi morrer gente como o Kirill e o Quatro-Olhos, enquanto parasitas como o Abutre rastejam como vermes entre seus cadáveres e espalham sua podridão sem parar...

Escorregou ao pisar em um pedregulho, mergulhou com a cabeça no muco e quando saiu viu o rosto contorcido de Arthur ao lado, com olhos arregalados. Por um instante congelou, achando que tinha perdido a direção. Mas foi só por um segundo, logo sentiu que tinha que avançar na direção daquela pedra preta que sobressaía da gosma, compreendeu aquilo apesar de não enxergar nada na bruma amarela além daquela pedra.

– Pare! – gritou com toda a força. – Vá mais para a direita! À direita daquela pedra!

Novamente não ouviu a própria voz, então alcançou Arthur, agarrando-o pelo ombro e indicando com a mão: à direita da pedra, abaixe a cabeça. Vocês vão me pagar por tudo isso, pensou com raiva. Arthur emergiu na frente da pedra e imediatamente um raio partiu com estrondo o cume preto, espalhando faíscas de partículas incandescentes. Vão me pagar, sim, repetia Redrick, mergulhando a cabeça e remexendo agitadamente os braços e as pernas. Outro raio rompeu em cima de sua cabeça, ressoando nos ouvidos. Vou tirar suas almas por isso!, ameaçou e de repente pensou: De quem estou falando?... Sei lá, mas alguém tem que pagar, alguém pagará por tudo isso! Deixem só que eu chegue até a Esfera, apenas chegue à Esfera, vou lhes enfiar isso goela abaixo. Vocês vão ver, eu não sou o Abutre, eu vou cobrar vocês do meu jeito...

Quando, atordoados, virados do avesso, cambaleando e segurando-se um no outro para não cair, eles finalmente chegaram à terra seca coberta de pedrinhas escaldadas ao sol, Redrick reparou num furgão enferrujado e enterrado até os eixos e teve uma vaga lembrança de que ali, perto daquele automóvel, podia-se recuperar o fôlego. Eles se alojaram na sombra, Arthur deitou de costas e começou a abrir o zíper do casaco com os dedos dormentes, enquanto Redrick acomodava as costas com a mochila contra a lateral do furgão, e após esfregar as mãos na pedra britada, sacou o cantil do bolso interno.

— Também quero... — proferiu Arthur. — Eu também quero, sr. Schuhart.

Redrick surpreendeu-se com o quanto a voz do garoto era forte, deu um gole e fechou os olhos, sentindo o líquido quente e purificante descer a garganta e espalhar-se por seu interior. Deu mais um gole e esticou o cantil a Arthur. Acabou, pensou, amolecido. Passamos. Passamos por isso também. Agora a quantia por escrito, por favor. Acham que eu tinha me esquecido? Não, eu me lembro de tudo. Vocês pensam que vou lhes agradecer por me deixarem vivo em vez de me afogar naquela gosma? Agradeço uma ova! Agora chegou seu fim, entendem? Não vou deixar isso quieto! Agora sou eu quem decide. Eu, Redrick Schuhart, são e sóbrio, vou decidir tudo por todos. E vocês, todos esses Abutres, Porcos e alienígenas, Roucos e Ossudos, Quaterbloods e colarinhos-brancos, com suas fardas arrumadinhas e suas pastas, com seus discursos e beneficências, com seus empregos e baterias eternas, com o moto-perpétuo e as carecas-de-mosquito, com suas promessas inspiradoras, chega, a vida toda vocês me enrolaram, me fizeram de bobo, e eu, imbecil, me gabava de que fazia o que queria, enquanto vocês apenas concordavam, piscando e trocando olhares entre si, e continuavam me afundando na merda, arrastando-me para a prisão e para a bebedeira, para o desespero... Chega! Soltou as alças da mochila e pegou o cantil das mãos de Arthur.

— Eu nunca cheguei a pensar — falava Arthur com espanto em sua voz. — Nem pude imaginar... É claro que eu sabia: a morte, o fogo... Mas aquilo!... Como é que a gente vai voltar?

Redrick não lhe dava ouvidos. O que falava aquele homenzinho não importava mais. Já não importava antes também, mas antes ele ainda era um ser humano. Mas agora... Apenas uma chave de fenda que fala. Deixe que fale...

— Um banho não seria mau... — disse Arthur, olhando ao redor com ar atarefado. — Pelo menos lavar o rosto.

Redrick lançou para ele um olhar distraído, reparou no ninho gosmento que virara seu cabelo, no rosto sujo de muco com marcas de digitais, no qual havia se formado uma crosta verde, e não sentiu nem pena, nem irritação, nada. Uma ferramenta falante. Virou o rosto. À sua frente estendia-se um terreno baldio, depressivo como uma área de construção abandonada, salpicado de cascalho, coberto de poeira branca e banhado por um sol escaldante, insuportavelmente alvo, maldoso e morto. Lá havia uma pedreira, cuja parede oposta estava à vista, da mesma maneira ofuscantemente branca, e, àquela distância, parecia ser completamente lisa e íngreme. Já a parede abaixo dos pés deles estava coberta por grandes blocos de pedra. E o caminho de descida se encontrava em um local em que, entre os destroços, como uma mancha vermelha, destacava-se a cabine da escavadeira. Era o único ponto de referência. E tinham de seguir direto para ele, contando simplesmente com a sorte.

Arthur inclinou de repente o corpo, enfiou a mão debaixo do furgão e tirou de lá uma lata de conserva enferrujada.

— Olhe, sr. Schuhart — disse ele, todo animado. — Isso pode ter sido deixado pelo meu pai... Ali tem mais...

Redrick não respondeu. Isso não te fará bem, pensou ele, indiferente. Não deveria se lembrar de seu pai agora, seria melhor você ficar calado. Se bem que não faz nenhuma diferença... Ele se levantou e gemeu de dor, a roupa estava colada no corpo queimado, e agora a pele doía, rasgando e descolando-se como uma gaze em uma ferida. Arthur também se ergueu com um gemido sofrido e lançou a Redrick um olhar cheio de súplica. Dava para ver que ele queria muito choramingar, mas acabou se contendo, apenas soltando, com voz abafada:

— Será que posso dar mais um gole, sr. Schuhart?

Redrick enfiou no bolso interno o cantil que segurava na mão e perguntou:

— Está vendo o vermelho entre as pedras?

— Sim — respondeu Arthur e suspirou convulsivamente.

— Direto para lá. Vá!

Arthur tentou endireitar os ombros, mas parou, gemendo de dor. Encolheu-se todo e lamuriou-se, olhando ao redor:

— Não podemos dar uma lavadinha antes? Minha roupa está colada no corpo...

Redrick manteve-se em silêncio, aguardando. Arthur olhou para ele sem muita esperança, acenou com a cabeça e começou a andar, mas logo parou.

— A mochila! — exclamou. — O senhor esqueceu a mochila, sr. Schuhart.

— Continue andando! — ordenou Redrick.

Ele não quis nem explicar nem mentir, e não era necessário. Arthur iria de qualquer jeito. Não tinha escolha. E ele foi. Cambaleando, ombros baixos, arrastando os pés e tentando arrancar a sujeira colada em seu rosto: encolhido, magrinho, coberto de gosma, miserável como um gatinho de rua. Redrick o seguiu e, ao sair da sombra, sentiu o sol escaldante cegá-lo. Encobriu os olhos com a palma da mão, arrependendo-se de não ter trazido os óculos escuros.

Cada passo levantava uma nuvenzinha de poeira branca que se assentava nas botas e cheirava muito mal, assim como Arthur, que andava na frente e cheirava ainda pior, tanto que era até difícil segui-lo. Redrick demorou a entender que, na verdade, o mau cheiro saía dele mesmo. Era um cheiro nojento e meio familiar, assim cheirava a cidade quando o vento soprava do norte, trazendo para as ruas a fumaça da usina. Da mesma forma cheirava o pai quando voltava para casa, enorme, soturno, com olhos vermelhos e arregalados, e Redrick escondia-se, às pressas, no canto mais fundo, observando dali como o pai arrancava dos ombros o casaco do uniforme e jogava-o nos braços da mãe, depois tirava as botas grandes e gastas, enfiando-as embaixo dos cabides e, chapinhando com meias suadas, seguia para o chuveiro. Demorava lá, bufando, batendo com as mãos no corpo molhado, fazendo barulho com as bacias, resmungando algo incompreensível e depois urrando pela casa toda: "Maria! Acorda!". Tínhamos que esperar até que ele terminasse seu banho e se sentasse à mesa, onde já haveria uma dose de aperitivo, um prato fundo de sopa grossa e um frasco de ketchup. Esperar até que bebesse e terminasse a sopa, e que, após ter dado um arroto sonoro, abordasse a carne com feijão, para que aí então eu pudesse sair do esconderijo, subir em seu colo, perguntando qual gerente ou engenheiro da vida ele tinha afogado naquele dia no óleo de vitríolo...

À sua volta, tudo estava calcinando até embranquecer, Redrick sentia enjoos do calor seco e cruel, do mau cheiro e do cansaço. Sua pele, queimada e estalada nas dobras, ardia insuportavelmente, e parecia-lhe que, através do torpor que envolvia sua consciência, as queimaduras gritavam implorando por descanso, por água e por frescor. As lembranças, gastas ao ponto do esquecimento, empilhavam-se no cérebro inchado, atropelando e tampando umas às outras, misturando-se entre si e entrelaçando-se com o calor branco e escaldante que dançava na frente dos olhos semicerrados. E todas elas eram amargas, todas cheiravam mal e provocavam apenas ódio ou muita pena. Ele tentava se intrometer naquele caos, esforçando-se para invocar qualquer miragem doce, alguma sensação tenra ou animada. Espremia dos fundos da memória o rostinho sorridente de Guta, ainda mocinha, tão desejada e tão inalcançável, e esse rosto surgia, mas imediatamente ele se corroía, como ferrugem, retorcendo-se e transformando-se no focinho tristonho da Monstrinho, coberto por uma grossa pelugem marrom. Invocava as recordações sobre Kirill, o homem santo, seus movimentos rápidos e seguros, sua risada e sua voz, que prometiam lugares e tempos maravilhosos, e a imagem emergia perante seus olhos, mas em seguida estourava, brilhando no sol a imagem daquela teia prateada, e não havia mais Kirill, em vez disso havia apenas os frios olhos azuis do rouco Hugh, encarando-o sem piscar, enquanto na palma de sua mão grossa e pálida ele pesava o contêiner de porcelana... Algumas forças obscuras mexiam com sua mente, derrubando em instantes a barreira erguida por sua vontade e apagando o pouco de bom que sua memória ainda preservava, e então parecia que nunca houvera algo bonito, somente feiura e mais feiura...

E por todo esse tempo ele permanecera um stalker. Sem pensar ou raciocinar e mesmo sem memorizar, ele anotava tudo automaticamente, registrando na medula óssea: ali, à esquerda, numa distância segura, sob o monte de tábuas velhas, estava parado um fantasma-alegre, calmo e esgotado, e que se dane; à direta soprava uma ligeira brisa, e alguns passos depois se revelava uma área lisa como espelho, uma careca-de-mosquito, espalhando seus tentáculos como uma estrela-do-mar – mas estava longe e não representava uma ameaça –, em seu centro via-se uma ave achatada até virar uma sombra, coisa bem rara, os pássaros não costumavam voar sobre a Zona; ali, ao lado da trilha, jaziam dois ocos – pelo visto tinha sido o Abutre que os jogara na volta, o medo tendo vencido a ganância... Ele percebia tudo, levando cada detalhe em consideração, e bastava a silhueta contorcida de Arthur sair um passo da direção indicada que a boca de Redrick se abria por si mesma, e um grito de aviso saía, rouco, do fundo da garganta. Sou uma máquina, pensava. Vocês me transformaram numa máquina... Os destroços na borda da pedreira se aproximavam cada vez mais, e já se podia enxergar a engenhosa estampa deixada pela ferrugem no teto vermelho da cabine da escavadora.

"Você é um idiota, Barbridge", pensava Redrick. "Astuto, mas idiota. Como pôde confiar em mim? Não me conhece desde a mais tenra idade? Pois deveria me conhecer melhor do que eu mesmo. Deve ser a velhice, você envelheceu, é isso. E ficou senil. Mas convenhamos, a vida toda lidando com idiotas..." Imaginou a cara do Abutre ao saber que seu lindo filho, seu Artchi querido, seu sangue... Saber que quem tinha ido para a Zona com o Ruivo atrás de suas pernas, das pernas perdidas do Abutre, não fora um novato inútil qualquer, e sim seu próprio filho, seu orgulho, sua razão de viver... E, ao imaginar aquela careta, Redrick caiu na gargalhada. Arthur virou-se assustado, mas Schuhart, sem parar de rir, abanou a mão para ele continuar andando. E novamente começou a se arrastar por sua mente, como em um filme, feiura e mais feiura... Tinha que mudar tudo, não apenas uma ou duas vidas, um ou dois destinos, precisava trocar cada parafuso, cada engrenagem desse mundo horrendo e ignóbil...

Arthur parou diante de uma descida íngreme da pedreira, esticando o pescoço longo ao observar o abismo que se estendia embaixo. Redrick se aproximou e parou ao lado dele. Não quis olhar para lá.

Embaixo de seus pés, em direção ao fundo da pedreira, seguia a estrada há muitos anos arrebentada pelas rodas dos caminhões pesados. À direita dela, erguia-se a encosta branca e trincada pelo calor, mas, à esquerda, a parede havia desmoronado, e entre as pedras e montes de cascalho encontrava-se a escavadeira, inclinada para o lado. Sua concha abaixada encostava-se, impotente, na beira da estrada. Como já se poderia esperar, não se via mais nada na estrada, apenas nas pedras da encosta perto da concha brotavam estalactites pretas e retorcidas, parecendo velas grossas, penduradas de cabeça para baixo. Ao redor, espalhavam-se várias manchas escuras, destacando-se contra o pó branco, como se alguém tivesse derrubado um monte de betume. É só o que restou deles, refletia Redrick. Nem dá para dizer quantos foram. Talvez cada mancha fosse uma pessoa, um desejo, uma sorte do Abutre. Aquela lá, por exemplo, era de quando o Abutre voltou são e salvo do porão do Sétimo Bloco. E aquela maior: quando o Abutre tirou da Zona sem problemas o ímã-vivo. E a estalactite ali providenciou ao velho a bela e formosa vadia Dina Barbridge, desejada por todos, que não puxou nem à mãe, nem ao pai. E essa mancha aqui deu no bonitão Arthur, também sem semelhança com os pais, o orgulho do Abutre...

— Chegamos! — soltou Arthur, delirante. — Sr. Schuhart, chegamos, dá para acreditar?!

Deu uma risada feliz, agachou-se e começou a bater com toda a força os punhos no solo, sacudindo a cabeça, soltando pedaços de lama seca para todos os lados. Uma mecha de cabelo melecado havia se soltado e balançava no topo de seu crânio, absurda e engraçada ao mesmo tempo. E só então Redrick levantou os olhos e encarou a Esfera. Com cuidado. Com receio. Com um medo escondido de que ela não fosse do jeito que ele esperava, que o decepcionasse, que provocasse dúvidas, que o jogasse para fora do céu ao qual havia conseguido chegar mergulhando na lama até o pescoço...

Ela não era dourada, parecia cobre, era avermelhada e perfeitamente lisa, reluzindo ao sol, hesitante. Ela estava pousada ao pé da parede mais afastada da pedreira, bem acomodada entre os montes de minério, e mesmo de longe dava para perceber como era maciça e quão pesadamente tinha se afundado em seu leito.

Não havia nela nada que causasse desilusão ou dúvida, porém também não havia nada que insuflasse esperança. Por alguma razão, logo se pensava que ela era oca por dentro e que devia estar muito quente, aquecida pelo sol. Dava também para perceber que ela não irradiava qualquer luz própria, e que muito menos era capaz de levitar e dançar suspensa no ar como afirmavam as lendas sobre ela. Estava deitada exatamente onde tinha caído e parecia ter despencado de um enorme bolso ou ter se perdido ao rolar para fora de um jogo de gigantes fantasmagóricos. Não fora instalada ali de propósito, estava jogada da mesma forma como tinham sido jogados os ocos, as pilhas-etacas, os braceletes e o resto do lixo que restou após a Visitação.

Mas, ao mesmo tempo, havia algo naquela Esfera, pois, quanto mais Redrick a observava, mais ele compreendia que era agradável olhar para ela, que surgia a vontade de se aproximar e acariciá-la. Repentinamente surgiu a sensação de que deveria ser muito prazeroso sentar perto dela ou, melhor ainda, encostar-se nela, jogando a cabeça para trás, fechar os olhos e mergulhar nas recordações ou, simplesmente, cochilar repousando a seu lado...

Arthur se ergueu num salto, abriu o zíper do casaco e arrancou-o de si, jogando-o com força sob seus pés e levantando uma nuvem de pó branco. Ele gritava algo, fazendo caretas e abanando as mãos, depois colocou os braços para trás, em passos de dança, e, dando cambalhotas com os pés, começou a descer ladeira abaixo. Ele não olhava mais para Redrick, ele o tinha esquecido, havia se esquecido de tudo. Estava indo realizar seus sonhos, os pequenos e mais íntimos sonhos de um acanhado colegial, de um garoto que nunca na vida tinha visto dinheiro além da mesada, sonhos de um adolescente que recebia punições físicas caso voltasse para casa com um ligeiro cheiro de álcool, do filho que era criado para ser um advogado famoso, talvez um futuro ministro, até um presidente, caso tivesse sorte... Redrick, semicerrando os olhos irritados pela luz ofuscante, observava-o em silêncio. Estava calmo e indiferente; sabia o que aconteceria em seguida, sabia também que não assistiria quando acontecesse, mas, por enquanto, podia-se olhar, e ele o fazia sem qualquer sentimento especial, apenas como se, no mais fundo de seu interior, um vermezinho começasse a se mexer impacientemente, levantando sua cabecinha espinhosa.

O garoto continuava a descer, dançante, pela encosta íngreme, sapateando e dando saltos, levantando nuvens de poeira branca e gritando algo a plenos pulmões, sonora, animada e muito solenemente. Parecia até uma canção ou um mantra qualquer, pensou Redrick, dando-se conta de que deveria ser a primeira vez em toda a existência da pedreira que alguém descia aquela estrada desse jeito, animado, como se estivesse indo para uma festa. No início, ele nem escutava o que gritava sua chave de fenda falante, mas logo algo se acendeu dentro e ele ouviu:

– Felicidade para todos!... De graça!... O quanto quiser!... Venham todos para cá! Dá para todos!... Ninguém será injustiçado!... À vontade! Felicidade! De graça!

E de repente se calou, como se uma enorme mão tivesse enfiado com força um pano em sua boca. E Redrick viu o transparente vazio, que furtivamente escondia-se na sombra da concha da escavadora, agarrá-lo, jogá-lo para cima e torcê-lo no ar, lentamente e com esforço, como as mulheres costumam torcer as roupas, enxaguando-as. Redrick teve tempo de ver uma das botas empoeiradas do rapaz saltar da perna em convulsões e voar para o alto, acima da pedreira. Então, desviou os olhos e sentou-se no chão. Sua mente estava vazia, e por alguns instantes ele deixou de sentir qualquer coisa, mesmo o próprio corpo. Tudo estava silencioso ao redor, especialmente naquele lugar na estrada, às costas dele. Então lembrou-se do cantil, sem a alegria habitual, e mais como se fosse um remédio cuja hora de tomar havia chegado. Abriu a garrafinha e começou a beber em pequenos goles avarentos e, pela primeira vez na vida, desejou que no cantil no lugar de álcool houvesse água fresca.

Passou-se algum tempo antes que sentidos e pensamentos voltassem. Acabou, pensou, sem vontade. O caminho está aberto. Dá para ir agora mesmo, mas melhor esperar mais um pouco. Os moedores têm seus caprichos. De qualquer jeito, preciso raciocinar melhor. O problema é que não sou bom em raciocinar. O que é que significa raciocinar? Significa: calcular, dar uma de esperto, enrolar, se safar, mas nada disso cabe aqui...

Está bem. A Monstrinho, o pai... Acertar as contas com os canalhas, sugar suas almas, que comam a merda que eu comi... Não, Ruivo, não é isso... É válido, claro, mas o que isso significaria? O que eu quero de verdade? Pois isso tudo é palavreado, e não raciocínio. De repente, ele gelou com um pressentimento terrível e assustador. E logo, pulando diversas divagações que ainda o aguardavam, ordenou-se veementemente: é o seguinte, seu ruivo imprestável, você não sairá daqui até pensar em algo que preste, irá morrer ao lado desta bola, queimar-se vivo e apodrecer, mas não irá a lugar nenhum...

"Meu Deus, onde estão todas as palavras, todos os meus pensamentos?" Bateu com força o punho contra a testa. Que nada, por toda a vida jamais tivera pensamento algum! Espere, Kirill falava daquelas coisas... Kirill! Ele remexia desesperadamente nas recordações em sua cabeça, e palavras emergiam, familiares ou nem tanto, mas tudo era em vão, pois não foram as palavras que sobraram do Kirill, foram as turvas imagens, muito bonitas, mas pouco verossímeis.

Mas que droga, que baixaria... De novo esses porcos me enganam, deixaram-me sem a língua, canalhas... Seu delinquente. Nasceu um delinquente e assim envelheceu... E assim não deve ser! Está me ouvindo? Que no futuro aquilo seja proibido, de uma vez por todas! O homem nasce para pensar (eis o Kirill, finalmente!...). Só que não acredito nisso. Antes não acreditava e agora não acredito também. Não sei para que nasce o homem. Nasce e ponto. Cada um se alimenta como pode... Que todos nós sejamos saudáveis enquanto eles morrem! Mas quem somos nós, e quem são eles? Não dá para entender. Se estiver bem para mim, então estará mal para Barbridge, se é bom pro Barbridge, é ruim para Poodle e Quatro-Olhos, quando é bom para o Rouco, todos estão mal, e o próprio Rouco sofre também, só que está se iludindo de que conseguirá se safar quando chegar a hora... Meu Deus, que mingau há na minha cabeça... A vida toda eu tenho lutado contra o capitão Quaterblood, enquanto ele queria mais que tudo pegar o Rouco, e de mim só queria que largasse o stalkerismo. Mas como é que eu poderia largar meu ofício, quando preciso sustentar a família? Ir trabalhar? E se eu não quisesse trabalhar para vocês, se eu tivesse nojo de seu trabalho, conseguem compreender isso? Quando um homem trabalha, sempre trabalha para alguém, é um escravo e nada mais! E eu sempre quis viver por conta própria, sem depender de ninguém e cuspindo em sua rotina e seu tédio...

Ele terminou o resto do conhaque e atirou, num impulso de raiva, o cantil vazio contra o solo, que ricochetou e rolou para baixo da encosta, reluzindo ao sol. Redrick imediatamente se esqueceu dele. Estava sentado, o rosto caído nas mãos, tentando entender, ou pelo menos imaginar algo, como tudo deveria ser, mas via apenas feiura e mais feiura, dinheiro, garrafas, montinhos de farrapos que outrora foram gente... Ele sabia que precisava destruir tudo aquilo, e almejava fazê-lo, mas percebia que, caso fosse destruído, nada sobraria, apenas uma terra nua e crua. De impotência e de desespero, ele novamente sentiu a vontade de encostar-se à Esfera, inclinando a cabeça para trás; então se levantou, sacudindo automaticamente a poeira das calças, e começou a descer para o fundo da pedreira.

O sol escaldava, e manchas vermelhas flutuavam perante os olhos, o ar vibrante do calor no fundo da pedreira parecia fazer a Esfera dançar no solo, como uma boia nas ondas. Ele passou perto da concha, supersticiosamente levantando os pés e tomando cuidado para não pisar nas manchas escuras, e depois, afundando no cascalho, arrastou-se, atravessando a pedreira na direção da esfera dançante, que parecia piscar para ele. Estava coberto de suor, a poeira rangendo nos dentes, sufocado pelo calor insuportável e, ao mesmo tempo, sentindo calafrios percorrerem sua espinha, fazendo tremer seu corpo todo, como se estivesse de ressaca. Ele não se esforçava mais em pensar. Apenas repetia desesperado, como uma oração: "Sou um animal, não vê? Apenas um animal que não possui palavras. Não aprendi a falar e não sei pensar, pois aqueles canalhas não me ensinaram a pensar! E se você for mesmo... todo-poderosa, onipotente e onisciente... Então resolva! Examine minha alma, eu sei que lá tem tudo de que você precisa. Deve haver. Pois nunca, jamais vendi minha alma para ninguém! Ela é minha, humana! Extraia de mim o que eu desejo, pois não é possível que eu deseje algo mau... Maldição! Não consigo inventar nada além dessas palavras: FELICIDADE PARA TODOS, DE GRAÇA, E QUE NINGUÉM SEJA INJUSTIÇADO!".

Posfácio
Por Boris Strugátski

A história da criação deste livro (diferentemente, aliás, da história de sua publicação) não possui nada de especial ou, digamos, de instrutivo.

O romance foi concebido em fevereiro de 1970, quando Arkádi e eu viajamos para a pousada do Centro de Produção Artística em Komarovo* para escrever *Cidadela condenada.*** E foi lá, em meio a passeios ao anoitecer, pelas ruelas cobertas de neve do complexo de casas de veraneio, que elaboramos algumas tramas novas, inclusive a do futuro *O novato**** e a do próprio *Piquenique.*

As primeiras anotações eram as seguintes:

> [...] O macaco e a lata de conservas. Treze anos após a primeira visitação dos extraterrestres, as tralhas e o lixo abandonados por eles tornaram-se objeto de caça, de pesquisas e de testes científicos e de todo tipo de fatalidades.
>
> O crescimento das superstições. O Departamento que tenta tomar o controle da situação à base da posse dos objetos. Uma Organização que anseia a

---

* Povoado nos arredores de Moscou, onde muitos dos escritores alugavam ou possuíam casas de veraneio. [N. de E.]

** Tradução livre. Título original: Град обреченный. [N. de T.]

*** Tradução livre. Título original: Малыш. [N. de T.]

total aniquilação deles (a premissa: o conhecimento proveniente do além só poderia ser inútil ou até mesmo nocivo e proporcionar apenas o mal).

Caça-tesouros são elevados ao nível de feiticeiros. A brusca perda da autoridade científica. Biossistemas abandonados (baterias quase descarregadas). Cadáveres das mais diversas épocas voltando à vida...

Naquele exato lugar e no mesmo inverno surgiu e consolidou-se o título final da obra: *Piquenique na estrada*. No entanto, o conceito de stalker ainda não existia; utilizávamos, então, o termo "garimpeiro". E mesmo um ano depois, em janeiro de 1971, quando novamente trabalhávamos em Komarovo no desenvolvimento de um plano minucioso para o texto com todos os seus pormenores, ainda não havia em nossos esboços a palavra "stalker". Mesmo então, literalmente até a véspera do dia em que paramos de elucubrar e começamos, finalmente, a escrever a história. Os futuros stalkers eram chamados de "trappers":* trapper Redrick Schuhart; Guta, a garota do trapper etc. Pelo visto, o próprio termo stalker tinha surgido durante a escrita das primeiras páginas do livro. Quanto a "garimpeiros" e "trappers", desde o início esses termos não nos agradavam. Disso eu me lembro muito bem.

"Stalker" foi um dos poucos termos inventados pelos ABS** que acabaria sendo amplamente usado. A palavra "kiber"*** também se tornou corrente, especialmente entre os fãs, mas o termo "stalker" cresceu e se generalizou, embora, em minha opinião, isso tenha acontecido principalmente graças ao

---

* Em inglês no original. [N. de T.]

** Acrônimo de Arkádi e Boris Strugátski. [N. de E.]

*** Mais um termo cunhado pelos ABS. [N. de T.]

filme de Tarkóvski. No entanto, não foi por acaso que o talentoso cineasta apegou-se ao termo. Pelo visto, havíamos criado uma palavrinha boa, sonora, multifacetada, que realmente acertara em cheio. Ela tem sua origem no inglês "stalk" que significa "perseguir", "seguir de mansinho". Aliás, a pronúncia nativa é "stóók", então o correto seria "stóker" e não "stalker", mas não tiramos a palavra de um dicionário, e sim da velha, ainda pré-revolucionária, tradução russa de um livro de Kipling, chamado *The Reckless Bunch** – ou algo do gênero –, que contava aventuras de travessos estudantes ingleses do final do século 19 e início do século 20 e de seu líder, um menino esperto e brincalhão apelidado de Stalky. Nos tempos de nossa juventude, quando Arkádi ainda cursava a VIIAK,** dei de presente para ele o livro *Stalky & Co.*, de Kipling, que eu comprara por acaso num sebo da rua. Ele o leu e ficou tão impressionado que logo fez um rascunho de tradução que intitulou "Stálki e Companhia". O livro tornou-se um de meus prediletos dos tempos escolares e da faculdade. Portanto, quando inventamos o termo "stalker", nós obviamente tínhamos em mente o travesso Stálki, um rapaz de personalidade rígida e por vezes cruel, porém generoso e não desprovido de certa nobreza juvenil. É claro que na época nós nem imaginávamos que, na verdade, o nome de nosso herói deveria soar Stóki e não Stálki.

A novela foi escrita, sem quaisquer contratempos ou crises, em três levas: em 19 de janeiro de 1971, começamos o rascunho, e no dia 3 de novembro do mesmo ano terminamos de passá-lo a limpo. Nos intervalos, nós nos ocupávamos de diversos assuntos, geralmente pouco importantes, tais como: escrever queixas para o "Senado Governante"

---

* Em tradução livre, "A turminha do barulho". [N. de T.]

** Acrônimo em russo da Universidade Militar de Línguas Estrangeiras em Moscou. [N. de T.]

(isto é, a Secretaria de Sessão Moscovita da União dos Escritores); responder cartas (o que raramente fazíamos quando estávamos juntos); elaborar o projeto de solicitação de auxílio estatal para um filme de divulgação científica chamado *Encontro dos mundos* (sobre contatos com outro tipo de vida inteligente), escrever três roteiros para *Fitil*;* inventar a trama para filme de televisão chamado *É a vez do Rybkin*; fazer o primeiro esboço do conto "Estranhos acontecimentos no recife Oktopus"; e assim por diante. Nenhum desses "protótipos" recebeu qualquer continuação que fosse, muito menos alguma finalização, e nenhum deles possui relação com os acontecimentos por vir.

É curioso o fato de que *Piquenique* foi aceito para publicação na revista *Aurora* de São Petersburgo de forma relativamente fácil e sem grandes problemas, sofrendo apenas algumas alterações insignificantes durante a revisão. Obviamente precisamos limpar o texto, tirando todo tipo de "filho da mãe", "merda" etc. Mas aquilo não era nada, apenas amolação de praxe, tão "adorada" por todo autor. Não precisamos ceder em nenhum ponto principal e o texto saiu na revista no fim do verão de 1972 sem grandes mutilações.

Já a epopeia do *Piquenique* na primeira editora que o aceitou enquanto livro, a Jovem Guarda,** estava apenas começando. Na verdade, para ser exato, essa jornada iniciou-se ainda em 1971, quando o texto ainda nem existia e a história ainda era uma ideia vaga sugerida no projeto de uma coletânea. Essa coletânea, intitulada "Encontros não marcados" e dedicada ao problema do contato da humanidade com outro tipo de vida inteligente, era composta de

---

* *Fitil* (*O Pavio*) era um jornal cinematográfico de apelo satírico muito popular durante os tempos soviéticos. [N. de E.]

** Tradução de Молодая гвардия. [N. de T.]

três romances: dois já prontos (*Dossiê de um assassinato** e *O novato*) e o terceiro em processo da elaboração.

Os problemas haviam começado imediatamente.

16/03/1971 – Arkádi: "... A chefia leu a coletânea, mas está enrolando e não respondeu nada definitivo. Exigiu que o livro fosse entregue para um doutor em História(?), Markov, baseando essa decisão no fato de que esse tal doutor gosta muito da ficção científica. [...] Depois o manuscrito voltará à Avramenko [a assistente do editor geral], provavelmente para ela poder reavaliar a avaliação existente e que seria mantida em segredo (?), e só depois seguiria ao Óssipov [o editor geral da Jovem Guarda]. E só então saberemos nosso destino. Esses bostas. Pseudointelectuais."

16/04/1971 – Arkádi: "Fui à JG para falar com a Bela. Ela disse que não devemos esperar nada. Avramenko lhe pediu que nos desse, de maneira diplomática, a notícia de que havia problemas com papel, de que a agenda estava lotada, todo aquele blá-blá-blá. Mas Bela me disse na cara que alguém no topo da diretoria sugerira, até segunda ordem, não fazer negócios com os Strugátski. [...] Eis a classe hegemônica vindo com tudo!"

E o *Piquenique* ainda nem estava escrito, tratava-se apenas de textos que jamais despertariam qualquer Grande Irritação Ideológica, de continhos completamente inocentes e apolíticos. A diretoria simplesmente não queria fazer negócios com "aqueles Strugátski" de modo geral, e essa falta de vontade generalizada agravou-se com a situação pela

* Tradução livre de Отель У Погибшего Альпиниста. [N. de T.]

qual a editora passava, pois justo naquela época acontecia uma troca de poder e começava o processo de extração de tudo que fora criado de melhor pelo Departamento de Ficção Científica no tempo de Sergêi Geórgievich Jemáitis e de Bela Grigórievna Kliúeva, cuja dedicação e esforços pessoais contribuíram em muito para o florescimento da ficção científica russa da segunda geração.

No início dos anos 1980, Arkádi e eu ponderamos seriamente a ideia de organizar e divulgar — nem que fosse em *Samizdat** — uma *História de uma publicação* (*ou Como se faz*) com a coleção de documentos originais (cartas, resenhas, reclamações, queixas com gritos e gemidos dos autores por escrito), todos relacionados à jornada editorial da coletânea *Encontros não marcados*, cujo sustentáculo era o *Piquenique*.

Eu havia até começado o trabalho sistemático de seleção e classificação dos materiais, mas logo larguei: era um negócio minucioso inútil, ingrato e sem perspectiva alguma. Além disso, havia algo de pernóstico em tudo aquilo: quem éramos nós, afinal, para nos exibirmos como exemplo de como funcionava a máquina ideológica dos anos 1970, especialmente tendo em vista os destinos de Soljenítsin, Vladímirov, Voinóvich e muitos e muitos outros, digníssimos entre os dignos?

A empreitada foi abandonada, porém voltaríamos a ela já após o início da Perestroika, quando chegaram novos e até novíssimos tempos, e havia surgido a possibilidade real de não apenas passar, de mão em mão, o dossiê de documentos, mas também de publicar tudo, de forma totalmente oficial. A publicação incluiria todos os comentários e os

---

* Autopublicação durante tempos soviéticos. Realizava-se a divulgação de obras literárias censuradas por meios de cópias digitadas manualmente. [N. de E.]

retratos ácidos de alguns figurões, muitos dos quais, naquela época, continuavam em seus postos e ainda eram capazes de influenciar os processos literários.

Vadim Kazakóv* assumiu o processo da preparação com seus incansáveis "Liudeny".** Eu lhes entreguei todos os materiais. A coletânea já fora preparada quando se verificou que ninguém tinha dinheiro para a edição que, aparentemente, não traria lucro comercial algum. Além disso, os eventos históricos no país estavam a todo vapor: o golpe de Estado, a queda da URSS, uma revolução democrática, meio aveludada, mas definitivamente revolução. Em questão de meses, nossa empreitada perdeu qualquer mínima atualidade.

E agora, sentado a esta mesa, observo as três pastas grossas à minha frente, sentindo-me meio desiludido, meio confuso e um pouco perplexo. Nessas pastas estão nossas cartas para a editora Jovem Guarda (aos editores, ao chefe do departamento editorial, ao editor geral, ao diretor da editora); as reclamações enviadas ao Comitê Central da Juventude Comunista; as súplicas dirigidas ao Departamento Cultural e à Sessão de Imprensa e Propaganda do Comitê Central do Partido Comunista; as declarações ao VAAP*** e, obviamente, as respostas de todas essas instâncias; nossas cartas um ao outro... Um montão de papel com, pela mais modesta conta, uns duzentos e tantos documentos. Não tenho ideia do que fazer com tudo isso.

---

* Vadim Yúrievich Kazakóv, teórico literário, biógrafo de Strugátski. [N. de E.]

** Trata-se de alteração da palavra "liúdi" [pessoas]. O termo foi criado pelos irmãos Strugátski para a obra *Quando ondas abafam os ventos*. "Liudeny" são super-humanos que podem ser desenvolvidos — com ajuda de procedimentos científicos — a partir de humanos que possuem uma predisposição mental específica. O termo deu o nome ao fã-clube dos Strugátski. [N. de T.]

*** Acrônimo em russo da Agência de Direitos Autorais da URSS. [N. de T.]

Inicialmente, eu me deliciava antevendo como contaria toda a epopeia da publicação do *Piquenique*, revelando os nomes outrora odiados por nós, a vontade de caçoar dos covardes, dos imbecis, dos delatores e dos maus-caracteres, como chocaria a imaginação do leitor com o absurdo, o idiotismo e a maldade do mundo ao qual todos pertencemos. E como eu seria irônico e didático naquilo, quão objetivo e impessoal me manteria, impiedoso, sarcástico e generoso ao mesmo tempo. E aqui estou, olhando para essas pastas, compreendendo que estou total e completamente atrasado e que ninguém precisa mais da minha ironia, nem da minha generosidade e muito menos do meu ódio, que já virou cinzas. O véu do esquecimento caiu sobre organizações outrora poderosas, que tinham poder de permitir ou censurar, agora desaparecidas no passado e a tal ponto esquecidas que seria necessário explicar longa e tediosamente ao leitor atual quem era quem na época, por que não adiantava reclamar para a Sessão da Cultura do Comitê Central do Partido, que era preciso se dirigir apenas e somente ao Departamento da Imprensa e Propaganda, e quem eram os Albert Andréevich Beliáev, Piótr Nílich Démitchev ou Mikhail Vasílievich Zimiánin. Pois eles eram os tigres, até os elefantes da fauna ideológica soviética; os Poderosos Senhores do Destino, "Dirigentes e Donos da Verdade"! Quem se lembraria deles hoje em dia, quem se interessaria pelos poucos que ainda estão vivos? E de que adianta, então, falar dos de força menor – do exército inteiro de funcionários públicos da ideologia, daqueles demônios menores, cujo nome é legião? O mal que eles causavam era imensurável, a maldade e a baixeza deles exigem – como disseram no século 19 – uma pena mais experiente, poderosa e ácida do que é a minha! E nem quero dar crédito a eles nestas páginas – que sumam para sempre nas brumas do passado, como espíritos malignos das trevas.

E se, por acaso, eu decidisse dar aqui apenas a lista de todos os documentos, com um resumo mínimo, ela pareceria mais ou menos assim:

[...]	
30/04/1975	Arkádi para Boris: "A editora tem 'sérias dúvidas' sobre *Piquenique*."
05/06/1975	Carta dos ABS a Medvédev com o pedido de parecer editorial
25/06/1975	Carta de Zíberov explicando a demora
08/07/1975	O parecer editorial do Medvédev e Zíberov
21/07/1975	Resposta dos ABS ao parecer
23/08/1975	Boris para Arkádi: "A coletânea foi revisada e enviada à editora ainda em julho."
01/09/1975	Confirmação de Zíberov sobre o recebimento do manuscrito
05/11/1975	Carta de Medvédev recusando a publicação de *Piquenique*
17/11/1975	Carta dos ABS a Medvédev com argumentos contra a recusa
17/11/1975	Carta de Bóris a Medvédev com expressão de perplexidade
08/01/1976	Carta dos ABS a Poleschúk com reclamação sobre Medvédev
24/01/1976	Confirmação de Párshin acusando recebimento da carta enviada ao Comitê Central da Juventude Comunista
20/02/1976	Carta de Párshin sobre as providências tomadas

10/03/1976	Boris propõe a Arkádi escrever uma carta a Párshin e Sidélnikov
24/03/1976	Carta dos ABS a Párshin, lembrando-o da resposta aguardada
24/03/1976	Carta dos ABS a Sidélnikov lembrando-o da resposta aguardada
30/03/1976	Carta de Párshin sobre as providências tomadas
05/04/1976	Arkádi sugere a Boris escrever uma carta para as altas instâncias
12/04/1976	Carta de Medvédev recusando a publicação de *Piquenique*

[...]

E assim por diante. Quem, atualmente, precisa disso e quem iria ler tudo?

Mas, se não escrever sobre isso, então sobre o que resta falar? Como contar a história de *Piquenique* sem essa lista chata e burocrática e um comentário deprimido e cheio de raiva – uma história, em certo sentido, até misteriosa? Pois é provável que essa obra possua certas imperfeições, mas por outro lado, ela possui óbvias vantagens, sendo definitivamente envolvente e capaz de causar no leitor uma impressão forte, pois não foi ela que inspirou um leitor tão notável como Andrei Tarkovski a fazer seu maravilhoso filme? Além disso, o romance certamente não possuía *qualquer* insinuação sobre a ordem vigente; muito pelo contrário, até transcorria conforme a vigente ideologia antiburguesa... Então por que, segundo quais motivos ocultos, misteriosos ou diabólicos, *Piquenique* foi condenado a uma verdadeira peregrinação editorial de mais de *oito* anos?!

No início, a editora nem queria fazer o contrato para a coletânea; depois o fez, mas, por razões inexplicáveis, se ao conto *Dossiê de um assassinato*; em seguida concordou em substituí-lo pelo romance *É difícil ser Deus*, e mais tarde recusou peremptoriamente *Piquenique*... Mesmo encurtando, seria impossível descrever aqui a história dessa luta, pois seria muito longa; foram oito anos, afinal de contas. Havia nessa jornada as reversões inesperadas das próprias decisões (de repente, do nada: fora o *É difícil ser Deus*!), as cinco ou seis renegociações de contrato e até as tentativas repentinas de romper quaisquer laços e relações (beirando um processo na justiça!). Mas o principal – que permeava o tempo inteiro, incessante e invariavelmente, a cada ano, a cada conversa – a cada carta, era: tirar de *Piquenique* os cadáveres; mudar o vocabulário de Redrick Schuhart; introduzir o termo "soviético" quando se tratava de Kirill Panov; suavizar o lúgubre, o desesperador, a rudez e a crueldade...

Preservou-se um maravilhoso documento: os comentários na revisão da editora, página a página, sobre a linguagem empregada no texto de *Piquenique*. As observações seguem por dezoito páginas (!) e são agrupadas em categorias: observações sobre o comportamento amoral dos personagens; sobre violência física; sobre a vulgaridade e as expressões chulas. Não consigo me conter e deixar de citar algumas pérolas dessa lista. E repare que eu, em hipótese alguma, fiz qualquer seleção nas citações e não procurei de propósito nenhuma bobagem específica, apenas apresento a coisa em sequência.

Observações ligadas ao comportamento amoral dos personagens

(no total são 93 observações, apresento somente as primeiras)

"...deve levantar esse seu traseiro gordo" – p. 35

"Eu andaria com os dentes se fosse preciso" – idem

"Desatarraxei o cantil e me colei nele feito um carrapato." – p. 50

"Acabei com o frasco, suguei-o inteiro." – idem

"Decidi me embebedar naquele dia feito um porco. Seria legal dar uma lição no Richard também! Pois aquele canalha sabia jogar como ninguém!" – p. 52

"... eu morria de vontade de beber algo forte, mal conseguia me aguentar." – p.56

"Gostaria de brindar com você em homenagem a nosso encontro" – p. 57

"... sem dizer uma palavra, me serviu quatro dedos de álcool. Eu me acomodei num banco, dei um gole, fechei os olhos, sacudi a cabeça e engoli de novo." – idem

Observações ligadas à violência física

(são 36 itens no total, seguem os últimos)

"... apanhou do balcão uma pesada caneca cheia e espatifou-a com toda a força na cara do engraçadinho mais próximo." – p. 205

"... escolheu uma porca de uns vinte gramas e, após mirar rapidamente, lançou-a na cabeça do infeliz. A porca acertou Arthur direto na nuca. O moço gemeu, ..." – p. 208

"Na próxima vez vai levar um soco na cara." – idem

"Arthur grunhiu, deu um coice com a perna livre no rosto de Redrick e começou a se debater e a se contorcer no solo." – p. 211

"... esmagando contra o peito a cabeça daquele maldito novato, que Redrick não aguentou e berrou a plenos pulmões..." – idem

"O rostinho lindo havia virado uma crosta preta acinzentada, uma mistura de sangue seco e cinzas." – p. 213

"Ao escolher uma das maiores poças, Redrick jogou o rapaz para dentro da água putrefata..." – idem

"Acertar as contas com os canalhas, sugar suas almas, que comam a merda que eu comi..." – p. 229

"Bateu com força o punho contra a testa." – p. 230

Observações sobre vulgaridade e expressões chulas

(No total são 251 itens, apresento um bloco escolhido aleatoriamente)

"Ele começou a xingar grosseiramente e em voz baixa, com uma raiva impotente, expelindo saliva pela boca e sufocando-se em ataques de tosse." – p. 89

"Ponha os dentes e vamos." – idem

"Açougueiro xingou" – p. 91

"Você é um canalha. [...] Um abutre mesmo." – p. 92

"... estava coberto de lama, como se fosse um porco..." – p. 95

"Que diabo! – xingou em voz alta..." – p. 100

"... buzinou para um africano..." – p. 104

"É claro", dizia a carta editorial correspondente, "que nós apontamos apenas as expressões que, a nosso ver, precisam ser eliminadas ou alteradas. Isso se explica, antes de tudo, pelo fato de o público-alvo do vosso livro ser formado por jovens e adolescentes, membros da Juventude Comunista que veem na literatura soviética um manual de conduta moral, um guia para a vida."

Lembro-me de que, ao receber tal documento genial, fui direto a minhas estantes e, animadamente, saquei de lá um livro de nosso amado e insuperável Jaroslav Hachek.* Que tamanha satisfação eu senti ao ler lá:

> A vida não é uma escola de bons modos. Cada um fala como pode. O mestre de cerimônias, Dr. Gut, fala diferente do dono da hospedaria O Cálice, Palivets. E nosso romance não é um manual para frequentadores de salões aristocráticos e nem é um tratado científico sobre qual tipo de expressão seria adequado na alta sociedade...
>
> Foi dito — e muito corretamente — que a pessoa que recebeu uma educação saudável pode ler de tudo. Só podem condenar o que é natural às pessoas espiritualmente amorais, boçais perversos que — adeptos de uma asquerosa pseudomoral — nem olham o conteúdo, e ainda assim, atacam furiosamente palavras aleatórias. Alguns anos atrás, li uma resenha de um conto. O crítico ficava possesso porque o autor havia escrito: "Ele soprou e assoou o nariz." Isso, segundo o crítico, ia contra todas as normas estéticas e poéticas que a literatura deveria proporcionar ao povo. Esse é apenas um e não o mais forte exemplo de que tipo de asno já viu a luz do sol...

Ah, como seria gostoso citar essas palavras aos senhores da Jovem Guarda! E ainda acrescentar algo pessoal no mesmo tom. Pois é, isso seria completamente inútil e, provavelmente, até errado do ponto de vista tático. Além disso, como acabamos percebendo com clareza muitos e muitos anos depois, os motivos e a psicologia de todas aquelas pessoas foi por nós entendido de um modo completamente errôneo.

* Jaroslav Hachek (1883-1923) foi um escritor e jornalista checo. [N. de E.]

Pois sinceramente achávamos, na época, que nossos redatores e editores simplesmente temiam seus chefes e não queriam se expor publicando uma obra duvidosa de autores igualmente ou até mais duvidosos. E todo o tempo, em todas as nossas cartas e declarações, nós invariavelmente, mudando apenas a abordagem, pregávamos a mesma ideia que a nós parecia absolutamente óbvia, isto é: que não havia nada de criminal na novela, que ela era politicamente bem correta e, neste sentido, sem dúvida não representava perigo algum. E que o fato de o mundo nela descrito ser rude, cruel e com total falta de perspectiva era justamente porque é assim que deveria ser o mundo "do capitalismo decadente e da ideologia burguesa vigente".

E nem passava em nossa cabeça, na época, que não se tratava da ideologia nenhuma e que aqueles "asnos" *realmente pensavam assim*: que a linguagem tinha que ser, na medida do possível, insossa, lisa e envernizada e, em hipótese alguma, grosseira; que a ficção científica deveria ser de fato ficcional e jamais poderia se aproximar da dura, palpável e cruel realidade; que os leitores, de modo geral, tinham que ser protegidos do impacto com a vida real: que deviam viver de sonhos, fantasias, ilusões e de lindas ideias efêmeras... Que os heróis da obra não deveriam "andar", e sim "caminhar"; "proferir" em vez de "falar"; e de modo algum poderiam "berrar", apenas "exclamar"! Aquilo era um tipo peculiar de estética, uma completa e autossatisfatória visão do mundo, se quiserem. Bem popular, aliás, e bem inofensivo, desde que o representante desta mentalidade não possuísse o poder de influenciar o processo literário.

Da carta para Arkádi de 04/08/1977:

> ... Com Medvédev deu-se o seguinte: a) Foram feitas 53 alterações estilísticas na lista das "vulgaridades",

explicando na carta que aquilo fora feito por respeito às exigências do Comitê Central de Juventude Comunista; b) Introduzimos a interpretação de mortos-vivos como ciborgues enviados para estudo dos terráqueos e a Esfera foi apresentada como um tipo de dispositivo que capta biocorrentes dos desejos mais simples [explica-se na carta que tudo aquilo fora feito para se livrar das amolações]; c) As outras exigências da editora ligadas a violência etc. [seguindo a carta] são um erro ideológico, pois levam a um polimento da realidade capitalista. Tudo foi enviado com aviso de recebimento e recebido pela JG em 26 de julho deste ano. Que se dane...

Aquele era o ápice da guerra. Muita coisa ainda viria pela frente: vários paroxismos da vigilância editorial, as tentativas de romper de vez o contrato com os autores, queixas e reclamações nossas à VAAP, ao Comitê Central de Juventude Comunista e ao Comitê Central do Partido Comunista...

A coletânea *Encontros não marcados* finalmente saiu em outubro de 1980, mutilada, esterilizada e patética. Da versão original sobraram nela apenas *O novato — Dossiê de um assassinato* perdera-se nos campos de batalha ainda cinco anos antes e *Piquenique* estava tão alterado na redação que não queríamos nem folheá-lo.

Mas os autores haviam vencido. Aquele era, então, um dos raríssimos casos na história editorial soviética: a editora não queria publicar um livro, mas os autores a haviam forçado a publicá-lo. Os conformistas do meio consideravam aquilo impossível. Acontece que era possível. Oito anos. Catorze cartas dirigidas aos "grandes" e aos "pequenos" comitês. Mais de duzentas humilhantes alterações no texto. Uma imensurável e incalculável quantidade de energia psíquica gasta em bobagem... Sim, os autores ganharam, não há como negar. Mas foi uma Vitória de Pirro.

A despeito de tudo, *Piquenique* permanece até hoje o mais conhecido entre os romances dos ABS — pelo menos no exterior. Foi publicado, até o fim de 1997, por 38 editoras em vinte países, entre os quais: Bulgária, Alemanha, Polônia, República Checa e Eslováquia, Itália, Finlândia e Iugoslávia. Na Rússia a popularidade também se mantém alta, embora cedendo para o *Segunda.** A obra permanece viva e, provavelmente continuará até o fim do século 21.

Obviamente, o texto de *Piquenique* apresentado nesta edição está completamente recuperado e corresponde à versão original dos autores.

Quanto à coletânea *Encontros não marcados*, me dá até asco de pegar aquilo nas mãos, e ainda mais de pensar em lê-la.

* *Segunda começa no sábado* (tradução livre de Понедельник Начинается В Субботу) é um famoso romance satírico dos Strugátski que conta a história do Instituto de Magia e Feitiçaria da URSS. Ironicamente, o livro é considerado um manual para pesquisadores científicos iniciantes.

Sobre os autores

Nascidos em Leningrado, os irmãos Arkádi e Boris Strugátski foram os mais famosos escritores de ficção científica da União Soviética. Antes de começar a escrever, Arkádi (1925-1991) trabalhava como tradutor e intérprete de inglês e japonês e Boris (1933-2012), como astrônomo e engenheiro de computação. Entre 1958 e 1991, escreveram, em parceria, mais de 20 romances e novelas, além de diversos contos e peças de teatro. Um de seus romances mais famosos, *Piquenique na estrada*, foi adaptado para o cinema por Andrei Tarkóvski, no filme *Stalker*. Ainda hoje, a obra dos irmãos Strugátski é aclamada na Rússia e nos países do leste europeu, em parte graças às suas críticas aos governos totalitários.

TIPOGRAFIA: Media 77 - texto
Snowstorm Kraft - entretítulos
PAPEL (capa dura): Pólen Natural 70 g/m² - miolo
Couché 150 g/m² - capa
Offset 150 g/m² - guardas
PAPEL (brochura): Pólen Natural 70 g/m² - miolo
Cartão Supremo 250 g/m² - capa

IMPRESSÃO: Ipsis Gráfica
Fevereiro/2025